# O jardim dos Finzi-Contini

# GRANDES TRADUÇÕES

Esta coleção reúne livros fundamentais, de ficção e não-ficção, que nunca foram lançados no Brasil, tiveram circulação restrita ou estão há décadas fora de catálogo e agora chegam ao mercado em edições traduzidas e comentadas pelos melhores profissionais em atividade no país.

## Outros títulos

MIDDLEMARCH, de George Eliot, por Leonardo Fróes
A CONDIÇÃO HUMANA, de André Malraux, por Ivo Barroso
A CIÊNCIA NOVA, de Giambattista Vico, por Marco Lucchesi
O GATTOPARDO, de Tomasi di Lampedusa, por Marina Colasanti
OS SETE PILARES DA SABEDORIA, de T. E. Lawrence, por C. Machado
A ESPERANÇA, de André Malraux, por Eliana Aguiar
JOANA D'ARC, de Mark Twain, por Maria Alice Máximo
CONTOS DE AMOR, DE LOUCURA E DE MORTE,
de Horacio Quiroga, por Eric Nepomuceno
RAINHA VITÓRIA, de Lytton Strachey, por Luciano Trigo
DOUTOR JIVAGO, de Boris Pasternak, por Zoia Prestes
RETRATOS LONDRINOS, de Charles Dickens, por Marcello Rollemberg
O GRANDE GATSBY, de F. Scott Fitzgerald, por Roberto Muggiati
O MORRO DOS VENTOS UIVANTES, de Emily Brontë, por Rachel de Queiroz
A ECONOMIA POLÍTICA DA ARTE, de John Ruskin, por Rafael Cardoso
A PRINCESA DE CLÈVES, de Madame Lafayette, por Léo Schlafman
MULHERES APAIXONADAS, de D. H. Lawrence, por Renato Aguiar
AS GRANDES PAIXÕES, seleção de contos de Guy de Maupassant, por Léo Schlafman
A MATRIZ, de T. E. Lawrence, por Fernando Monteiro
PEQUENOS POEMAS EM PROSA, de Charles Baudelaire, por Gilson Maurity
O FAZ-TUDO, de Bernard Malamud, por Maria Alice Máximo
O BARRIL MÁGICO, de Bernard Malamud, por Maria Alice Máximo
O CRIME DE SYLVESTRE BONNARD, de Anatole France, por Marcos de Castro

# GIORGIO BASSANI

# O jardim dos Finzi-Contini

Tradução de
PAULO ANDRADE LEMOS

Introdução de
IVO BARROSO

EDITORA RECORD
RIO DE JANEIRO • SÃO PAULO

2008

CIP-Brasil. Catalogação-na-fonte
Sindicato Nacional dos Editores de Livros, RJ.

B319j  Bassani, Giorgio, 1916-2000
       O jardim dos Finzi-Contini / Giorgio Bassani; tradução
       de Paulo Andrade Lemos. – Rio de Janeiro: Record, 2008.

       Tradução de: Il giardino dei Finzi-Contini
       ISBN 978-85-01-07178-1

       1. Romance italiano. I. Andrade, Paulo. II. Título.

                        CDD – 853
07-3524                 CDU – 821.131.1-3


Título original em italiano:
IL GIARDINO DEI FINZI-CONTINI


Copyright © Arnoldo Mondadori Editore SpA, Milano


Todos os direitos reservados. Proibida a reprodução, armazenamento ou
transmissão de partes deste livro através de quaisquer meios, sem prévia
autorização por escrito. Proibida a venda desta edição em Portugal e resto
da Europa.


Direitos exclusivos de publicação em língua portuguesa para o Brasil
adquiridos pela
EDITORA RECORD LTDA.
Rua Argentina 171 – Rio de Janeiro, RJ – 20921-380 – Tel.: 2585-2000
que se reserva a propriedade literária desta tradução

Impresso no Brasil

ISBN 978-85-01-07178-1

PEDIDOS PELO REEMBOLSO POSTAL
Caixa Postal 23.052
Rio de Janeiro, RJ – 20922-970

EDITORA AFILIADA

# Sumário

O jardim inatingível de Micòl   7
Por *Ivo Barroso*

Prólogo   13

PARTE I   21

PARTE II   75

PARTE III   137

PARTE IV   225

Epílogo   331

# O jardim inatingível de Micòl

Ivo Barroso

São muitos os motivos que fizeram deste romance de Giorgio Bassani (1916-2000) uma das obras-primas da novelística italiana do século passado. A história do amor irrealizado entre o personagem principal, autor da narrativa, e a bela judia Micòl Finzi-Contini se inscreve na evolução de todo um cenário idílico que se desagrega com o advento do fascismo na Itália e o deflagrar da Segunda Guerra Mundial. A narrativa se presta à reconstituição minuciosa das lembranças de uma cidade — Ferrara — onde se passa o romance, aqui descrita nos mínimos detalhes, como se estivéssemos diante de uma fotografia antiga. A beleza deste relato semi-autobiográfico se transmite inteira ao leitor graças a um estilo literário de variados matizes, como, por exemplo, nas partes dialogadas, nas descritivas e nas reflexivas, em que a linguagem assume registros diferentes, indo de uma prosa altamente elaborada, que alcança não raro acentos poéticos, ao timbre puramente expositivo das discussões político-literárias e ao uso das formas fluentes do coloquialismo, em que são utilizadas frases feitas e até provérbios do linguajar dialetal. Essa diversidade de registros confere ao livro as dimensões de um panorama em que a dinâmica da fala contrasta com imagens asfixiadas na lembrança.

O autor, Giorgio Bassani, nasceu em Bolonha, cidade próxima de Ferrara, onde seu pai, pertencente a uma família judia de classe média alta, exercia as funções clínicas de ginecologista. Desde cedo se revela seu pendor para as letras, e ele cada vez mais se dedica à poesia, inspirado pelas leituras de Dante. O pai médico não lhe tolhe a inclinação poética: ele se inscreve na Faculdade de Letras de Bolonha e tem seus primeiros trabalhos literários (contos) publicados no *Corriere Padano*, de Ferrara. O conhecimento da obra de Benedetto Croce vai formar seu caráter liberal e libertário. Em 1937, com o surgimento do fascismo na Itália, começam as perseguições racistas aos judeus; Giorgio se inscreve nas fileiras do antifascismo militante e logo se vê afastado do *Corriere Padano* e expulso do clube Marfisa, pelo qual havia conquistado um campeonato de tênis. Laureando-se em março de 1939, vai exercer as funções de professor de literatura italiana no liceu israelita de Ferrara. Com os jornais e editoras fechados para o seu nome judaico, adota o pseudônimo de Giacomo Marchi (sobrenome católico de sua avó materna) e publica sua primeira novela, *Una città di pianura*, tendo já Ferrara como epicentro da narrativa, em que demonstra, ao denunciar uma burguesia acomodada e corrupta, o seu empenho pela luta antifascista.

Em maio de 1942 é preso e encarcerado, mas, com a queda do fascismo em seguida, ganha a liberdade e se casa com Valeria Sinigallia, que conhecera numa partida de tênis da via Palestro (esta lembrança será certamente evocada nas partidas de tênis de Micòl Finzi-Contini). Para evitar discriminações, o casal muda de nome e atende agora por Bruno Ruffo e

Carmela De Palma, com residência em Florença. São anos de difícil sobrevivência, e Giorgio se sustenta com traduções principalmente de escritores norte-americanos, como Ernest Hemingway (*Adeus às armas*), sem deixar de participar da luta antifascista, militando no Partito d'Azione. Sempre vivendo às ocultas, muda-se para Roma, onde exerce atividades variadas e, em seguida, para Nápolis, àquela altura já libertada pelas tropas aliadas. Alguns de seus familiares que haviam permanecido em Ferrara tinham sido deportados e desapareceram nos campos de extermínio de Buchenwald. Os anos seguintes, 1945-52, são menos aflitivos: Bassani consegue escrever para vários jornais e revistas, traduz bastante e, graças a suas amizades (Moravia, Pasolini), é indicado para a direção da revista literária *Botteghe Oscure*. Começa a colaborar com cineastas como Antonioni e Mario Soldati, tendo inclusive feito uma pequena "ponta" no filme *As garotas da Praça de Espanha*, de Luciano Emmer (1952).

Um grande momento em sua vida vai ocorrer em 1956, quando já era consultor da editora Feltrinelli e dirigia a coleção dos "Contemporâneos" e dos "Clássicos modernos". Bassani consegue editar o livro de Giuseppe Tomasi di Lampedusa, *O Gattopardo*, que fora recusado pelas editoras rivais Einaudi e Mondadori. O entrecho, que descreve o apogeu e declínio de uma família nobre da Sicília, é apresentado com prefácio laudatório seu e se torna um dos casos literários mais significativos dos anos 1950, além de ruidoso best seller. Em 1963, Luchino Visconti o transpõe para o cinema, numa realização memorável, tendo Claudia Cardinale, Alain Delon e Burt Lancaster nos principais papéis.

Bassani iria conhecer um sucesso semelhante. Desde muito vinha alimentando o projeto de escrever um romance cíclico a que daria o título geral de *Romance de Ferrara*, composto de vários volumes, sempre centrados naquela cidade da Emilia Romana, sendo o primeiro deles *Gli occhiali d'oro*, que publicara em 1958. Em 1962, dá a lume este *O jardim dos Finzi-Contini*, que imediatamente lhe granjeia excepcional notoriedade, e com o qual obtém o prêmio Viareggio, dos mais significativos da literatura italiana. Sua atuação política, exercida nos meios literários, lhe permitirá eleger-se conselheiro comunal (vereador) da cidade de Ferrara. Como no caso de Lampedusa, também *O jardim dos Finzi-Contini* atrai a atenção dos cineastas italianos, e Vittorio De Sica acaba por filmá-lo em 1970. Bassani a princípio colabora na adaptação do texto para o cinema, contudo desentendimentos com a direção do filme vão fazer com que ele exija a retirada de seu nome dos créditos cinematográficos. A figura etérea de Dominique Sanda, no papel de Micòl, e a mórbida palidez de Helmut Berger, no de seu irmão Alberto, aliadas a uma bela fotografia que "idealiza" o jardim e a *domus magna* dos Contini, certamente fizeram dessa realização um dos grandes momentos da cinematografia peninsular. É possível que De Sica tenha insistido em demasia nos aspectos plásticos do filme, relegando o caráter político que Bassani certamente teria gostado de lhe dar.

Bassani em seu livro quis retratar principalmente o "afastamento voluntário" a que se impunha a família Finzi-Contini, acastelada em sua residência latifundiária, com seu jardim fechado, onde uns poucos representantes da alta burguesia ítalo-judaica de Ferrara se isolavam para jogar tênis e passar o tempo. Ele retrata o culto de seus valores tradicionais, o gosto pelos pequenos privilégios observados na sinagoga, e principalmente a ilusão que nutriam de que as contendas exteriores jamais iriam atingir o seu gueto particular. Nesse ambiente, destaca-se a figura de Micòl, a filha-família menos alienada, que deixa a casa para estudar em Veneza, em oposição ao irmão enfermo e acomodatício. Os patriarcas da família são retratados com grande carinho e compreensão, desculpando-se sua ingenuidade e incapacidade de julgar o presente pela convicção de disporem de todos os requisitos materiais suscetíveis de afastar as misérias. Mas Bassani é, mais que tudo, o retratista saudoso de sua cidade: Ferrara se mostra inteira no capricho da descrição de suas árvores, de suas vias, das simples brechas de um muro. Estamos diante de um livro de memórias, sem dúvida. De recordações e aproveitamentos biográficos, um livro de formação. O retrato que o autor faz do pai de seu personagem principal (ele mesmo) evoca a figura de seu próprio, Ângelo Enrico, médico aposentado com quem conversava didática e avançadamente sobre sexo. Mas o livro resplende mais com essa Micòl, figura extraordinariamente forte e bela, que repudia o amor do personagem principal por achá-lo muito "semelhante, muito igual", quando, conforme ela própria diz, deve haver na união carnal um antagonismo de vontades, porquanto o amor é uma guerra permanente. Desde o princípio do livro sabemos que ela irá desaparecer nos campos de extermínio, mas Bassani tem o bom gosto de preservá-la até o fim, intacta, inapreensível, em mostrá-la sempre em sua integralidade. Ao chegar ao fim deste livro, o leitor certamente se sentirá diante de uma das figuras femininas mais bem realizadas de toda a literatura italiana.

# Prólogo

Havia muitos anos que eu desejava escrever sobre os Finzi-Contini — sobre Micòl, Alberto, o professor Ermanno e a *signora* Olga — e sobre todos os outros que moravam ou que freqüentavam, como eu, a casa situada no Corso Ercole I d'Este em Ferrara, pouco antes do início da última guerra. Mas somente há um ano, num domingo de abril de 1957, é que eu tive o impulso e a energia para realmente fazê-lo.

Foi durante um daqueles passeios que habitualmente fazíamos nos fins de semana. Logo depois do almoço, junto com uma dezena de amigos distribuídos em dois carros, pegamos a Via Aurelia, sem destino certo. A poucos quilômetros de Santa Marinella, atraídos pelas torres de um castelo medieval que repentinamente apareceram à nossa esquerda, entramos numa estradinha de terra e fomos passear, meio dispersos, num areal desolado que se estendia aos pés do castelo, que, visto de perto, parecia bem menos medieval do que prometia, quando, da estrada principal, vimos o seu perfil em contraluz sobre o deserto azul e ofuscante do Mar Tirreno. Fustigados pelo vento, com areia nos olhos, ensurdecidos pelo estrondo da ressaca e sem poder nem ao menos visitar o interior do castelo porque nos faltava uma autorização por escrito emitida por uma instituição financeira de Roma da qual não me lembro o nome, estávamos nos sentindo extremamente insatisfeitos e irritados por termos tido a idéia de sair de Roma num dia como aquele, que agora à beira-mar revelava-se de uma inclemência quase invernal.

Andamos para lá e para cá durante uns vinte minutos, seguindo a linha curva da praia. A única pessoa alegre do grupo era uma menina de nove anos, filha do jovem casal que era dono do carro no qual eu tinha me acomodado. Entusiasmada pelo vento, pelo mar e pelos loucos redemoinhos de areia, Giannina dava livre vazão à sua natureza alegre e expansiva. Embora sua mãe tivesse tentado impedi-la, a menina tirou os sapatos e as meias e foi em direção às ondas que quebravam na areia e molhavam suas pernas até acima dos joelhos. Ela tinha todo o jeito de quem estava se divertindo bastante, tanto que dali a pouco, quando voltamos para o carro, percebi a sombra de uma verdadeira tristeza nos seus olhos negros e vivos que cintilavam sobre as duas bochechas coradas.

Retomamos a Via Aurelia e, depois de alguns instantes, estávamos perto da saída para Cerveteri. Tínhamos decidido que voltaríamos direto para Roma e, por isso, eu não tinha a menor dúvida de que fôssemos seguir em frente. Porém o carro onde eu estava diminuiu a velocidade mais do que o necessário. O pai de Giannina botou o braço para fora da janela para sinalizar ao segundo carro, que estava a uns trinta metros atrás de nós, sua intenção de dobrar à esquerda. Ele tinha mudado de idéia.

E assim sendo, estávamos percorrendo a estradinha lisa e asfaltada que desembocava, alguns metros à frente, num pequeno povoado cujas casas, em sua maioria, tinham sido construídas recentemente, e que dali em diante prosseguia serpenteando em direção às colinas que ficavam mais para dentro até a famosa necrópole etrusca. Ninguém pediu explicações, e eu, de minha parte, também fiquei calado.

Para além do povoado, a estrada seguia numa subida leve, o que obrigou o carro a diminuir a velocidade. Agora estávamos passando perto dos chamados *montarozzi* espalhados por aquela região até depois de Tarquínia, mais próximo das colinas do que do litoral, e toda aquela parte do Lazio ao norte de Roma era um imenso cemitério quase ininterrupto. Aqui o capim é mais verde, mais denso e mais escuro do que no pequeno planalto que fica logo abaixo, entre a Via Aurelia e o Mar Tirreno, o que significa que o eterno siroco que sopra transversalmente do mar chega aqui no alto depois de perder grande parte da salinidade durante o trajeto, e que a umidade das montanhas não muito distantes começa a exercer sua influência benéfica sobre a vegetação.

— Para onde vamos? — Giannina perguntou.

O casal estava sentado no banco dianteiro com a menina entre os dois. O pai tirou a mão do volante e a colocou no cabelo castanho e cacheado da filha.

— Vamos dar uma olhada naqueles túmulos que têm mais de quatro ou cinco mil anos de idade — ele respondeu, com o tom de voz de quem conta um conto de fadas, não hesitando em exagerar nos números. — São túmulos etruscos — disse ele.

— Que coisa mais triste! — Giannina exclamou, apoiando a nuca no encosto do banco do carro.

— Por que "triste"? Você já aprendeu na escola quem foram os etruscos?

— No livro de História, os etruscos estão logo no início, perto dos egípcios e dos hebreus. Mas escuta, papai: na sua opinião, quem eram os mais antigos, os etruscos ou os hebreus?

O pai começou a rir.

— Pergunte a esse senhor aí — ele disse, apontando para mim com o polegar.

Giannina virou-se para mim. Com a boca escondida pela borda do encosto, deu-me uma olhada rápida e séria, cheia de desconfiança. Esperei que ela repetisse a pergunta. Mas, qual nada! Logo voltou a olhar para a frente.

Íamos pela estrada margeada por um duplo renque de ciprestes que descia num leve declive, quando veio em nossa direção um grupo de moças e rapazes do lugar. Era o passeio de domingo. De braços dados, cinco ou seis moças formavam às vezes grupos exclusivamente femininos. Elas eram meio estranhas, pensei, ao vê-las. Quando cruzamos com elas, as moças olharam para dentro do carro com olhos sorridentes, nos quais a curiosidade se misturava a uma espécie de orgulho, junto com um desprezo ligeiramente dissimulado. Elas eram realmente estranhas. Eram belas e livres.

— Papai — Giannina perguntou mais uma vez —, por que os túmulos antigos são menos tristes do que os novos?

Um grupo ainda mais numeroso do que o anterior ocupava boa parte da estrada cantando em coro, sem demonstrar a menor preocupação em dar passagem e quase obrigando o carro a parar. O pai engrenou a segunda marcha.

— Isso é fácil de entender — ele respondeu. — As pessoas que morreram há pouco tempo estão mais próximo de nós e por isso sentimos mais a falta delas. Os etruscos já morreram há muito, muito tempo — e de novo ele estava usando do tom de quem conta uma fábula —, e é como se eles nunca tivessem existido. É como se eles tivessem *sempre* estado mortos.

Houve uma outra pausa, mais longa, ao fim da qual (nós já estávamos bem próximo à área de entrada da necrópole, repleta de carros e de ônibus turísticos) foi a vez de Giannina nos dar a sua lição.

— Mas agora você falando desse jeito — ela disse delicadamente — me faz pensar que, na verdade, os etruscos também viveram, e eu gosto deles assim como de todos os outros.

A visita à necrópole desenrolou-se sob o signo da incrível ternura contida naquela frase. Foi Giannina quem nos fez compreender tudo. E foi ela, a mais nova do grupo, que nos conduziu pela mão.

Descemos até o túmulo mais importante, o da nobre família Matuta. Era uma sala subterrânea de teto baixo, que abrigava cerca de vinte leitos funerários dispostos dentro de nichos escavados nas paredes de tufo, ricamente ornamentada com estuques policromados representando os úteis e preciosos objetos da vida cotidiana: enxadas, cordas, machados, tesouras, pás, facas, arcos, flechas e até mesmo cães de caça e aves aquáticas. E eu, abandonando de bom grado a veleidade de qualquer resíduo de escrúpulo filológico, tentava imaginar concretamente o que poderia significar para os etruscos tardios de Cerveteri, de uma época posterior à conquista romana, aquela constante visitação de seu cemitério localizado na periferia da cidade.

Exatamente como ainda é hoje nas pequenas cidades do interior da Itália, o portão do cemitério é o destino obrigatório dos passeios vespertinos. As pessoas vêm do povoado próximo quase sempre a pé — eu imaginava — em grupos formados por parentes e amigos ou em bandos de jovens como os que havíamos encontrado há pouco na estrada, ou então na companhia da pessoa amada ou mesmo sozinhas, para caminhar por entre as sólidas e maciças sepulturas cônicas, como os *bunkers* que os soldados alemães tinham espalhado inutilmente pela Europa durante a última guerra. Túmulos que certamente se pareciam, tanto por fora quanto por dentro, com as habitações-fortalezas dos vivos. Sim, tudo estava mudando — era o que eles deviam estar dizendo uns aos outros enquanto caminhavam pela rua pavimentada que atravessa o cemitério de um extremo ao outro e onde as rodas de ferro dos veículos haviam escavado lentamente, ao longo dos séculos, dois profundos sulcos paralelos. O mundo já não era mais aquele de antigamente, quando a Etrúria, com sua confederação de cidades-estado aristocráticas e livres, dominava a península itálica quase inteiramente. Novas civilizações, mais rústicas e mais populares, mas também mais fortes e aguerridas, tinham agora o controle da situação. Mas, no fundo, que importância tinha isso?

Uma vez transposta a entrada do cemitério, onde todos eles já possuíam uma segunda casa e, dentro desta, um leito já preparado no qual em breve estariam estendidos ao lado de seus pais, a eternidade não deveria mais parecer uma ilusão, uma lenda, uma promessa feita pelos sacerdotes. O futuro poderia revirar o mundo ao seu bel-prazer. No entanto, no pequeno recinto sagrado dos mortos da família, no coração daquelas sepulturas onde, junto aos falecidos, os etruscos tiveram o cuidado de colocar muitas das coisas que tornavam a vida bela e agradável, ali naquele canto de mundo protegido, abrigado e privilegiado, pelo menos ali (e mesmo depois de se passarem 25 séculos, o pensamento e a loucura deles ainda pairavam no ar em torno dos túmulos cônicos cobertos pelo capim selvagem), nada jamais iria mudar.

Quando fomos embora, já estava escuro. Cerveteri não fica muito distante de Roma, e geralmente leva-se uma hora de carro. Naquela noite, porém, a viagem não foi assim tão rápida. Na metade do caminho, a Via Aurelia começou a ficar congestionada com os carros que vinham de Ladispoli e de Fregene. Fomos obrigados a prosseguir numa velocidade que era quase como se estivéssemos andando a pé.

E agora, novamente, no meio da quietude e do torpor (até mesmo Giannina tinha pegado no sono), retornavam à minha memória os anos da minha juventude e o cemitério israelita situado ao final da Via Montebello em Ferrara. Eu revia os amplos gramados salpicados de árvores, as lápides e as colunas agrupadas mais densamente ao longo dos muros externos e dos muros divisórios e, como se eu o tivesse bem diante dos meus olhos, o jazigo monumental dos Finzi-Contini. Era com certeza uma sepultura desgraciosa e sem nenhuma beleza — eu sempre tinha ouvido dizer isso em casa desde menino —, mas era imponente e significativa, no mínimo devido à importância daquela família.

E meu coração se apertava ainda mais ao pensar que naquele jazigo construído com a intenção de garantir o repouso perpétuo daquele que o encomendou e o de seus descendentes, apenas um dentre todos os membros da família Finzi-Contini que eu tinha conhecido e amado tinha conseguido o seu merecido descanso dentro daquele túmulo. De fato, ali só foi sepultado Alberto, o filho mais velho, morto em 1942, devastado por um linfogranuloma. Ao passo que Micòl, a filha, mais o pai, o professor Ermanno, e a mãe, a *signora* Olga, e ainda a *signora* Regina, a mãe desta última, já muito idosa e paralítica, foram todos deportados para a Alemanha no outono de 1943. E sabe-se lá se eles tiveram algum tipo de sepultura...

# PARTE I

# 1

A sepultura era grande, maciça e realmente imponente, uma espécie de templo num estilo entre o antigo e o oriental, como se via nos cenários das óperas *Aída* ou *Nabuco*, muito freqüentes nos nossos teatros até poucos anos. Em qualquer outro cemitério, e até mesmo no Cemitério Municipal que ficava ao lado, um jazigo com tais pretensões não causaria grande impressão. Pelo contrário, confundindo-se com a massa dos outros túmulos, ele talvez tivesse passado despercebido, mas no nosso cemitério ele era único. E assim, embora estivesse bem distante do portão de entrada, no fundo de um campo abandonado onde há mais de meio século ninguém mais havia sido enterrado, ele se destacava e saltava imediatamente aos olhos.

Quem encomendou a construção do jazigo a um renomado professor de arquitetura, responsável por muitos outros horrores contemporâneos erigidos na cidade, foi Moisè Finzi-Contini, bisavô paterno de Alberto e Micòl, morto em 1863, pouco depois da anexação dos territórios dos Estados Pontifícios ao Reino da Itália e da conseqüente e definitiva abolição dos guetos judeus, também em Ferrara. Grande proprietário de terras e "reformador da agricultura em Ferrara", como se lia na placa que a comunidade havia mandado afixar no saguão do terceiro andar, no alto das escadarias da sinagoga situada na Via Mazzini, para eternizar os méritos desse "italiano e judeu" cujo gosto artístico era, obviamente, bem pouco refinado, este senhor, depois que tomou a decisão de mandar erigir um túmulo *sibi et suis*, deixou que o arquiteto o construísse como bem o entendesse. Aqueles anos pareciam belos e prósperos: tudo era um convite à esperança e à ousadia. Eufórico com a conquista da igualdade civil, a mesma que, quando era jovem, na época da República Cisalpina, lhe havia permitido ser proprietário dos seus primeiros mil hectares de terras com benfeitorias e saneamento, era compreensível que o rígido patriarca fosse induzido, naquela circunstância solene, a não poupar despesas. É bem provável que o ilustre professor de arquitetura tenha tido carta branca e, com tantos tipos de mármore à sua disposição (Carrara, Rosso Verona, cinza mesclado de preto e ainda mármore amarelo, verde e azul), tenha decididamente perdido a cabeça.

O resultado foi uma incrível colcha de retalhos onde se misturavam ecos arquitetônicos do mausoléu de Teodorico de Ravena, dos templos egípcios de Lúxor, do barroco romano e até mesmo da Grécia arcaica de Cnossos, como evidenciavam as colunas atarracadas do peristilo. Mas, pouco a pouco, ano após ano, o tempo, que sempre ajeita tudo a seu modo, encarregou-se de harmonizar aquela inacreditável mistura de estilos heterogêneos. Moisè Finzi-Contini, que possuía a "índole austera do trabalhador incansável", tinha falecido em 1863, e sua mulher, Allegrina Camaioli, o "anjo do lar", morreu em

1875. Em 1877, ainda jovem, e seguido com 21 anos de intervalo, em 1898, pela esposa Josette, descendente dos barões Artom do ramo de Treviso, faleceu o único filho deles, o engenheiro Menotti. Depois disso, a manutenção da capela, que havia acolhido em 1914 apenas um outro membro da família — Guido, um menino de seis anos —, ficou a cargo de mãos cada vez menos preocupadas em limpar, cuidar e restaurar os danos toda vez que fosse preciso e sobretudo em combater o ritmo tenaz do assédio da vegetação circundante. Permitiram que os tufos de capim — um capim escuro, quase negro, com uma textura quase metálica — e as samambaias, as urtigas, os cardos e as papoulas crescessem e invadissem tudo com liberdade cada vez maior. De forma que, em 1924 ou 1925, uns sessenta anos depois da sua inauguração, quando eu, ainda criança, vi pela primeira vez a capela fúnebre dos Finzi-Contini ("Um verdadeiro horror", minha mãe nunca deixava de dizer, levando-me pela mão), ela já tinha aproximadamente a aparência que tem agora, pois há muito tempo não havia mais ninguém verdadeiramente interessado em cuidar dela. Semi-afundada no verde campestre, com a superfície de seus mármores policromados originalmente polidos e brilhantes e agora tornados opacos devido ao acúmulo de poeira acinzentada, com o teto e os degraus externos desgastados e carcomidos pelo sol forte do verão e pelas geadas, já então naquela época ela aparecia como que transformada em algo precioso e maravilhoso no qual se converte qualquer objeto que tenha permanecido submerso por longo tempo.

Quem sabe como e por que nasce uma vocação para a solidão? O fato é que o próprio isolamento, a separação com a qual os Finzi-Contini haviam rodeado os seus defuntos, circundava também a *outra* casa que eles possuíam, localizada no final do

Corso Ercole I d'Este. Imortalizada por Giosuè Carducci e Gabriele D'Annunzio, esta avenida de Ferrara é tão conhecida no mundo inteiro pelos apaixonados por arte e poesia, que qualquer descrição que se fizesse dela resultaria apenas supérflua. Como se sabe, estamos bem no coração de uma área ao norte da cidade anexada durante a Renascença ao pequeno burgo medieval e que, justamente por isso, chama-se Addizione Erculea. Ampla e reta como uma espada, indo do Castelo até à Muralha degli Angeli, a avenida é flanqueada em toda a sua extensão por grandes e escuras residências de famílias nobres que ostentam sublimes e distantes tons de vermelho-tijolo, verde-musgo e azul-celeste que parecem realmente nos levar ao infinito. O Corso Ercole I d'Este é tão bonito e é tamanha a atração turística exercida por ele que a administração socialcomunista, responsável pela Prefeitura de Ferrara há mais de 15 anos, conscientizou-se de que não deveria tocar nele e que deveria defendê-lo a todo custo da especulação imobiliária ou comercial e de manter a integridade de seu caráter aristocrático original.

É uma avenida muito famosa e ademais está substancialmente intacta.

E no entanto, no que diz respeito particularmente à casa dos Finzi-Contini, cuja entrada ainda hoje se localiza no Corso Ercole I, para chegar-se a ela deve-se percorrer ainda mais de meio quilômetro através de um imenso descampado pouco ou nada cultivado e que conserva até hoje as ruínas históricas de uma construção do século XVI, antiga moradia ou *villa* de algum membro da casa d'Este, também adquirida por Moisè em 1850 e que mais tarde, devido a adaptações e restaurações subseqüentes efetuadas pelos herdeiros, transformou-se numa espécie de solar neogótico no estilo inglês. E, apesar de tantos motivos de interesse terem sobrevivido, eu me pergunto quem ainda saberia alguma coisa sobre essa casa, quem é que se lembra dela?... O Guia do Touring Clube não faz nenhuma menção a ela, o que justifica os turistas casuais e ocasionais que a visitam apenas porque estão de passagem por ali. E, mesmo na própria cidade de Ferrara, nem os poucos judeus que continuaram fazendo parte da minguante Comunidade Israelita parecem se lembrar dela.

O Guia do Touring não menciona nada sobre isso, o que é, sem dúvida, uma falha. Porém, para sermos mais precisos, o jardim, ou melhor, o imenso parque que circundava a casa dos Finzi-Contini antes da guerra e que se estendia por quase dez hectares, indo da Muralha degli Angeli até a Barreira da Porta San Benedetto, e que representava por si só algo de raro e excepcional (os Guias do Touring do início do século XX nunca deixavam de mencioná-lo usando um tom bastante curioso, entre o lírico e o mundano), literalmente não existe mais hoje em dia. Todas as árvores de grande porte — tílias, olmos, faias, álamos, plátanos, castanheiros-da-índia, pinheiros, abetos, lariços, cedros-do-líbano, ciprestes, carvalhos, azinheiras e até mesmo as palmeiras e os eucaliptos —, mandadas plantar às centenas por Josette Artom, foram abatidas durante os dois últimos anos da guerra para serem usadas como lenha e como carvão e, já faz algum tempo, o terreno voltou a ser como era antes, um dos grandes hortos situados dentro das muralhas da cidade antiga, quando Moisè Finzi-Contini o adquiriu dos Marqueses Avogli.

Restou a casa propriamente dita. Porém a construção, grande e singular, e bastante danificada por um bombardeio ocorrido em 1944, permanece ocupada ainda hoje por cerca de cinqüenta famílias de desabrigados pertencentes ao mesmo subproletariado urbano miserável, que em nada difere da plebe que povoa a periferia de Roma, e que continuam a se amontoar principalmente no saguão e nos corredores do Palazzone da Via Mortara. Uma gente desesperada, rude e sofredora (fiquei sabendo que, há poucos meses, eles receberam a pedradas o Fiscal Municipal da Saúde Pública que tinha ido lá de bicicleta para fazer uma vistoria) e que, para desencorajar qualquer eventual tentativa de despejo por parte da Superintendência do Patrimônio Histórico e Artístico da Região da Emília Romagna, teve a bela idéia de raspar as paredes até que fossem removidos todos os vestígios das pinturas antigas.

E, sendo assim, por que colocar os turistas em situações de risco? — é o que eu imagino que os redatores da última edição do Guia do Touring tenham se perguntado. E, no fim das contas, para ver o quê?

# 2

Podia-se dizer que o jazigo da família Finzi-Contini era um "horror" e até mesmo zombar dele, mas, com relação à casa, isolada lá embaixo entre os mosquitos e as rãs do canal Panfilio e das fossas de esgoto, e apelidada invejosamente de "*magna domus*", nem mesmo após cinqüenta anos se poderia falar mal dela. Se bem que, ainda hoje, bastava bem pouco para que alguém pudesse se sentir ofendido por ela! Bastava — sei lá... — caminhar ao longo do muro interminável que delimitava o jardim da casa pelo lado do Corso Ercole I d'Este, interrompido mais ou menos na metade de sua extensão por um imponente portão de carvalho escuro sem nenhuma maçaneta. Ou então, passando pelo outro lado, bastava espiar do alto da Muralha degli Angeli, pegada ao parque, e penetrar com o olhar através do emaranhado selvagem de troncos, galhos e folhagens que ficavam logo abaixo até entrever o contorno estranho e pontiagudo da casa senhorial, onde, atrás dela e bem distante, via-se a mancha cor de argila da quadra de tênis situada à beira de uma clareira. E então, devido à ausência de relacionamento com as outras pessoas e à segregação voluntária na qual eles viviam, a velha insolência dos Finzi-Contini voltava a fazer mal e a magoar quase como antigamente.

— É uma atitude de novos-ricos, uma idéia extravagante! — meu pai costumava repetir, com uma espécie de rancor veemente e apaixonado, toda vez que tocava naquele assunto.

Sabe-se muito bem — ele admitia — que os antigos proprietários do terreno, os Marqueses Avogli, tinham nas veias sangue "100% azul". O horto e as ruínas ostentavam *ab antiquo* o nome muito pitoresco e decorativo de Barchetto del Duca. Tudo coisa muito fina, com certeza! Tanto é que Moisè Finzi-Contini, em quem se reconhecia o indiscutível mérito de ter "farejado" aquele bom negócio, ao concluí-lo não deveria ter gasto mais do que os proverbiais três vinténs. Mas e daí?

— meu pai acrescentava imediatamente. Será que teria sido mesmo necessário, e apenas por esse motivo, que Menotti, o filho de Moisè — apelidado de *al matt mugnàga*, o que quer dizer "o damasco doido", por causa da cor de um excêntrico e bizarro casaco forrado com pele de marta que ele usava — tivesse tomado a decisão de se transferir com a mulher Josette para uma área da cidade que era completamente fora de mão e considerada insalubre até hoje (imagine então naquela época!) e que ainda por cima era deserta, melancólica e, além do mais, inadequada?

Um outro motivo poderia ser o fato de que os pais dele, que eram gente de uma outra época, podiam perfeitamente se dar ao luxo de investir todo o dinheiro que quisessem em antigas ruínas. E também havia particularmente o fato de que Josette Artom, descendente da família dos barões Artom do ramo de Treviso (uma mulher magnífica em sua mocidade — loura, de olhos azuis e com um belo par de seios, cuja mãe era natural de Berlim e tinha o sobrenome Olschky), além de apoiar a Casa de Savóia, a ponto de, em maio de 1898, pouco antes de morrer, ter enviado um telegrama de congratulações ao general Bava Beccaris por ter disparado tiros de canhão nos pobres coitados dos socialistas e anarquistas milaneses, era também uma admiradora fanática da Alemanha de Bismarck com seus capacetes pontiagudos, sem nunca ter se preocupado, desde que seu marido Menotti, eternamente jogado aos seus pés, a havia entronizado no seu Walhalla particular e pessoal, em dissimular a sua aversão ao ambiente israelita de Ferrara, para ela demasiado limitado — como ela dizia — ou melhor, e em essência, sem disfarçar o seu *anti-semitismo fundamental*, por mais grotesco que isso pudesse ser. No entanto em que tipo de gente o professor Ermanno e a *signora* Olga (um homem letrado e uma Herrera de Veneza, isto é, de uma *ótima* família sefaradita ponentina, não há dúvida, porém bastante arruinada, mas muito religiosa) também tinham querido se transformar? Em nobres autênticos? É compreensível, é claro, é bastante compreensível. A perda do filho Guido, o primogênito morto em 1914 com apenas seis anos de idade em conseqüência de um ataque fulminante de paralisia infantil do tipo americano contra a qual nem mesmo o doutor Corcos nada pôde fazer, isso deve ter sido um golpe muito duro para eles. Sobretudo para a *signora* Olga, que, desde então, não mais abandonou o luto. Mas, afora isso, de tanto viverem distanciados, não é que eles começaram, com o passar do tempo, a ficar meio convencidos, recaindo nos mesmos caprichos absurdos de Menotti Finzi-Contini e de sua digníssima esposa? Que aristocracia, que nada! Em vez de empinar tanto o nariz, teria sido bem melhor se, pelo menos eles, não esquecendo quem eram e de onde provinham, pois é certo que os judeus — sefaraditas e asquenazitas, ponentinos e levantinos, tunisianos, berberes, iemenitas e até mesmo etíopes —, em qualquer parte da terra e sob qualquer céu onde a história os tenha dispersado, são e serão sempre judeus, quer dizer, são todos parentes próximos. O velho Moisè nunca se dava ares de importância! Ele não tinha veleidades nobiliárquicas na cabeça! Quando estava morando em sua casa no gueto, situada no número 24 da Via Vignatagliata e onde, resistindo à pressão de sua arrogante nora de Treviso que estava impaciente por se mudar o mais rápido possível para o Barchetto del Duca, ele queria morrer em paz e ele mesmo ia fazer compras na Piazza delle Erbe com a sua fiel sacola debaixo do braço. Ele mesmo que, apelidado exatamente por esse motivo de *al gatt*, "o gato", havia tirado a *sua* própria família do nada. Se não havia dúvidas de que "a tal da Josette" mudou-se para Ferrara trazendo consigo um rico dote que consistia numa *villa* localizada na região de Treviso decorada com afrescos de Tiepolo, possuidora de uma bela renda e dona de muitas jóias que, nas estréias do Teatro Comunale, contrastando com o forro de veludo vermelho do camarote de sua propriedade, atraíam para o seu esplendoroso decote os olhares de todo o teatro, não havia também a menor dúvida de que tinha sido *al gatt* (e somente ele) o responsável por reunir e arrematar, nas terras baixas de Ferrara situadas entre Codigoro, Massa Fiscaglia e Jolanda di Savoia, os milhares de hectares sobre os quais ainda hoje estava fundamentada a maior parte do patrimônio familiar. O jazigo monumental no cemitério era o único erro, o único pecado (sobretudo com relação ao bom gosto), do qual Moisè Finzi-Contini poderia ser acusado. Fora isso, não havia mais nada.

E assim discorria meu pai na Páscoa, especialmente durante as longas ceias que costumavam acontecer na nossa casa, mesmo depois da morte do *nonno* Raffaello e das quais participavam cerca de vinte pessoas entre parentes e amigos, e também no Yom Kipur, quando os mesmos parentes e amigos retornavam à nossa casa para romper o jejum.

Recordo-me, no entanto, de uma ceia de Páscoa durante a qual, além das críticas tradicionais ressentidas, generalizantes e sempre as mesmas, feitas principalmente pelo prazer de relembrar as velhas histórias da comunidade israelita, meu pai adicionou algumas outras, novas e surpreendentes.

Foi em 1933, o ano da chamada *Infornata del Decennale*\*.

Graças à "clemência" do Duce, que, num rompante e quase como se estivesse inspirado, decidiu abrir os braços para todos os "agnósticos ou adversários de ontem", o que fez com que, mesmo no âmbito da nossa comunidade, o número de inscritos no Partido Fascista tivesse aumentado em 90%. E meu pai, que se sentava lá no fundo da sala, no seu posto habitual na cabeceira da mesa, no mesmo lugar onde o *nonno* Raffaello havia pontificado durante muitas décadas com uma autoridade e uma severidade bem diferentes da dele, não tinha deixado de apreciar o acontecimento. O rabino doutor Levi havia feito muito bem — ele disse — ao mencionar o fato durante o discurso que havia proferido recentemente na Sinagoga Italiana, quando, na presença das maiores autoridades da cidade — o Prefeito, o Secretário de Estado, o Interventor e o General-de-Brigada comandante do quartel —, tinha celebrado o Estatuto!

Mesmo assim, meu pai não estava totalmente satisfeito. Nos seus olhos azuis de rapaz, cheios de ardor patriótico, eu percebia uma sombra de decepção. Ele deve ter detectado

---

\*Nomeação do Décimo Aniversário. (*N. do T.*)

algum contratempo, algum pequeno obstáculo imprevisto e desagradável.

E, de fato, quando começou a contar nos dedos quantos de nós, "os judeus de Ferrara", ainda tínhamos permanecido "de fora" e, tendo chegado até o professor Ermanno Finzi-Contini, que na verdade jamais tinha se filiado ao partido (se bem que, no fundo, levando-se em conta o respeitável patrimônio agrícola do qual era proprietário, nunca se entendeu direito o porquê), de repente, como se tivesse ficado aborrecido consigo mesmo e com a sua própria discrição resolveu mencionar dois acontecimentos curiosos e talvez sem nenhuma relação entre si — ele declarou — mas nem por isso menos significativos.

O primeiro deles foi quando o advogado Geremia Tabet, usando de suas prerrogativas de ser um *Sansepolcrista** e amigo íntimo do Secretário de Estado, havia ido ao Barchetto del Duca especialmente para oferecer ao professor a carteira do partido já pronta e com o seu nome nela. Ele não somente teve a carteira devolvida, mas também dali a pouco, muito gentilmente, sem dúvida, e também com muita firmeza, foi-lhe indicada a porta da rua.

— E com que desculpa? — alguém perguntou numa voz pouco audível. Ninguém nunca soube que Ermanno Finzi-Contini fosse um homem forte.

— E com que pretexto ele se recusou a aceitá-la? — disse meu pai, desatando a rir. Deve ter sido uma daquelas desculpas de sempre: a de que ele é um estudioso (gostaria de saber de qual matéria!), que já está velho demais, que nunca se interessou por política na sua vida etc. etc. Por sinal, foi esperto,

---
*Fundador do Partido Fascista. (*N. do T.*)

o nosso amigo. Ele deve ter percebido a raiva na cara do Tabet e então, zás-trás, enfiou cinco notas de mil no bolso dele.

— Cinco mil liras!

— Com certeza! E para serem utilizadas em benefício das Colônias de Férias Marítimas e Serranas da Obra Nacional Balilla. Ele não foi bobo, não! Mas escutem só a segunda novidade.

E ele então informou aos convidados que o professor, por intermédio de uma carta endereçada alguns dias antes ao Conselho da Comunidade através do advogado Renzo Galassi-Tarabini (ele não poderia ter escolhido um advogado mais hipócrita, mais bajulador e mais *"halto"*\* do que esse), havia solicitado oficialmente uma autorização para restaurar por conta própria, "para uso da família e dos eventuais interessados", a pequena e antiga sinagoga espanhola situada na Via Mazzini, que há pelo menos três séculos tinha se transformado num depósito e não tinha sido mais utilizada como local de culto religioso.

\*Carola. (*N. do T.*)

# 3

Em 1914, quando o pequeno Guido morreu, o professor Ermanno tinha 49 anos e a *signora* Olga, 24. O menino sentiu-se mal e ficou de cama com febre alta, caindo logo num profundo estupor.

O doutor Corcos foi chamado de urgência. Após um interminável e silencioso exame realizado com as sobrancelhas franzidas, o médico levantou bruscamente a cabeça e, com uma expressão grave, fitou primeiramente o pai e depois a mãe. Os dois olhares lançados pelo médico da família foram longos e graves e havia neles um estranho desprezo. Enquanto isso, por debaixo do grande bigode ao estilo do rei Umberto e já completamente grisalho, seus lábios se contorciam no esgar penoso e quase afrontoso dos casos sem esperança.

"Não há mais nada a fazer", era o que o médico queria dizer com aqueles olhares e aquela contorção dos lábios. Mas talvez também houvesse algo mais. O fato é que ele também, dez anos antes (e talvez ele tenha falado sobre o assunto naquele mesmo dia antes de despedir-se ou, em vez disso, como de fato aconteceu, somente cinco dias depois, comentando com o *nonno* Raffaello enquanto ambos acompanhavam a pé o imponente cortejo fúnebre), tinha perdido um filho ainda menino — o seu Ruben.

— Eu conheço muito bem este sofrimento. Eu também sei o que é assistir à morte de um filho de cinco anos — Elia Corcos disse, de repente.

Com a cabeça baixa e as mãos apoiadas no guidom da bicicleta, o *nonno* Raffaello caminhava ao seu lado. Parecia que ele estava contando um por um os paralelepípedos do Corso Ercole I d'Este. Ao ouvir aquelas palavras bastante incomuns saírem da boca de seu amigo cético, voltou-se surpreso para fitá-lo.

E, na realidade, o que é que Elia Corcos sabia? Ele havia examinado minuciosamente o corpo inerte do menino, tinha proferido para si mesmo um prognóstico infeliz e, quando levantou o olhar, ele o havia fixado nos olhos petrificados dos dois genitores: o pai já era um velho e a mãe ainda era jovem. Por quais vias teria sido possível ler o que havia no fundo daqueles corações? E quem mais saberia fazer isso, no futuro? No jazigo-monumento do cemitério israelita, a epígrafe dedicada ao pequeno morto (sete linhas delicadamente esculpidas e pintadas num singelo retângulo vertical de mármore branco...) dizia tão-somente:

Aqui jaz
GUIDO FINZI-CONTINI
(1908-1914)
nobre no corpo e na alma
teus pais se preparavam
para te amar sempre mais
em vez de chorarem por ti

Sempre mais. Um soluço contido e nada mais. Um peso no coração que não será compartilhado com mais ninguém no mundo.

Alberto nasceu em 1915, Micòl em 1916, os dois sendo praticamente da mesma idade que eu. Eles não freqüentaram nem a escola primária israelita localizada na Via Vignatagliata, onde Guido havia estudado sem concluir o pré-primário e nem, mais tarde, a escola pública, o Liceu-Ginásio G. B. Guarini, o cadinho precoce da melhor sociedade israelita e não-israelita da cidade e que, por isso mesmo, sacramentava as regras sociais. Alberto e Micòl tinham aulas particulares, e o professor Ermanno interrompia de vez em quando os seus estudos solitários de Agronomia, de Física e da História das Comunidades Israelitas na Itália para supervisionar de perto os progressos dos dois. Eram os anos loucos, porém generosos a seu modo, do início do Fascismo na região da Emilia Romagna. Todos os atos e comportamentos eram julgados — mesmo por aqueles que, como meu pai, citavam com freqüência Horácio e sua *aurea mediocritas* — por intermédio do crivo vulgar do patriotismo ou do derrotismo. Matricular os filhos na escola pública era considerado, de modo geral, um ato patriótico. Não fazê-lo era considerado um ato derrotista e, sendo assim, quando o faziam, esse ato era visto de algum modo como uma ofensa.

Mas, mesmo segregados, Alberto e Micòl Finzi-Contini sempre mantiveram um relacionamento superficial com o ambiente externo e com os jovens que, como nós, freqüentavam as escolas públicas.

Dois professores do Liceu Guarini serviam de intermediários.

Por exemplo, o professor Meldolesi, que na quarta série do ginásio nos dava aulas de Italiano, Latim, Grego, História e Geografia, pegava a sua bicicleta uma tarde sim e outra não e, do bairro de pequenas casas que tinha surgido naquela época fora dos limites da Porta San Benedetto, onde vivia sozinho num cômodo mobiliado e do qual sempre exaltava a vista que tinha e o sol que batia em sua habitação, pedalava até o Barchetto del Duca, para permanecer ali às vezes até mesmo durante três horas consecutivas. A *signora* Fabiani, a professora de Matemática, fazia o mesmo.

Na verdade, por meio dela, nunca se soube de nada. Nascida em Bolonha, viúva, sem filhos, com mais de cinqüenta anos e muito religiosa, nós a víamos quase sempre a ponto de entrar em êxtase durante os exames orais. Ficava o tempo todo revirando os olhos flamejantes que tinham um tom azul-cerúleo e murmurando coisas para si mesma. E rezava. Rezava, é claro, por nós, coitadinhos, quase todos incapazes de aprender álgebra, mas talvez também para apressar a conversão ao catolicismo dos senhores judeus na casa de quem ela ia duas vezes por semana. A conversão do professor Ermanno e da *signora* Olga, mas principalmente a dos dois filhos — Alberto, que era muito inteligente, e Micòl, que era muito bonita e muito viva — devia ser para ela um assunto muito importante e muito urgente, para que ela se arriscasse a comprometer a probabilidade de ser bem-sucedida por culpa de alguma indiscrição escolar banal.

Já o professor Meldolesi, ao contrário, este não ficava calado. Nascido em Comacchio no seio de uma família de lavradores, estudou no seminário até terminar o ginásio (ele tinha aquele ar esperto e quase afeminado de um padre de cidade pequena do interior). Depois, estudou Letras em Bolonha, a tempo de ainda assistir às últimas aulas de Giosuè Carducci, de quem ele se vangloriava ter sido um "humilde aluno". Passava as tardes no Barchetto del Duca num ambiente repleto de evocações renascentistas, onde tomava o chá das cinco na companhia de toda a família (a *signora* Olga voltava do jardim quase sempre naquela hora, com os braços carregados de flores), assim como também mais tarde, às vezes lá em cima na biblioteca, desfrutava até o escurecer das conversas cultas com o professor Ermanno. Evidentemente, aquelas tardes extraordinárias representavam para ele algo por demais precioso para que não fizesse delas assunto de freqüentes discursos e divagações, mesmo na nossa presença.

Desde a tarde em que o professor Ermanno tinha lhe revelado que Carducci havia se hospedado na casa de seus pais durante uns dez dias em 1875 e lhe mostrado o quarto que ele havia ocupado, fazendo-o ainda tocar na cama em que ele havia dormido e por fim entregando-lhe, para levar para casa e apreciar com toda a comodidade, um "punhado" de cartas escritas pelo poeta e enviadas à sua anfitriã, a agitação e o entusiasmo do professor Meldolesi não tinham mais conhecido limites, a ponto de estar convencido, e de tentar nos convencer também, que aquele famoso verso da *Canção de Legnano*:

> Ó loura, bela e fiel imperatriz

no qual claramente se anunciam os versos ainda mais famosos:

> De onde vieste? De que séculos, até nós,
> Tão meiga e bela foste transportada...

juntamente com a tão falada conversão do célebre filho de Maremma ao "eterno feminino real" da Casa de Savóia tivessem sido inspirados pela avó paterna dos seus alunos particulares Alberto e Micòl Finzi-Contini. Ah, que tema maravilhoso teria sido este — suspirou uma vez em plena sala de aula o professor Meldolesi — para um artigo a ser enviado para a *Nova Antologia*, onde o amigo e colega Alfredo Grilli vinha publicando há tempos os seus sutis e aguçados estudos sobre Renato Serra! Um dia desses, utilizando naturalmente a delicadeza e o tato necessários ao caso, ele pensaria em propor esta hipótese ao proprietário das cartas. E, levando em consideração os muitos anos transcorridos, a importância e a obviamente perfeita correção de uma correspondência na qual Carducci dirigia-se à dama somente em termos de "amável baronesa", "anfitriã gentilíssima" e outros tratamentos similares, que os céus permitissem que o professor Ermanno não lhe dissesse que não! Na feliz hipótese de um sim, ele, Giulio Meldolesi — desde que fosse agraciado com o consentimento explícito por parte de quem tinha o direito de concedê-lo ou negá-lo —, copiaria as cartas uma por uma, acompanhando de um mínimo de comentários aqueles sagrados fragmentos, aquelas venerandas fagulhas saídas da maravilhosa forja do escritor. Na verdade, de que mais necessitava o texto desta correspondência? De nada mais, além de uma introdução de caráter geral, acrescida, no máximo, de uma sóbria nota histórico-filológica de pé de página...

Mas, além dos professores que tínhamos em comum, havia também os exames reservados aos alunos das escolas particulares — exames que aconteciam em junho, simultaneamente aos dos colégios estaduais e dos internatos — e que nos colocavam pelo menos uma vez por ano em contato direto com Alberto e Micòl.

Para nós, alunos do internato, e ainda mais quando tínhamos sido aprovados, talvez não existissem dias melhores do que aqueles. Como se subitamente já estivéssemos sentindo saudade das aulas que tinham acabado de terminar e dos deveres de casa, geralmente não encontrávamos lugar melhor do que o pátio da escola para marcarmos nossos encontros. Demorávamos no saguão amplo, fresco e sombrio como uma cripta e nos apinhávamos diante das grandes folhas brancas de papel com as notas finais, fascinados pela leitura dos nossos nomes e daqueles dos nossos colegas, que, lidos daquela maneira, transcritos numa bela caligrafia e expostos debaixo de um vidro que ficava sob uma fina grade de ferro, não deixavam nunca de nos surpreender. Era ótimo não ter mais nada a temer com relação à escola. Era ótimo poder sair dali a pouco na luz límpida e azul das dez da manhã que reluzia lá embaixo através do portão de entrada. Era ótimo ter diante de si as longas horas de lazer e liberdade para passá-las como melhor nos conviesse. Era tudo ótimo, tudo maravilhoso naqueles primeiros dias de férias. E que felicidade sentíamos quando nos ocorria o pensamento sempre recorrente da viagem que se aproximava para passarmos o verão à beira-mar ou nas montanhas, onde praticamente perderíamos a lembrança do estudo que ainda exauria e angustiava muitos outros alunos!

E, no meio destes *outros* (meninos do interior, na maioria filhos de lavradores preparados para os exames pelo pároco da aldeia, que antes de ultrapassarem a soleira do *Guarini* ficavam olhando em volta, perdidos como bezerros conduzidos ao matadouro), estavam justamente Alberto e Micòl Finzi-Contini, nem um pouco perdidos, habituados como estavam havia anos a se apresentarem e a passarem de ano tranqüilamente. Talvez eles fossem ligeiramente irônicos, especialmente comigo, quando atravessavam o pátio e me viam entre os meus colegas, me cumprimentando de longe com um aceno e um sorriso. Mas sempre muito gentis e bem-educados, talvez até demais. Comportavam-se como fossem os anfitriões. Eles nunca vinham a pé e muito menos de bicicleta. Vinham num coche, uma berlinda azul-marinho com grandes pneus de borracha e com os varais vermelhos, toda envernizada e reluzente com seus vidros e cromados.

O coche ficava aguardando diante do *Guarini* por horas a fio, deslocando-se apenas para aproveitar a sombra. E devo dizer que poder examinar o veículo de perto em todos os detalhes, desde o enorme cavalo vigoroso que de vez em quando escoiceava calmamente e que tinha o rabo cortado e a crina aparada rente, até à minúscula coroa nobiliárquica que sobressaía prateada sobre a pintura azul das portas, obtendo, às vezes, do cocheiro tolerante e uniformizado, porém sentado na boléia como se fosse num trono, a permissão de subir num dos estribos laterais para que pudéssemos contemplar comodamente, e com o nariz amassado contra o vidro, o interior todo cinza e felpudo mergulhado na penumbra (parecia uma sala: num canto havia até umas flores dentro de um vaso comprido e delgado em forma de cálice...), podia ser também um prazer, ou melhor, *era* um prazer, sem dúvida alguma: um dos muitos prazeres aventurosos dos quais eram pródigas aquelas manhãs maravilhosas e adolescentes do final da primavera.

# 4

No que diz respeito a mim particularmente, sempre existiu algo de mais íntimo nas minhas relações com Alberto e Micòl. Eu sabia muito bem que os olhares de cumplicidade e os gestos confidenciais que os dois irmãos trocavam comigo sempre que nos encontrávamos nas imediações do *Guarini* tinham a ver com isso, e era uma coisa que se passava apenas entre nós.

Algo de mais íntimo... O quê, exatamente?

É fácil de entender. Em primeiro lugar, nós éramos judeus, e só isso já seria o suficiente. Entre nós, na prática, poderia não ter acontecido nada, nem mesmo aquele pouco que vinha do fato de termos de vez em quando trocado algumas palavras. Mas as circunstâncias de que fôssemos aquilo que éramos, e que pelo menos duas vezes por ano, na Páscoa e no Yom Kipur, nos encontrássemos junto com os nossos respectivos pais e parentes próximos diante de um determinado portão na Via Mazzini — e com freqüência acontecia que, depois de termos todos passado pelo portão e estarmos caminhando pelo átrio, que era meio escuro e apertado, os adultos fossem obrigados a fazer cumprimentos com os seus chapéus, a darem-se apertos de mão e a inclinarem-se respeitosos, coisa que não tinham oportunidade de fazer durante o resto do ano. Para nós, crianças, não era preciso mais do que isso para que, quando nos encontrássemos em algum outro lugar, e especialmente na presença de estranhos, passasse imediatamente pelos nossos olhos a sombra ou o sorriso de uma conivência e de uma cumplicidade especiais.

Entretanto, no nosso caso, o fato de que fôssemos judeus e estivéssemos inscritos nos registros da mesma Comunidade Israelita importava bem pouco. E, na verdade, o que é que realmente significava a palavra "judeu"? *Para nós*, que sentido podiam ter expressões como "Comunidade Israelita" ou "Universidade Israelita", visto que prescindiam completamente da existência daquela intimidade suplementar e secreta cujo valor era apreciado somente por aqueles que a compartilhavam e que derivava do fato de que as nossas famílias, não por escolha, mas em virtude de uma tradição mais antiga do que qualquer memória possível, seguiam o mesmo rito religioso, ou melhor, freqüentavam a mesma sinagoga? Quando nos encontrávamos no portão, em geral ao cair da tarde e após os elaborados cumprimentos trocados na penumbra do pórtico, acabávamos quase sempre subindo em grupo as escadas íngremes que conduziam ao segundo andar, onde ficava a sinagoga italiana, que era muito ampla e ficava apinhada de uma gente bem misturada, onde os sons do órgão e dos cantos ecoavam como numa igreja. A sinagoga tinha o pé-direito tão alto que, em certas tardes de maio, com os janelões laterais completamente escancarados diante do pôr-do-sol, nós ficávamos, num certo momento, imersos numa espécie de névoa dourada. Pois bem, apenas nós, judeus criados na observância de um mesmo rito, podíamos realmente perceber o que significava termos um banco próprio da nossa família na sinagoga italiana, lá em cima no segundo andar, em vez de no andar térreo, na sinagoga alemã, tão diferente em sua aglomeração severa e quase luterana de ricos e abastados burgueses com seus chapéus de feltro. Mas ainda havia algo mais, porque, mesmo fora do ambiente estritamente judeu, sabia-se que uma sinagoga italiana é diferente da alemã, com todas as particularidades que tal distinção implicava nos planos social e psicológico. E quem, além de nós, seria capaz de fornecer informações exatas a respeito "daquele pessoal da Via Vittoria", só para dar um exemplo? Com esta frase fazia-se referência, em geral, aos membros das quatro ou cinco famílias que tinham o direito de freqüentar a pequena e separada sinagoga levantina, também chamada de "*fanesa*", situada no terceiro andar de um velho prédio residencial da Via Vittoria: os Da Fano, que moravam na Via Scienze, os Cohen da Via Gioco del Pallone, os Levi da Piazza Ariostea, os Levi-Minzi do Viale Cavour e mais um ou outro isolado núcleo familiar. De qualquer modo, todos eles eram pessoas meio esquisitas, ambíguas e esquivas para quem a religião — que na sinagoga italiana havia assumido formas de popularidade e teatralidade quase católicas, com reflexos evidentes também nos temperamentos das pessoas, que, em sua maioria, eram extrovertidas e otimistas, com aquele jeitão bem "*padano*" da gente do vale do rio Pó — havia permanecido essencialmente como um culto a ser praticado por poucos, em oratórios semiclandestinos, onde era oportuno e adequado comparecer à noite e em pequenos grupos que passavam caminhando rente às paredes das vielas mais escuras e mal-afamadas do gueto. Não, não! Apenas nós, nascidos e criados *intra muros*, poderíamos realmente saber e compreender essas coisas muito sutis e irrelevantes, mas nem por isso menos reais. E quanto aos outros, todos os outros, e em primeiro lugar os meus muito queridos companheiros de todos os dias de estudos e de jogos, era inútil pensar em instruí-los sobre uma matéria tão particular. Coitados! Em se tratando disso, estes outros deviam ser considerados como seres simplórios e rústicos condenados eternamente a uma vida no fundo de irremediáveis abismos de ignorância, ou melhor — como dizia até mesmo meu pai, com ar de zombaria mas sem maldade — como "*negros goim*", o que quer dizer "pobres bugres católicos".

De vez em quando, acontecia de subirmos juntos as escadas e entrarmos também todos juntos na sinagoga.

E como os nossos bancos eram vizinhos, localizados lá no fundo e próximo ao recinto semicircular delimitado por uma balaustrada de mármore no centro do qual estava a *tevá*, ou leitoril, do oficiante, todos os dois com uma ótima visão do monumental armário de madeira negra esculpida que guardava os rolos da Lei, os chamados *sefarim*, adentrávamos também juntos o sonoro pavimento de losangos brancos e cor-de-rosa da grande sala. As mães, esposas, avós, tias, irmãs e todas as mulheres separavam-se de nós no vestíbulo. Desapareciam em fila indiana por uma portinhola na parede que conduzia a um cubículo e dali, por uma escada em caracol, subiam ainda mais alto à galeria das senhoras e dali a pouco nós as víamos novamente lá no alto de sua cela quase colada ao teto a espiar através das aberturas entre as grades. Mas, mesmo assim, limitados somente aos homens — o que quer dizer, eu, meu irmão Ernesto, meu pai, o professor Ermanno, Alberto, e ainda às vezes os dois irmãos solteiros da *signora* Olga, o engenheiro e o doutor Herrera, vindos especialmente de Veneza para aquela ocasião —, nós compúnhamos um grupo bastante numeroso. De toda forma, era uma entrada significativa e importante. Tanto é verdade que nunca aconteceu de despontarmos na soleira da porta — em qualquer momento que fosse da cerimônia — e nos dirigirmos até os nossos bancos sem que despertássemos a mais viva curiosidade com relação à nossa presença.

Como eu já havia dito, nossos bancos ficavam próximos, um atrás do outro. Nós ocupávamos o banco da frente, na primeira fila, e os Finzi-Contini sentavam-se imediatamente atrás. Mesmo que quiséssemos, teria sido muito difícil nos ignorarmos.

De minha parte, atraído pela diversidade, na mesma medida em que meu pai sentia-se repelido por ela, eu estava sempre muito atento a qualquer gesto ou cochicho que viesse do banco atrás de nós. Eu não ficava quieto nem por um momento sequer, seja quando ficava conversando baixinho com Alberto, que, na verdade, era dois anos mais velho do que eu, mas que ainda não podia ser contado para completar o *minián* e que, apesar disso, logo se apressava, assim que chegava, para cobrir-se com o grande *talid* de lã branca com listras pretas que tinha pertencido antigamente ao "*nonno* Moisè", nem quando o professor Ermanno, sorrindo gentilmente para mim através das lentes grossas de seus óculos, acenava com o dedo me convidando a observar as gravuras em metal que ilustravam uma Bíblia antiga que ele havia retirado da gaveta especialmente para me mostrar, e nem quando eu ficava escutando boquiaberto os irmãos da *signora* Olga, o engenheiro da rede ferroviária e o tisiologista, conversando entre si metade em dialeto vêneto, metade em espanhol ("*Cossa xé che stas meldando? Su, Giulio, alevantate, ajde! E procura di far star in* *píe anca il chico...)\** e que depois paravam de repente, unindo-se em voz alta e em hebraico às ladainhas do rabino. Por um motivo ou por outro, eu estava sempre virando a cabeça para trás. Alinhados nos seus assentos, os dois Finzi-Contini e os dois Herrera estavam ali, a pouco mais de um metro de distância uns dos outros, mas mesmo assim eram dois grupos distantes e inatingíveis, como se estivessem separados por uma parede de cristal. Eles nem sequer se pareciam. Altos, magros e calvos, com os rostos compridos e pálidos sombreados pela barba, vestidos sempre de azul ou de preto, e além disso habituados a colocar em sua devoção uma intensidade e um ardor fanáticos dos quais o cunhado e o sobrinho (bastava olhar para eles) nunca seriam capazes, os parentes venezianos pareciam pertencer a uma civilização completamente estranha às suéteres e às meias cor de tabaco de Alberto, às lãs inglesas e aos tecidos de cor creme do professor Ermanno, com seu jeito de estudioso e aristocrata rural. E no entanto, mesmo diferentes como eram, eu os sentia profundamente solidários entre si. O que é que havia em comum — e os quatro pareciam perguntar a mesma coisa — entre eles e a congregação *italiana*, meio distraída e sempre murmurando coisas que, mesmo na sinagoga, diante da Arca escancarada do Senhor, continuava a se preocupar com todas as mesquinharias da vida social, dos negócios, da política e até dos esportes, mas nunca das coisas da alma e de Deus? Na época, eu era um menino entre dez e 12 anos de idade. Uma intuição confusa, é claro, mas substancialmente exata, unia-se em mim ao ressentimento e à humilhação, igualmente confusos mas veementes, de fazer parte

---

\*O que é que você está lendo? Anda, Giulio, levanta! E tenta fazer o menino também ficar de pé... (*N. do T.*)

daquela congregação de gente vulgar da qual se devia manter distância. E meu pai? Diante da parede de vidro além da qual os Finzi-Contini e os Herrera, sempre gentis, porém distantes, continuavam no fundo a ignorá-lo, ele se comportava de maneira oposta à minha. Em vez de tentar uma aproximação, e em reação àquela demonstração (ele, que era formado em Medicina, livre-pensador, voluntário de guerra, fascista inscrito no partido desde 1919, apaixonado por esportes, um judeu moderno, enfim), eu o via intensificando a sua saudável intolerância diante de qualquer exibição de fé demasiado servil ou excessiva.

Quando passava pelos bancos o alegre cortejo dos *sefarim* (cobertos pelos refinados mantos de seda bordada, com as coroas de prata e os pequenos sininhos tilintando, os sagrados rolos da *Torá* pareciam um desfile de infantes reais exibidos ao povo para dar reforço a alguma monarquia em perigo...), o doutor e o engenheiro Herrera estavam sempre prontos a se debruçarem impetuosamente para fora do banco, beijando o maior número possível de pontas do manto com uma avidez e uma gula quase indecentes. Pouco importava que o professor Ermanno, imitado pelo filho, se limitasse a cobrir os olhos com uma das extremidades do *talid*, e a balbuciar uma oração, movendo levemente os lábios.

— Quanta afetação, quanta *haltùd*\* — meu pai comentaria mais tarde na mesa com desprazer, sem que isso o impedisse logo depois de voltar a comentar mais uma vez sobre o orgulho hereditário dos Finzi-Contini, sobre o absurdo isolamento no qual viviam, ou até mesmo sobre o seu anti-semitismo de aristocratas, persistente e subjacente. Mas naquele

---

\*Carolice, beatice. (*N. do T.*)

momento, não tendo à mão mais ninguém em quem descontar, era comigo que ele ralhava.
Como sempre, eu tinha me virado para olhar para trás. — Quer fazer o favor de se comportar direito? — ele sussurrava, com os dentes cerrados, fitando-me exasperado com seus olhos azuis cheios de raiva. — Nem mesmo na sinagoga você sabe se comportar como deveria! Olhe para o seu irmão. Ele é quatro anos mais novo que você e poderia te dar aulas de bom comportamento!

Mas eu não dava ouvidos. Pouco depois, lá estava eu, esquecido das proibições, com as costas voltadas para o doutor Levi, que continuava a salmodiar.

A essa altura, se meu pai quisesse ter-me novamente por alguns minutos sob o seu domínio — físico, é claro, apenas físico! —, só lhe restava aguardar a bênção solene, quando todas as crianças iriam se reunir sob os *talitod* paternos como se estivessem abrigados debaixo de tendas. E enfim (o bedel Carpanetti já estava acendendo os trinta candelabros de prata e de bronze dourado da sinagoga com sua vara comprida e a sala resplandecia de luz), eis que a ansiosamente esperada voz do doutor Levi, em geral tão sem cor, assumia de estalo o tom profético adequado ao momento supremo e final da *brahá*.

— *Ievarehehá Adonái veishmerêha...* — atacava solenemente o rabino curvado e quase prostrado, sobre a *tevá*, depois de ter coberto seu enorme gorro branco com o *talid*.

— Vamos, meninos — dizia então meu pai alegremente, apressando-nos e estalando os dedos. — Venham aqui debaixo!

A verdade é que, mesmo naquela circunstância, a distração era sempre possível. Papai pegava firme com suas mãos de esportista nos nossos cangotes, no meu em particular. Embora fosse grande como uma toalha, o *talid* do *nonno* Raffaello que ele usava estava muito puído e esburacado para lhe garantir a clausura hermética com que ele sonhava. E, de fato, através dos buracos e rasgões causados pelos anos ao tecido frágil que cheirava a coisa velha e guardada, não era difícil, pelo menos para mim, ficar observando o professor Ermanno ali ao lado com as mãos pousadas sobre o cabelo castanho de Alberto e sobre o cabelo louro e fino de Micòl, que tinha descido correndo da galeria das senhoras, pronunciando, também ele, uma após outra, e seguindo o doutor Levi, as palavras da *brahá*. Acima de nossas cabeças, meu pai, que não conhecia mais do que vinte palavras em hebraico, as mesmas de sempre usadas nas conversas em família, e que, além do mais, recusava-se obstinadamente a se inclinar, ficava calado. Eu podia imaginar a expressão repentinamente encabulada em seu rosto, os olhos levantados com uma expressão entre o sarcástico e o intimidado na direção dos modestos estuques do teto ou na direção da galeria das senhoras. Mas, enquanto isso, de onde eu estava, eu via de baixo para cima, com inveja e com assombro sempre renovados, o rosto enrugado e inteligente do professor Ermanno, que naquele momento parecia transfigurado. Eu fitava os seus olhos, que, por trás das lentes, pareciam estar cheios de lágrimas. Sua voz era suave e cantante, e muito afinada. A sua pronúncia em hebraico, duplicando com freqüência as consoantes, e pronunciando os *zz*, os *ss* e os *hh* com um sotaque mais da Toscana do que de Ferrara, vinha filtrada pela dupla distinção de sua cultura e de sua classe social...

Eu o observava, e, abaixo dele, durante todo o tempo em que durava a bênção, Alberto e Micòl também não paravam de ficar explorando o ambiente por entre as fendas que havia na tenda deles. Eles sorriam e me piscavam os olhos, os dois curiosamente convidativos, especialmente Micòl.

# 5

Uma vez, no entanto, em junho de 1929, no mesmo dia em que estavam afixadas as notas dos exames de conclusão do ginásio no saguão do *Guarini*, aconteceu uma coisa bem mais direta e especial.

Eu não tinha me saído muito bem nas provas orais. Apesar de o professor Meldolesi ter querido me ajudar e, contrariando todas as regras, ter sido ele próprio o meu examinador, eu, a bem da verdade, não estive à altura dos vários "7" e "8" que figuravam no meu boletim nas matérias literárias. Argüido em Latim sobre as regras da *consecutio temporum*, falei um monte de besteiras. Em Grego, eu também respondi às questões com muita dificuldade, especialmente quando foi colocada debaixo do meu nariz uma página da edição Teubner da *Anábase* para que eu traduzisse algumas linhas à primeira vista. Depois, me recuperei um pouco. Em Italiano, por exemplo, além de ter conseguido expor com uma certa desenvoltura tanto o conteúdo de *I Promessi sposi* [Os noivos] quanto o de *Le Ricordanze* [As Recordações], consegui recitar de cor as três primeiras estrofes do *Orlando Furioso* sem titubear uma só vez. O professor Meldolesi agraciou-me no fim da argüição com um "*bravo!*" tão eloqüente que fez com que toda a comissão examinadora sorrisse, inclusive eu. Mas repito que, no todo, nem mesmo na área das Letras o meu rendimento equiparou-se à reputação que eu tinha.

Mas o verdadeiro fiasco aconteceu em Matemática.

Desde o ano anterior, a Álgebra se recusava a entrar na minha cabeça. Além do mais, sempre contando com a ajuda infalível que o professor Meldolesi me daria nos exames finais, fui o tempo todo um aluno bastante relapso com a professora Fabiani. Estudava o mínimo necessário para conseguir um "6" e, muitas vezes, nem isso. Que importância poderia ter a Matemática para alguém que ia cursar a Faculdade de Letras? Isso era o que eu continuava a repetir para mim mesmo naquele dia de manhã, enquanto subia o Corso Giovecca na direção do *Guarini*. Em Álgebra e em Geometria eu quase não abri a boca. Mas, e daí? A pobre da professora Fabiani, que durante os dois últimos anos nunca havia ousado me dar menos de "6", na reunião do conselho dos professores não se atreveria a... (e eu evitava pronunciar as palavras até mesmo mentalmente) "me reprovar", pois a idéia da reprovação, e a sobrecarga consecutiva das humilhantes e aborrecidas aulas particulares às quais eu seria obrigado a me submeter em Riccione durante todo o verão, parecia absurda, se relacionada a mim. E eu, logo eu, que não havia sofrido a humilhação dos exames de segunda época em outubro nem sequer uma só vez e que, pelo contrário, nos três primeiros anos do curso ginasial havia recebido "por mérito e por bom comportamento" o ambicionado título de "Guarda de Honra dos Monumentos aos Mortos na Guerra e dos Parques da Recordação", *eu*, reprovado, relegado à mediocridade, obrigado a me misturar com aquela massa anônima de alunos! E o meu pai? Se, por uma hipótese, a professora Fabiani me deixasse para a segunda época em outubro (ela também dava aulas de Matemática no liceu, e por esse motivo é que ela tinha sido a minha examinadora, e isso era um direito dela!), como é que eu poderia ter, dali a poucas horas, a coragem de voltar para casa, de sentar-me à mesa diante do meu pai e começar a comer? Talvez ele me batesse, e seria melhor assim, no fim das contas. Qualquer castigo seria preferível à censura que viria dos seus terríveis e mudos olhos azuis...

Entrei no pátio do *Guarini*. Um grupo de rapazes (no meio dos quais vi imediatamente vários dos meus colegas) estava parado tranqüilamente diante do quadro de avisos com as notas. Apoiando a bicicleta no muro ao lado do portão de entrada, aproximei-me, tremendo. Ninguém demonstrou ter percebido a minha chegada.

Olhei por sobre uma cerca viva de ombros obstinadamente voltados para a frente. Minha vista ficou turva. Olhei de novo, e o "5" em vermelho, o único número escrito com tinta vermelha numa longa fileira de números em preto, estampou-se na minha alma com a violência e o ardor de um ferro em brasa.

— E daí, qual é o problema? — perguntou-me Sergio Pavani, dando-me um tapinha amigável nas costas. — Não precisa fazer drama só por causa de um "5" em Matemática! Olhe só o meu caso: Latim e Grego — e riu.

— Coragem — disse Otello Forti. — Eu também fiquei numa matéria: Inglês.

Olhei para ele, apatetado. Nós tínhamos sido colegas de sala e sentávamos na mesma carteira desde o primeiro ano primário, e estávamos habituados a estudar juntos desde aquela época, um dia na casa de um, outro dia na casa do outro, convencidos ambos da minha superioridade. Todos os anos eu passava direto em junho, enquanto Otello tinha sempre que fazer exame de segunda época em alguma matéria.

E agora, de repente, ser comparado a alguém como Otello Forti, e ainda por cima dito por ele próprio! Ser rebaixado de uma hora para outra ao nível dele!

Nem vale a pena contar tudo o que eu pensei e fiz nas quatro ou cinco horas que se seguiram, a começar pelo efeito que me causou o encontro com o professor Meldolesi, assim que saí do *Guarini* (ele sorria, o bom homem, e estava sem chapéu e sem gravata, com o colarinho da camisa listrada virado para fora da gola do paletó, pronto a me confirmar a "intransigência" da professora Fabiani com relação a mim e a sua recusa categórica em "fazer vista grossa nem que fosse só mais esta vez"), continuando com a descrição da longa e desesperada perambulação sem destino à qual me entreguei logo após ter recebido do mesmo professor Meldolesi um tapinha na bochecha como despedida e encorajamento. Basta dizer que, às duas da tarde, eu ainda vagava de bicicleta ao longo da Muralha degli Angeli, lá pelos lados do Corso Ercole I d'Este. Eu não tinha nem mesmo telefonado para casa. Com o rosto coberto de lágrimas e com o coração transbordando de uma imensa autopiedade, eu pedalava quase sem saber por onde ia, arquitetando confusos projetos suicidas.

Parei debaixo de uma árvore, uma daquelas árvores muito antigas (tílias, olmos, plátanos e castanheiros), que dali a uma dúzia de anos, no inverno gelado de Stalingrado, seriam sacrificadas e utilizadas como lenha para calefação, mas que em 1929 ainda erguiam bem alto as suas grandes copas frondosas acima dos muros fortificados da cidade.

Tudo estava absolutamente deserto ao meu redor. A estradinha de terra batida que eu havia percorrido como um sonâmbulo desde a Porta San Giovanni até aquele ponto prosseguia serpenteando por entre os troncos seculares em direção à Porta San Benedetto e à estação ferroviária. Deitei-me de bruços na grama, ao lado da bicicleta, com o rosto em brasa escondido entre os braços. O ar quente soprava em volta do meu corpo estendido e eu sentia unicamente o desejo de permanecer o maior tempo possível daquele jeito, com os olhos fechados. Em meio ao coro entorpecedor das cigarras, despontavam alguns sons isolados vindos de não muito longe: o canto de um galo, um bater de panos talvez produzido por alguma lavadeira que ficou lavando roupa até mais tarde na água esverdeada do canal Panfilio, e por fim, bem perto, a poucos centímetros da minha orelha, o tique-tique cada vez mais lento da roda posterior da bicicleta ainda sem ter atingido o ponto de imobilidade.

A esta altura, lá em casa — pensei —, eles com certeza já estariam sabendo de tudo, provavelmente através de Otello Forti. Será que eles já estavam sentados à mesa? É provável, mesmo que tivessem parado de comer logo depois da notícia. Talvez estivessem me procurando. Talvez tivessem imediatamente enviado Otello — o bom amigo, o amigo inseparável — à minha procura, incumbindo-o da tarefa de vasculhar a cidade inteira de bicicleta, incluindo o Montagnone e por todo o perímetro das muralhas, de modo que era bastante provável que de uma hora para outra eu me deparasse com ele fazendo cara de triste, mas na verdade todo feliz (e eu perceberia isso logo de imediato) por ter sido reprovado apenas em Inglês. Mas talvez não fosse assim. Num dado momento, tomados pela angústia, talvez meus pais tivessem decidido ir diretamente à delegacia de polícia. Talvez papai tivesse ido falar com o delegado no Castelo. Tive a sensação de vê-lo balbuciando, muito envelhecido e reduzido a uma sombra do que era. Ele chorava. Pois é... mas se ele tivesse me visto em Pontelagoscuro por volta de uma da tarde no alto da ponte de ferro com os olhos fixos nas águas do rio Pó (fiquei lá um bom tempo olhando para baixo. Quanto tempo? Pelo menos uns vinte minutos!), aí sim, ele teria ficado assustado... Aí sim, ele teria compreendido... Aí sim é que ele...

— Psiu!

Acordei num sobressalto.

— Psiu!

Levantei lentamente a cabeça, virando-a para a esquerda, na contraluz. Entreabri os olhos. Quem é que estava me chamando? Não podia ser Otello. Quem poderia ser então?

Eu estava mais ou menos na metade daquele trecho da muralha que tem cerca de três quilômetros de extensão e que começa onde o Corso Ercole I d'Este termina e vai até à Porta San Benedetto, em frente à estação. Esse local sempre foi particularmente solitário. Há trinta anos já era assim e ainda o é até hoje, apesar de à direita, isto é, do lado da Zona Industrial, terem começado a surgir, a partir de 1945, dezenas de casinhas de operários pintadas de cores variadas que, em contraste com as chaminés e os galpões que lhes servem de fundo, faziam com que, dia após dia, a visão do esporão escuro da fortaleza do século XV, semidestruída e coberta de tufos de capim, se tornasse cada vez mais absurda.

Eu olhava em torno de mim e procurava, semicerrando os olhos devido à reverberação da luz. Abaixo de mim (e só naquele momento é que eu me apercebia disso), com as copas das grandes árvores nobres envoltas pela luz da tarde, como as de uma floresta tropical, estendia-se o Barchetto del Duca. Era uma área imensa, interminável e, no centro, meio escondidos no verde, viam-se os torreões e os pináculos da *magna domus*, delimitada ao longo de todo o seu perímetro por um muro que se interrompia a uns 250 metros mais à frente para dar passagem ao canal Panfilio.

— Puxa! Você ainda por cima é cego! — dizia uma voz alegre de menina.

Logo reconheci Micòl Finzi-Contini pelo cabelo louro que tinha mechas e cachos num tom louro-nórdico, como a *fille aux cheveux de lin*, e que só podiam ser dela. Debruçava-se sobre o muro como se estivesse no peitoril de uma janela com os ombros para fora e apoiada sobre os braços cruzados. Ela devia estar a menos de 25 metros de distância (suficientemente próximo, portanto, para que eu conseguisse ver seus olhos, que eram grandes e claros, talvez grandes demais naquela época para o seu pequeno rosto magro de menina) e me observava de baixo para cima.

— O que é que você está fazendo aí? Faz dez minutos que eu estou te olhando. Se você estava dormindo e eu te acordei, me desculpe. E... meus pêsames!

— Meus pêsames? E por quê? — retruquei, sentindo que meu rosto tinha ficado inteiramente vermelho.

Levantei-me.

— Que horas são? — perguntei, levantando a voz.

— Devem ser três horas — ela disse, fazendo um gracioso movimento com os lábios.

E depois:

— Imagino que você esteja com fome.

Fiquei petrificado. Pois então, até eles já sabiam! Por um instante, cheguei a crer que a notícia do meu desaparecimento tinha chegado até eles (como também a muitas outras pessoas) por telefone, através do meu pai ou da minha mãe. Mas foi a própria Micòl que me fez ver a realidade:

— Hoje de manhã eu fui ao *Guarini* junto com Alberto. Queríamos ver as notas. Você se saiu mal, não é mesmo?

— E você, passou direto em tudo?

— Ainda não se sabe. Talvez eles estejam esperando que terminem *também* os exames dos alunos das escolas particulares antes de divulgar todas as notas. Mas por que você não desce daí? Anda, venha aqui mais para perto. Senão eu tenho que ficar me esgoelando.

Era a primeira vez que ela falava comigo, ou melhor, foi a primeira vez que eu ouvi a voz dela. E imediatamente notei o quanto a sua pronúncia era parecida com a de Alberto. Os dois falavam da mesma maneira, destacando as sílabas de certas palavras das quais somente eles pareciam conhecer o verdadeiro sentido, o verdadeiro peso e, ao mesmo tempo, escorregando de forma estranha em outras que julgar-se-ia serem de maior importância. Eles tinham uma espécie de orgulho em se expressar daquele modo. Esta deformação especial, inimitável e totalmente particular do italiano era a *verdadeira* língua deles. Eles tinham até um nome para ela: *finzi-continês*.

Escorregando no declive do gramado, aproximei-me da base do muro. Embora estivesse na sombra — uma sombra que eu sabia muito bem que estava cheia de urtigas e de estrume —, lá embaixo estava mais quente. E agora ela me olhava do alto com o cabelo louro brilhando ao sol, muito tranqüila, como se o nosso encontro não tivesse sido casual e absolutamente imprevisto, mas como se desde o início da nossa infância nós já tivéssemos nos encontrado muitas vezes naquele local.

— Você está levando isso a sério demais — ela disse. — O que é que tem de mais ficar em segunda época numa matéria e fazer prova de novo em outubro? Era óbvio que ela estava zombando de mim e também me desprezando um pouco. No fim das contas, era bastante normal que um problema deste tipo acontecesse com um menino como eu, que veio ao mundo numa família de gente tão comum e tão "assimilada" — um quase-*goi* enfim. Que direito tinha eu de ficar fazendo tanto drama por causa daquilo?

— Acho que você deve estar com umas idéias meio estranhas na cabeça — respondi.

— Ah, é? — ela disse, com ar de troça. — Então por favor me explique por que é que você não foi para casa almoçar?

— Quem foi que disse isso a vocês? — respondi, esquivando-me.

— Sabemos... sabemos de tudo. Nós também temos os nossos informantes.

Deve ter sido o professor Meldolesi — pensei —, só podia ter sido ele (e, de fato, eu não estava equivocado). Mas o que importava? De uma hora para outra, percebi que a questão da segunda época tinha se tornado uma coisa secundária, uma criancice que acabaria se resolvendo por si só.

— Como é que você consegue ficar aí em cima? — perguntei. — Parece que você está numa janela.

— Eu estou em cima da minha maravilhosa escada portátil — ela respondeu, escandindo as sílabas das palavras "minha maravilhosa" com o seu típico jeito orgulhoso.

Naquele momento, ouvi um latido curto, grave e meio rouco vindo do outro lado do muro. Micòl virou a cabeça, lançando um olhar meio aborrecido, mas ao mesmo tempo afetuoso, por cima do ombro esquerdo. Fez uma careta para o cão e depois tornou a olhar para mim.

— Ufa! — ela bufou de um jeito calmo. — É o Jor.

— De que raça ele é?

— É um dinamarquês. Só tem um ano, mas pesa quase cem quilos. Ele fica atrás de mim o tempo todo. Eu tento muitas vezes disfarçar o meu rastro, mas ele em pouco tempo sempre acaba me encontrando. Ele é *terrível*.

Ela sorriu.

— Você quer que eu te ponha aqui para dentro? — ela disse em seguida, num tom sério. — Se você quiser, eu te ensino num instante o que você tem de fazer.

# 6

Quantos anos se passaram desde aquela longínqua tarde de junho? Mais de trinta. E no entanto, se eu fechar os olhos, Micòl Finzi-Contini ainda está lá, debruçada sobre o muro que circunda o jardim da sua casa, olhando para mim e falando comigo. Em 1929, Micòl era pouco mais que uma menina, tinha 13 anos. Era magra e loura e tinha os olhos claros e muito atraentes. Eu era um menino de calça curta, muito burguês e muito vaidoso, a quem bastava um pequeno inconveniente escolar para me lançar no mais infantil dos desesperos. Olhávamos um para o outro. Acima de sua cabeça, o céu era azul e compacto, um céu quente e já de verão, sem nenhuma nuvem. Nada poderia alterá-lo, era o que parecia, e nada realmente o alterou, pelo menos na memória.

— E então, você quer ou não quer vir aqui? — Micòl insistiu.

— Eu... não sei... — comecei a falar, indicando o muro. — Me parece muito alto.

— É porque você não olhou direito — ela rebateu com impaciência. — Olha ali... e ali... e ali — apontando com o dedo para me fazer observar. — Tem vários calços e tem até um prego aqui em cima. Fui eu mesma que o coloquei.

— É verdade, tem vários pontos de apoio para subir — murmurei inseguro —, mas...

— Pontos de apoio?! — ela me interrompeu, desatando a rir. — Eu chamo isso de calços.

— Pois está errado, porque o nome certo é ponto de apoio — insisti, teimoso e sarcástico. — Dá para ver que você nunca esteve numa montanha.

Desde criança, eu sempre sofri de vertigem e, mesmo sendo bastante modesta, aquela escalada me deixava inquieto. No meu tempo de criança, quando mamãe me levava ao Montagnone com Ernesto no colo (Fanny ainda não tinha nascido) e ela se sentava na grama da grande esplanada que fica de frente para a Via Scandiana e do alto da qual se podia ver o telhado da nossa casa, identificado com dificuldade em meio ao mar de telhados que circundam a grande massa arquitetônica da igreja de Santa Maria in Vado, não era sem medo, recordo-me, que eu me debruçava no parapeito voltado para o lado do campo para olhar para baixo, para o precipício de trinta metros de profundidade. Ao longo do paredão fora de prumo havia quase sempre alguém subindo ou descendo: camponeses, operários, jovens pedreiros, todos com a bicicleta no ombro, e também os velhos pescadores de rãs e de bagres com seus grandes bigodes, carregando seus cestos e varas de pescar. Gente de Quacchio, de Ponte della Gradella, de Coccomaro, de Coccomarino e de Focomorto que tinha pressa e que, em vez de passar pela Porta San Giorgio ou pela Porta San Giovanni (porque, naquela época, a muralha estava intacta naqueles pontos, sem brechas por onde se pudesse atravessar numa extensão de pelo menos uns cinco quilômetros), preferiam pegar, como diziam, "a rua da Muralha". Eles estavam saindo da cidade e, depois de atravessarem a esplanada, passavam ao meu lado sem olhar para mim, galgando o parapeito e descendo até conseguir apoiar a ponta dos pés na primeira saliência ou reentrância da muralha decrépita para depois então alcançar em poucos instantes o campo que ficava abaixo. Vinham da roça e chegavam com olhos arregalados que pareciam fitar os meus e que afloravam timidamente na borda do parapeito, mas na verdade eu estava equivocado, é claro, pois eles estavam apenas preocupados em escolher o melhor apoio. Sempre, em todos os casos, durante todo o tempo que estavam assim, suspensos sobre o abismo — em duplas, geralmente, um atrás do outro —, eu os ouvia conversando tranqüilamente em dialeto, como se estivessem caminhando por uma trilha no meio dos campos. Como eram calmos e fortes e corajosos! — eu dizia para mim mesmo. Depois de terem chegado a poucos centímetros do meu rosto (tanto que muitas vezes, além de me ver espelhado no branco de seus olhos, dava para sentir o cheiro de vinho em seu hálito), eles agarravam a borda interna do parapeito com os dedos calosos, emergiam do vazio com o corpo todo e, opa!, ali estavam eles, sãos e salvos. Eu nunca teria sido capaz de fazer aquilo — eu repetia para mim mesmo todas as vezes, observando-os se afastarem, cheio de admiração mas também de certa repulsa. Não, nunca. Jamais!

Pois bem, uma sensação parecida me vinha também agora com relação ao muro em cima do qual Micòl Finzi-Contini estava postada e me convidava para subir. O paredão não parecia tão alto quanto o da fortaleza de Montagnone. No entanto era mais liso e bem menos corroído pelos anos e pelas intempéries. E se, pendurado lá em cima — eu pensava, com os olhos fixos nos calços pouco profundos que Micòl havia acabado de me apontar —, me desse uma tonteira e eu caísse? Eu podia até acabar morrendo.

De toda forma, não era tanto por este motivo que eu ainda hesitava. O que me retinha era uma aversão diferente daquela puramente física da vertigem. Era análoga, mas era diferente, e mais forte. Por um segundo, cheguei a sentir saudades do meu desespero de pouco antes, do meu choro bobo e infantil de menino reprovado.

— Mas eu não entendo por que razão — prossegui — eu tenho que praticar alpinismo aqui. Se eu vou entrar na casa *de vocês*, muito obrigado, terei muito prazer, mas, francamente, me parece bem mais cômodo entrar por lá — e dizendo isso, eu erguia o braço na direção do Corso Ercole I d'Este —, pelo portão de entrada. O que é que custa? Eu pego a bicicleta e dou a volta num minuto.

Logo percebi que aquela proposta não agradava a ela.

— Não, não... — ela disse, contorcendo o rosto numa expressão de grande aborrecimento — se você entrar por lá, com certeza Perotti vai te ver e então, tchau, acabou a graça.

— Perotti? E quem é ele?

— O porteiro... talvez você já o tenha visto. Ele também é o nosso cocheiro e o nosso motorista... Se ele te vir, e *não tem como* não ver porque, a não ser quando ele sai com o coche ou com o carro, ele está sempre lá vigiando, o *danado*!, aí então vou ter que te levar lá em casa... E me diz se você... O que é que você acha?

Ela me olhava bem dentro dos olhos. Agora ela estava séria, apesar de muito calma.

— Está bem — respondi, virando a cabeça e apontando com o queixo para o barranco —, mas onde é que eu vou deixar a bicicleta? Não posso deixá-la assim, abandonada! Ela é nova, é uma Wolsit com farol elétrico, estojo de ferramentas, bomba para encher pneu. Imagina só... se ainda por cima *também* me roubam a bicicleta...

E não falei mais nada, de novo subitamente tomado pela angústia do inevitável encontro com meu pai. Ao anoitecer, no mais tardar, eu teria que voltar para casa. Não havia outra escolha.

Virei de novo os olhos para Micòl. Enquanto eu falava, ela tinha se sentado sobre o muro, virando-se de costas para mim e agora levantava uma perna com determinação, colocando-se como se estivesse a cavalo.

— O que é que você está arrumando? — perguntei, surpreso.

— Tive uma idéia para a bicicleta e enquanto isso eu te mostro os pontos onde é melhor para enfiar os pés. Presta bastante atenção onde eu coloco os pés. Olha só.

Virou-se com muita desenvoltura lá no alto e depois, segurando-se no grande prego enferrujado que ela havia me indicado um pouco antes, começou a descer. Vinha descendo devagar, mas segura de si, buscando os apoios com a ponta do tênis, ora com um pé, ora com o outro, e encontrando sempre o ponto, sem grande esforço. Ela descia direitinho. Contudo, antes de chegar ao chão, um dos apoios lhe escapou e ela escorregou. Caiu em pé. Mas tinha machucado os dedos de uma das mãos. Além disso, ao se arrastar de encontro ao muro, o vestido de verão cor-de-rosa tinha se rasgado um pouco na cava, debaixo de um dos braços.

— Que idiota! — ela resmungou, aproximando a mão da boca e soprando. — É a primeira vez que isso me acontece.

Ela também tinha ralado um dos joelhos. Levantou uma ponta do pano fino do vestido descobrindo a coxa estranhamente branca e forte, já de uma mulher, e inclinou-se para examinar a escoriação. Dois longos cachos louros, dos mais claros, escaparam do arco que usava para prender os cabelos, e caíram, escondendo-lhe a testa e os olhos.

— Que idiota! — ela repetiu.

— Tem que passar álcool — eu disse mecanicamente, sem me aproximar, com aquele tom meio lastimoso que todos na minha família usavam em situações deste tipo.

— Que álcool, que nada!

Lambeu rapidamente a ferida, como numa espécie de beijo afetuoso, e logo depois se aprumou.

— Vem — ela disse, toda afogueada e despenteada.

Virou-se e começou a subir na diagonal pela encosta ensolarada do barranco. Segurava-se com a mão direita, agarrando os tufos de grama. Enquanto isso, com a mão esquerda, que estava levantada na altura da cabeça, ela tirava e botava o arco no cabelo. Repetiu a operação diversas vezes como se estivesse se penteando.

— Você está vendo aquele buraco ali? — ela me disse, assim que chegamos no alto. — Dá tranqüilamente para você esconder a bicicleta lá dentro.

Ela me indicava um daqueles pequenos montes cônicos cobertos de capim a uns cinqüenta metros de distância, que nunca ultrapassavam dois metros de altura, cuja abertura de entrada estava quase sempre enterrada, e que são freqüentemente encontrados quando se anda em torno das muralhas de Ferrara. Ao vê-los, eles se parecem um pouco com os *montarozzi* dos etruscos encontrados nos arredores de Roma, mas numa escala muito menor, é claro. Só que a câmara subterrânea, muitas vezes bastante ampla, à qual algumas destas elevações ainda dão acesso, nunca serviu de morada para nenhum morto. Os antigos defensores das muralhas guardavam as armas ali — colubrinas, arcabuzes, pólvora etc. E talvez até aquelas estranhas balas de canhão feitas de mármore de boa qualidade que nos séculos XV e XVI fizeram com que a artilharia de Ferrara fosse tão temida na Europa, e das quais se pode ver alguns exemplares até hoje no Castelo, ali colocadas como decoração do pátio central e dos terraços.

— Quem é que vai pensar que tem uma Wolsit novinha lá dentro? Só quem souber mesmo. Você já entrou alguma vez lá dentro?

Balancei a cabeça.

— Não? Pois eu sim, um monte de vezes. É *o máximo*!

Ela foi andando, decidida. Peguei a Wolsit do chão e a segui em silêncio.

Alcancei-a na entrada do buraco. Era uma espécie de fenda vertical, um corte aberto na manta de mato que revestia compactamente o pequeno monte. Era tão estreita que só permitia a passagem de uma pessoa de cada vez. A descida começava logo após a entrada e dava para se enxergar por uns oito ou dez metros, não mais que isso. Daí em diante, só havia a escuridão. Era como se a galeria subterrânea terminasse numa cortina negra.

Ela se inclinou para ver, e depois, de repente, se virou.

— Desce você — ela falou baixinho, esboçando um meio-sorriso acanhado. — Prefiro te esperar aqui em cima.

Ela se afastou da abertura, juntando as mãos nas costas e encostando-se na parede coberta de mato, ao lado da entrada.

— Você não está com medo, está? — ela perguntou, ainda falando baixinho.

— Não, não — eu menti, e me inclinei para levantar a bicicleta e colocá-la sobre os ombros.

Sem dizer mais nada, passei diante dela, entrando na galeria. Eu tinha que ir devagar, por causa da bicicleta cujo pedal direito batia o tempo todo contra a parede e, no início, por pelo menos uns três ou quatro metros, caminhei como um cego, sem enxergar absolutamente nada. Mas, uns dez metros depois da abertura da entrada ("Cuidado" — a voz já distante de Micòl gritou atrás de mim naquele momento — "presta atenção nos degraus!"), comecei a distinguir alguma coisa. A galeria terminava um pouco mais à frente, descendo mais alguns poucos metros. E era exatamente ali que começavam os degraus mencionados por Micòl, a partir de uma espécie de saguão onde eu já imaginava, antes de chegar lá, que haveria um espaço totalmente diferente.

Quando cheguei ao saguão, parei para descansar por um momento.

O medo infantil do escuro e do desconhecido que eu senti no instante em que me separei de Micòl, foi sendo substituído, à medida que eu avançava naquela galeria subterrânea, por um sentimento não menos infantil de alívio como se, havendo escapado a tempo da companhia de Micòl, eu tivesse me livrado de um grande perigo, o maior perigo que um rapaz da minha idade ("um rapaz da tua idade" era uma das expressões favoritas do meu pai) pudesse enfrentar. Pois é — pensei —, quando eu voltar para casa à noite, papai provavelmente irá me bater. Porém, eu já podia enfrentar tranqüilamente as surras dele. Uma matéria em segunda época para outubro... Tinha razão, Micòl, em achar graça disso. O que significava ficar em segunda época numa matéria, em comparação com todo o resto — e eu tremia — que poderia ter acontecido entre nós dois lá embaixo no escuro? Talvez eu tivesse coragem de lhe dar um beijo na boca. Mas, e depois? O que teria acontecido depois? Nos filmes que eu tinha visto e nos romances que eu tinha lido, os beijos eram sempre longos e apaixonados! Na realidade, com relação a tudo o que poderia ter acontecido, os beijos, no fundo, representavam apenas um momento irrelevante já que, na maioria das vezes, depois que os lábios tivessem se unido e as bocas tivessem quase se fundido uma na outra, o fio da história só seria retomado na manhã do dia seguinte, ou até mesmo depois que tivessem se passado vários dias. Se eu e Micòl tivéssemos chegado a nos beijar daquela maneira (e a obscuridade certamente teria favorecido isso), o tempo continuaria a transcorrer tranqüilamente depois do beijo, sem que nenhuma intervenção externa e providencial pudesse nos ajudar a alcançar a manhã seguinte. Nesse caso, o que é que eu deveria fazer para preencher os minutos e as horas? Sim, mas felizmente isto não tinha acontecido. Ainda bem que eu tinha me salvado.

Comecei a descer os degraus. Naquele momento, percebi que por trás de mim entravam alguns fracos raios de luz filtrados através do túnel. E, um pouco com a visão, um pouco com a audição (bastava que eu batesse com a bicicleta na parede ou que meu calcanhar escorregasse num degrau, e logo o eco agigantava e multiplicava o som, dando a medida dos espaços e das distâncias), rapidamente me dei conta da vastidão do ambiente. Era um salão redondo com cerca de quarenta metros de diâmetro, com uma abóbada em forma de cúpula com pelo menos a mesma metragem. Talvez o salão se comunicasse com outras salas subterrâneas do mesmo tipo por meio de um sistema de corredores secretos e houvesse uma dezena delas aninhadas no corpo da fortaleza. Algo plenamente possível.

O piso de terra batida do salão era liso, compacto, úmido. Enquanto eu tateava seguindo a curvatura da parede, tropecei num tijolo, pisei num chão de palha. Por fim, me sentei, com uma das mãos segurando o quadro da bicicleta que eu havia apoiado na parede, e com um dos braços em torno dos joelhos. O silêncio era rompido somente por pequenos ruídos e pipilos: camundongos, ou, provavelmente, morcegos...

E se, em contrapartida, tivesse acontecido alguma coisa? — pensei. Teria sido realmente assim tão terrível, se tivesse acontecido?

Era quase certo que eu não voltaria para casa, e meus pais, mais Otello Forti, Sergio Pavani e todos os outros, incluindo a polícia, teriam que organizar uma busca para me encontrar! Nos primeiros dias, eles iriam procurar por toda parte. Até os jornais comentariam, levantando as hipóteses clássicas: seqüestro, acidente, suicídio, emigração clandestina etc. Pouco a pouco, no entanto, as águas teriam se acalmado. Meus pais teriam se conformado (na verdade, eles ainda tinham Ernesto e Fanny) e as buscas seriam suspensas. E quem pagaria por isso no fim das contas seria ela, aquela carola ridícula da professora Fabiani, que seria transferida, como punição, "para um outro posto". Onde? Na Sicília ou na Sardenha, naturalmente. Era justo. E assim, sentindo na própria pele, ela aprenderia a ser menos perversa e menos malvada.

E, já que os outros tinham se conformado, eu me conformaria também. Eu poderia contar com Micòl lá do lado de fora. Ela cuidaria de me trazer comida e tudo o mais de que eu precisasse. E viria me ver todos os dias, pulando o muro do jardim da casa dela, tanto no verão quanto no inverno. E todos os dias nós nos beijaríamos no escuro. Porque eu era o seu homem e ela era minha mulher.

Mas isso não quer dizer que eu nunca mais poderia sair ao ar livre! Durante o dia, eu dormiria, é claro, interrompendo o sono somente quando sentisse os meus lábios serem tocados pelos lábios dela, e mais tarde voltaria a dormir com Micòl entre os meus braços. À noite, no entanto, eu poderia muito bem sair para fazer longos passeios, especialmente depois de uma ou duas da madrugada, quando todos estariam dormindo e praticamente não haveria ninguém pelas ruas da cidade. Seria estranho e terrível, mas no fim das contas seria também divertido passar pela Via Scandiana e rever a nossa casa, olhar para a janela do meu quarto transformado numa sala e, de longe, escondido nas sombras, ficar espiando meu pai que exatamente naquela hora estaria voltando da Associação dos Comerciantes, sem nem sequer lhe passar pela cabeça que eu estava vivo e que o estaria observando. Ele tiraria a chave do bolso, abriria o portão e entraria em casa tranqüilo, como se eu, seu filho mais velho, nunca tivesse existido, e fecharia o portão com um único golpe.

E mamãe? Será que eu não poderia tentar algum dia informar, pelo menos a ela, talvez através de Micòl, que eu não tinha morrido? E até mesmo revê-la antes que, cansado da minha vida subterrânea, eu fosse embora de Ferrara e desaparecesse para sempre? E por que não? É claro que eu poderia!

Não sei quanto tempo permaneci lá dentro. Talvez uns dez minutos, talvez menos. Lembro-me perfeitamente que, subindo os degraus e desembocando no túnel (agora andando mais depressa, sem o peso da bicicleta), eu continuava a imaginar e a fantasiar. E mamãe? — eu me perguntava. Ela também ia se esquecer de mim, como todos os outros?

Por fim, eu estava do lado de fora e Micòl não estava mais me esperando onde eu a havia deixado pouco antes, mas, como vi praticamente de imediato usando a mão como escudo contra a luz do sol, ela estava de novo lá embaixo, escarranchada no muro que circunda o Barchetto del Duca.

Ela parecia estar discutindo e argumentando com alguém do outro lado do muro, provavelmente o cocheiro Perotti ou até mesmo o professor Ermanno. Era evidente que, ao verem a escada apoiada no muro, eles haviam percebido a sua escapadela. Agora, estavam insistindo para que ela descesse. E ela hesitava em obedecer.

Num determinado momento, ela se virou e me viu em cima do barranco. E então, ela inflou as bochechas como se dissesse:

— Ufa! Até que enfim!

E foi para mim que ela dirigiu o seu último olhar, antes de desaparecer por trás do muro (um olhar acompanhado de uma piscadela e de um sorriso, do mesmo jeito que ela fazia quando ficava me espiando por debaixo do *talid* de seu pai na sinagoga).

# PARTE II

# 1

Mais ou menos uns dez anos mais tarde foi que eu realmente consegui passar para o outro lado do muro que circunda o Barchetto del Duca e avançar por entre as árvores e as clareiras do grande bosque particular até alcançar a *magna domus* e a quadra de tênis. Estávamos em 1938, dois meses depois de terem sido promulgadas as leis raciais. Lembro-me bem. Uma tarde, perto do final de outubro, poucos minutos depois de termos nos levantado da mesa, recebi um telefonema de Alberto Finzi-Contini. Era verdade, ou não — perguntou-me logo, desprezando qualquer preâmbulo (observando que não havíamos tido a ocasião de trocar uma só palavra durante mais de cinco anos) —, era verdade, ou não, que eu "e todos os outros", com cartas assinadas pelo vice-presidente e secretário do Clube de Tênis Eleonora d'Este, o Marquês Barbicinti, havíamos sido afastados em bloco do clube, "expulsos", enfim?

Desmenti em tom incisivo. Não era verdade, eu não tinha recebido nenhuma carta desse tipo. Pelo menos eu.

Mas ele, de imediato, como se considerando o meu desmentido sem valor ou até mesmo como se não o tivesse nem ouvido, me propôs que eu fosse sem falta visitá-los para jogar na casa deles. Se eu me contentasse com uma quadra de terra batida branca — continuou — com pouca área de recuo e se, além do mais, sem dúvida alguma eu jogava muito melhor, se eu me dignaria a "bater uma bolinha" com ele e Micòl. Os dois teriam o maior prazer e se sentiriam "honrados". E acrescentou que, se eu me interessasse, poderia ser qualquer dia à tarde. Hoje, amanhã, depois de amanhã, eu podia ir quando quisesse, levando comigo quem bem entendesse, e mesmo no sábado, sem problemas. Afora o fato de que ele permaneceria em Ferrara pelo menos por mais um mês, já que os cursos no Instituto Politécnico de Milão não teriam início antes do dia 20 de novembro (Micòl fazia as coisas sempre com mais calma e, naquele ano, com o pretexto de que não estava oficialmente inscrita no curso, e que não precisava estar lá mendigando presença — se é que ela algum dia chegou a botar os pés em Ca' Foscari), e eu não estava vendo os dias lindos que estava fazendo? Enquanto o tempo continuasse desse jeito, seria um verdadeiro crime não aproveitar a oportunidade.

Ele pronunciou essas últimas palavras com menos convicção. Parecia que, de repente, algum pensamento que o preocupava houvesse passado pela sua cabeça, ou então que uma sensação de tédio sem motivo o fizesse desejar que eu não fosse e que não levasse em consideração o convite.

Agradeci, sem prometer nada de mais preciso. Qual era o motivo daquele telefonema? — eu me perguntava, sem deixar de estranhar o fato, ao colocar o aparelho no gancho. Na verdade, desde que ele e a irmã foram estudar fora de Ferrara (Alberto em 1933 e Micòl em 1934, o mesmo período no qual o professor Ermanno tinha obtido permissão da Comunidade para restaurar, "para uso de sua família e de eventuais interessados", a ex-sinagoga espanhola incorporada ao prédio do Templo da Via Mazzini, o que fez com que o banco atrás do nosso na Sinagoga Italiana permanecesse desde então sempre vazio), nós não havíamos mais nos visto a não ser raríssimas vezes, e mesmo assim, de relance e de longe. Durante todo aquele tempo tínhamos ficado tão afastados, que, numa manhã em 1935, na estação de Bolonha (eu estava já no segundo ano de Letras, e ia e voltava de trem, pode-se dizer, praticamente todo dia), sentado no banco da plataforma 1, levei um violento esbarrão de um rapaz alto, pálido e de cabelos castanhos carregando uma manta xadrez debaixo do braço e com um carregador abarrotado de malas logo atrás dele, que se dirigia a passos largos em direção à plataforma do *rápido* para Milão que estava prestes a partir — naquele momento eu não havia reconhecido Alberto Finzi-Contini. Assim que ele alcançou a retaguarda do trem, virou-se para dar instruções ao carregador e desapareceu logo em seguida dentro do vagão. Naquela ocasião — continuei pensando — ele não havia nem mesmo sentido necessidade de me cumprimentar. Quando me virei para reclamar do esbarrão, ele me olhou de um jeito desatento. E agora, diferentemente, qual era o motivo daquela cortesia insinuante?

— Quem era? — meu pai perguntou, assim que retornei à copa.

Só ele ainda permanecia ali. Estava sentado na poltrona, ao lado do aparelho de rádio, na sua expectativa habitual e ansiosa do noticiário das duas horas.

— Alberto Finzi-Contini.

— Quem? O rapaz? Quanta honra! E o que é que ele queria?

Ele me examinava com seus olhos azuis meio atordoados que já haviam, faz tempo, perdido a esperança de me impor alguma coisa, de conseguir adivinhar o que se passava pela minha cabeça. Ele sabia muito bem — e dizia isso com os olhos — que as suas perguntas me incomodavam, que a sua pretensão de se meter continuamente na minha vida era um ato indiscreto e injustificado. Mas, pelo amor de Deus, ele não era o meu pai? E eu não percebia como ele havia envelhecido nesse último ano que passou? Com relação à mamãe e Fanny, não era o caso de se abrir com elas, que eram mulheres. Com Ernesto também não, ele era muito garoto. Com quem ele podia falar então? Será possível que eu não era capaz de entender que era de mim que ele precisava?

De má vontade, falei do que se tratava.

— E você vai?

Ele não me deu tempo de responder. Em seguida, com a animação que eu via se apossar dele todas as vezes em que tinha a ocasião de me arrastar para qualquer conversa, de preferência sobre política, ele já havia mergulhado de cabeça na "análise da situação".

E, infelizmente, era verdade. Ele havia começado a recapitular, incansável, que em 22 de setembro, após o primeiro anúncio oficial do dia 9, todos os jornais haviam publicado aquela circular complementar do Secretário do Partido que falava de várias "medidas práticas" a propósito das quais as Federações Provinciais deveriam providenciar a imediata aplicação com relação a nós. No futuro, "fica estabelecida a proibição dos matrimônios mistos e a exclusão de todos os jovens que reconhecidamente pertençam à raça judia de todas as escolas públicas de qualquer categoria ou nível", assim como a dispensa para eles da obrigação, "extremamente honrosa", do serviço militar, nós "judeus" também não poderemos publicar obituários nos jornais, nem constar dos catálogos telefônicos, nem ter empregadas domésticas de raça ariana e nem freqüentar "agremiações recreativas" de nenhuma espécie. E ainda assim, apesar disso...

— Espero que você não queira repetir a mesma história de sempre — eu o interrompi àquela altura, balançando a cabeça.

— Que história?

— Que Mussolini seja *melhor* do que Hitler.

— Já entendi, já entendi — ele disse. — Mas você tem que admitir que Hitler é um louco sanguinário, enquanto Mussolini é o que é: maquiavélico, vira-casaca até dizer chega, mas...

Eu o interrompi novamente. Ele concordava ou não — perguntei, olhando direto na cara dele — com a tese do artigo de Leon Trostki que eu havia lhe "passado" poucos dias antes?

Eu me referia a um artigo publicado num antigo número da *Nouvelle Revue Française*, revista da qual eu guardava zelosamente no meu quarto exemplares de coleções completas de vários anos. O que aconteceu foi o seguinte: eu não me lembro por que tratei meu pai com indelicadeza. Ele se ofendeu e fechou a cara, e eu, querendo restabelecer a normalidade do relacionamento, a uma certa altura dos acontecimentos não achei melhor solução do que compartilhar com ele da minha leitura mais recente. Satisfeito com aquela demonstração de estima, meu pai não se fez de rogado. Ele tinha lido imediatamente, ou melhor, tinha devorado o artigo, sublinhando muitas linhas a lápis e enchendo as margens com fartas anotações. Em resumo, e ele me disse isto explicitamente, o texto "daquele malandro do velho amigo de Lenin" tinha sido uma verdadeira revelação para ele também.

— Mas é claro que eu concordo! — ele exclamou, contente e ao mesmo tempo desconcertado ao me ver disposto a iniciar uma discussão. — Não há dúvida de que Trotski é um ótimo polemista. Que vivacidade, que linguagem! Completamente capacitado a escrever o artigo diretamente em francês. Realmente — disse, sorrindo com orgulho —, os judeus russos e poloneses podem não ser muito simpáticos, mas sempre tiveram muito talento para os idiomas. Está no sangue.

— Vamos deixar para lá a questão do idioma e vamos nos concentrar nos conceitos — cortei de forma brusca, com uma pitada de aspereza professoral da qual logo me arrependi.

O artigo era claro, continuei de um jeito mais suave. Em fase de expansão imperialista, o capitalismo não pode deixar de se mostrar intolerante com relação a todas as minorias nacionais, e aos judeus em particular, que são, por antonomásia, *a* minoria. Ora, à luz dessa teoria geral (o artigo de Trotski era de 1931, era preciso não se esquecer disso, isto é, o ano em que havia tido início a verdadeira ascensão de Hitler), o que importava se Mussolini, como pessoa, fosse melhor do que Hitler? E além do mais, Mussolini era mesmo um ser humano realmente melhor?

— Já entendi, já entendi... — meu pai continuava a repetir em voz baixa enquanto eu falava.

Estava com as pálpebras abaixadas e o rosto contraído num esgar de tolerância sofrida. Por fim, quando teve a certeza de que eu não tinha mais nada a acrescentar, apoiou uma das mãos no meu joelho.

Ele tinha entendido, repetiu mais uma vez, abrindo devagar as pálpebras. De todo modo, ele tinha que declarar que, na opinião dele, eu via as coisas escuras demais, eu era por demais pessimista.

Por que eu não reconhecia que, depois do comunicado de 9 de setembro, e até mesmo depois da circular complementar do dia 22, pelo menos em Ferrara as coisas haviam prosseguido quase como antes? É também verdade, admitiu, sorrindo com melancolia, que durante aquele mês, dentre os 750 membros da Comunidade, não havia ocorrido nenhum falecimento de importância que valesse a pena ser anunciado no *Padano* (só haviam morrido duas velhinhas do Asilo da Via Vittoria, salvo algum equívoco: uma da família Saralvo e outra da família Rietti, e esta última nem era de Ferrara, e sim proveniente de uma cidadezinha da região de Mântua — Sabbioneta, Viadana, Pomponesco, ou algo assim). Porém sejamos justos. O catálogo telefônico não havia sido recolhido para ser substituído por uma reimpressão expurgada. Nunca tinha acontecido de nenhuma *"havertà"*\* ter sido arrumadeira, cozinheira, babá ou governanta a serviço de nenhuma das nossas famílias que, descobrindo em si mesma subitamente uma "consciência racial", tivesse realmente pensado em deixar o emprego. A Associação dos Comerciantes, onde o cargo de vice-presidente era ocupado há mais de dez anos pelo advogado Lattes, e que ele mesmo, como eu deveria muito bem saber, continuava a freqüentar quase todos os dias sem perturbação, sem ter havido até agora a exigência de qualquer tipo de demissão deste tipo. E Bruno Lattes, o filho de Leone Lattes, ele por acaso havia sido expulso do Eleonora d'Este? Sem me preocupar nem um pouco com o meu irmão Ernesto, que, coitadinho, ficava sempre ali, me olhando de boca aberta e me imitava como se eu fosse talvez um grande *"hahàm"*\*\*, eu tinha parado de ir

---
\*Criada, em hebraico (*N. do T.*)
\*\*Sábio, em hebraico. (*N. do T.*)

aos jogos de tênis. E eu agia mal, devia permitir que ele me dissesse, eu fazia muito mal em me isolar, em me segregar, em não ver praticamente ninguém para depois, com a desculpa da universidade e do passe livre ferroviário, escapulir toda hora indo para Bolonha (nem mesmo com Nino Bottecchiari, Sergio Pavani e Otello Forti, até o ano passado meus amigos inseparáveis, nem mesmo com eles eu queria estar aqui em Ferrara, se bem que eles, uma vez um, outra vez outro, não ficavam um mês sem me ligarem, pobres rapazes!). Já o jovem Lattes, que eu o notasse bem, fazendo o favor. Estando certo o *Padano*, não apenas ele havia podido participar normalmente do torneio social, mas estava indo muito bem na categoria dupla mista jogando em parceria com aquela bela moça, Adriana Trentini, a filha do engenheiro-chefe da província. Eles já haviam vencido três rodadas e já estavam se preparando para as semifinais. Podia-se dizer muita coisa do bom Barbicinti, ou seja, ele se importava demais com o seu próprio e modesto quinhão de nobreza, e muito pouco com a gramática dos artigos de divulgação esportiva do tênis que a Federação o fazia escrever de vez em quando para o *Padano*. Mas que ele era um cavalheiro em nada hostil para com os judeus, porém levemente fascista — e ao dizer "levemente fascista", a voz do meu pai demonstrou um tremor, um pequeno tremor de timidez —, sobre isso não havia dúvidas e nem o que discutir.

Já com relação ao convite do Alberto e ao comportamento dos Finzi-Contini em geral, o que significava agora, de uma hora para outra, toda essa agitação, toda essa necessidade quase angustiosa de um contato por parte deles?

Já tinha sido bastante curioso o que havia ocorrido na semana anterior no Templo, durante o *Rosh Hashaná* (eu não queria ir, como sempre, e mais uma vez havia agido mal). Sim, já tinha sido bem curioso, exatamente no clímax do serviço religioso, e com os bancos praticamente já todos repletos, ver, a um dado momento, Ermanno Finzi-Contini, a mulher e até mesmo a sogra, seguidos pelos dois filhos e pelos inevitáveis tios Herrera de Veneza — o clã inteiro, sem nenhuma distinção entre os homens e as mulheres —, retornarem solenemente à Sinagoga Italiana após cinco longos anos de um afastamento desdenhoso na Sinagoga Espanhola. E vinham ainda por cima com a expressão satisfeita e benevolente, nada mais nada menos como se pretendessem, com a presença deles, premiar e *perdoar* não somente os presentes, mas a Comunidade inteira. Mas isso não era o bastante, evidentemente. Agora chegavam ao cúmulo de convidar as pessoas para a casa deles no Barchetto del Duca, imagine só, onde desde a época de Josette Artom nenhum concidadão ou estrangeiro havia posto os pés, a não ser em circunstâncias de extrema emergência. E eu queria saber o porquê. Era porque eles estavam contentes com o que estava acontecendo! Porque para eles, *halti*\* como sempre foram (antifascistas, tudo bem, mas acima de tudo *halti*), *as leis raciais na verdade eram de seu agrado*! E se ao menos eles tivessem sido bons sionistas, na época! Já que aqui na Itália, e em Ferrara, eles sempre se sentiram muito pouco à vontade e mal adaptados, que pelo menos eles tivessem aproveitado a situação para se transferir de uma vez por todas para *Eretz*! Mas não. Nunca quiseram fazer mais do que de vez em quando dar algum dinheiro para *Eretz* (nada de extraordinário, em todo caso). As grandes quantias de dinheiro eles sempre preferiram gastar com futilidades aristocráticas, como quando em 1933, para encontrar um *ehal* e um *parochet* dignos de figurar

---

\*Carolas, em hebraico. (*N. do T.*)

na sinagoga pessoal deles (autênticos móveis sefaraditas, pelo amor de Deus, e que não fossem portugueses, nem catalães, nem provençais, mas sim espanhóis, e na medida certa!), foram de carro, com um Carnera atrás, nada mais nada menos do que até Cherasco, na província de Cuneo, uma cidadezinha que até os anos 1910, ou antes disso, havia sediado uma pequena Comunidade agora extinta, e onde somente um cemitério havia continuado a funcionar por causa de algumas famílias de Turim provenientes do lugar. Os Debenedetti, os Momigliano, os Terracini etc. continuavam sepultando os seus mortos ali. Josette Artom, a avó de Alberto e Micòl, na sua época, importava ininterruptamente palmas e eucaliptos do Horto Botânico de Roma, aquele aos pés do Gianicolo. E, por causa disso, para que os veículos transportadores passassem com toda a comodidade, mas também por uma questão de prestígio, não é preciso nem dizer, ela havia imposto ao marido, o coitado do Menotti, que ele mandasse alargar em pelo menos o dobro o grande portão da casa que dá para o Corso Ercole I d'Este. A verdade é que de tanto colecionar coisas, plantas, tudo, acaba-se, aos poucos, por querer colecionar também pessoas. Ah, mas se eles, os Finzi-Contini, sentiam saudades do gueto (era no gueto, claramente, que sonhavam ver todos enclausurados e talvez, tendo em vista este belo ideal, dispostos a lotear o Barchetto del Duca, a fim de transformá-lo numa espécie de *kibutz* submetido ao patrocínio deles), eles que tinham liberdade, que assim o fizessem. Ele, de todo modo, teria sempre preferido a Palestina. E, melhor ainda do que a Palestina, seria o Alasca, a Terra do Fogo ou Madagascar...

Era uma terça-feira. Eu não saberia dizer por que dali a poucos dias, no sábado daquela mesma semana, eu resolvi fazer o contrário daquilo que meu pai desejava, excluindo que eu tivesse sido movido pelo clássico mecanismo de contradição e desobediência típico dos filhos. Talvez tenha sido o dia luminoso e a brisa leve e acariciante de uma primeira tarde de outono extraordinariamente ensolarada que me fizeram, de repente, pegar a raquete e as roupas de jogar tênis que repousavam numa gaveta havia mais de um ano.

Mas, nesse meio tempo, várias coisas haviam acontecido.

Antes de mais nada, creio que dois dias após o telefonema de Alberto, portanto na quinta-feira, a carta que "aceitava" o meu pedido de exoneração como sócio do Clube de Tênis Eleonora d'Este havia efetivamente chegado às minhas mãos. Escrita a máquina, mas tendo a assinatura do próprio punho do Marquês Barbicinti, a carta registrada e expressa não se alongava em considerações pessoais ou particulares. Em poucas linhas bastante secas que imitavam desajeitadamente o estilo burocrático, a carta ia direta ao objetivo, declarando ser "inadmissível" (*sic*) a freqüência ao clube por parte do "Ilsmo. Sr." (Será que alguma vez o Marquês Barbicinti poderia se eximir de temperar a sua prosa com algum deslize ortográfico? Vê-se que não. Mas perceber isso e rir foi desta vez um pouco mais difícil do que nas vezes anteriores.)

Em segundo lugar, eu havia recebido no dia seguinte um novo telefonema proveniente da *magna domus*, e não mais por parte do Alberto, mas desta vez por parte de Micòl.

O telefonema acabou virando uma longa, ou melhor, uma longuíssima conversa, cujo tom havia se mantido, por mérito sobretudo de Micòl, no limiar de um bate-papo normal, irônico e descontraído de dois estudantes universitários amadurecidos entre os quais, quando crianças, podia até ter existido uma "quedinha" mútua entre eles, mas que agora, passados algo como uns dez anos, não tinham outra intenção senão a de efetuar um sincero reencontro nostálgico.

— Quanto tempo faz não nos vemos?
— Uns cinco anos pelo menos.
— E agora, como é que você está?
— Fiquei feia. Uma solteirona com o nariz vermelho. E você? Aliás, eu li, eu li...
— Você leu o quê?
— Sim, uns dois anos atrás, no *Padano*, acho que na terceira página, eu li que você participou dos *Littoriali*\* de Arte e Cultura em Veneza... Quanta honra, hein? Parabéns! Claro, mas você sempre foi muito bom em Italiano, desde o ginásio. Meldolesi ficava realmente *encantado* com algumas das suas redações feitas em sala de aula. Acho até que ele levou algumas para ler para a gente.
— É pouco para você ficar me gozando por causa disso. E você, o que é que anda fazendo?
— Nada. Eu já devia ter me formado em inglês em Ca' Foscari, em junho passado. Mas, nada disso. Vamos esperar que eu consiga este ano, se a preguiça assim o permitir. Você acha que eles vão permitir aos alunos em dependência se formarem *também*?
— Eu sei que eu vou te desiludir, mas não tenho a menor dúvida. Você já escolheu o tema da monografia?
— Escolher, eu escolhi, vai ser sobre Emily Dickinson, aquela poetisa americana do século XIX, uma espécie de *femme terrible*... Mas fazer o quê? Eu deveria ficar atrás do meu orientador, passar 15 dias direto em Veneza, mas a Pérola da

---

\*Torneios culturais e esportivos organizados na Itália pelo regime fascista. (*N. do T.*)

Laguna, depois de um tempo... Durante todos esses anos, sempre fiquei o mínimo necessário. Além disso, francamente, estudar nunca foi o meu forte.

— Mentirosa. Mentirosa e esnobe.

— Não, é verdade, eu *juro*! E neste outono então, eu não estou com a menor vontade de sentar e encarar o estudo. Sabe o que eu gostaria de fazer, meu querido, em vez de me enterrar na biblioteca?

— Diz.

— Jogar tênis, dançar e namorar. Imagina só!

— Diversões honestas, incluindo o tênis e a dança, mas às quais você poderia se dedicar perfeitamente também em Veneza, se quisesse.

— Sim, claro! Com a governanta do tio Giulio e do tio Federico sempre nos meus calcanhares!

— Bom, mas quanto a jogar tênis, você não pode dizer que não daria para fazer. Eu, por exemplo, sempre que posso, pego o trem e me mando para Bolonha para...

— Você se manda, mas é para ir namorar, vamos lá, confesse!

— Nada disso. Eu também tenho que me formar ano que vem, só não sei ainda se em História da Arte ou em Italiano (mas acho que vai ser em Italiano, a esta altura dos acontecimentos...) e, quando sinto vontade, me permito uma horinha de tênis. Alugo uma ótima quadra onde se paga por hora na Via del Castello ou no Littoriale, e ninguém pode dizer nada. Por que você não faz a mesma coisa em Veneza?

— A questão é que para jogar tênis ou ir dançar é preciso de um parceiro e eu não conheço ninguém *adequado*. Além disso, eu vou te dizer: Veneza pode ser linda, maravilhosa, isso não se discute, mas não consigo me situar lá. Eu me sinto como quem está de passagem, desambientada... como se estivesse num país estrangeiro.

— Você dorme em casa dos seus tios?

— Só faço isso: comer e dormir.

— Sei. De qualquer modo, há dois anos quando os Littoriali aconteceram em Ca' Foscari, eu te agradeço por não ter ido. Sinceramente. Foi a página mais negra da minha vida.

— Mas por quê? Afinal de contas... Olha, eu vou te falar que, num certo momento, quando eu soube que você ia se apresentar, fiquei pensando em ir lá para torcer um pouco pela nossa... bandeira. Mas, escuta: você se lembra daquela vez na Muralha degli Angeli, do lado de fora, no ano em que você ficou em segunda época em Matemática para outubro? Você chorou que nem um bezerro desmamado, coitadinho, os seus olhos estavam de um jeito...! Eu queria te consolar. Até tive a idéia de fazer você escalar o muro, para você entrar no jardim. Mas por que você acabou não entrando, lembra? Sei que você *não* entrou, mas não lembro por quê...

— Porque alguém nos pegou em flagrante no melhor da festa.

— Ah sim, foi Perotti, aquele *cachorro* do Perotti, o jardineiro.

— Jardineiro? Acho que ele era cocheiro.

— Jardineiro, cocheiro, motorista, porteiro, tudo.

— Ele está vivo ainda?

— E como!

— E o cachorro, o cachorro de verdade, aquele que latia?

— Qual? Jor?

— É, o dinamarquês.

— Ele também, firme e forte!

Ela repetiu o convite do irmão ("Não sei se Alberto acabou te ligando, mas por que você não vem bater uma bolinha aqui em casa?), mas, ao contrário dele, sem insistir nem fazer qualquer menção à carta do Marquês Barbicinti. Não fez menção a nada que não fosse o puro prazer de nos revermos depois de tanto tempo e de aproveitarmos juntos, desafiando todas as proibições, tudo de bom que restava para aproveitar naquela estação.

# 2

Eu não fui o único a ser convidado.
Quando, naquela tarde de sábado, desemboquei no final do Corso Ercole I d'Este (evitando passar pela Giovecca e pelo centro, já que eu vinha da não muito distante Piazza della Certosa) percebi imediatamente que diante do portão da casa dos Finzi-Contini havia um pequeno grupo de tenistas parados na sombra. Eram cinco no total, e eles também tinham vindo de bicicleta — quatro rapazes e uma moça. Meus lábios se apertaram num muxoxo de desapontamento. Quem eram aquelas pessoas? Com exceção de um deles que eu não conhecia nem mesmo de vista, um homem mais velho, em torno dos 25 anos, com um cachimbo entre os dentes, calça de linho branco e paletó marrom de fustão, todos os outros estavam de short com suéter colorida e tinham o ar de freqüentadores habituais do *Eleonora d'Este*. Tinham acabado de chegar e estavam esperando para poder entrar. Mas como o portão demorava para abrir, como um sinal de protesto bem-humorado,

eles pararam de falar em voz alta e de rir e tocaram ritmadamente as campainhas das bicicletas. Tive a tentação de dar meia-volta. Tarde demais. Eles já não estavam mais tocando as campainhas e olhavam para mim com curiosidade. Um deles — que depois, ao me aproximar, identifiquei de repente como sendo Bruno Lattes — estava até mesmo fazendo sinais com a raquete erguida acima do braço longo e magérrimo. Ele queria se fazer reconhecer (nós nunca fomos muito amigos — ele era dois anos mais moço do que eu e nem mesmo em Bolonha, na Faculdade de Letras, a gente se via muito) e ao mesmo tempo me animar a chegar mais perto.

Naquele instante eu me vi parado, cara a cara com Bruno, com a mão esquerda apoiada no portão de carvalho lixado.

— Bom dia — eu disse, com um risinho. — Qual será o motivo de tanta afluência hoje por estas bandas? Será que já terminou o torneio social? Ou será que estou diante de um bando de eliminados?

Falei calculando cuidadosamente o tom de voz e as palavras. Enquanto isso, eu os observava um a um. Olhei para Adriana Trentini, com os seus belos cabelos louríssimos e suas pernas longas e bem-torneadas, maravilhosas, sem dúvida, mas com uma pele branca demais manchada aqui e ali e com estranhas placas avermelhadas que sempre surgiam quando estava com calor. Olhei para o rapaz sério de calça de linho e paletó marrom (com certeza ele não é de Ferrara, eu me dizia). Olhei para os outros dois rapazes, bem mais jovens do que este último e do que a própria Adriana, ambos ainda no ginásio ou talvez na escola técnica, e para mim praticamente desconhecidos justamente por terem começado a se integrar no ano passado, durante o qual eu havia me afastado pouco a pouco de todos os ambientes da cidade. Por fim, olhei para Bruno, bem na minha frente, cada vez mais alto e seco, cada vez mais parecido, devido à sua pele escura, com um negro jovem, vibrante e apreensivo, também tomado naquele dia por uma agitação nervosa que se transmitia através do leve contato dos pneus dianteiros das nossas duas bicicletas.

Eu e ele trocamos rapidamente o inevitável olhar de cumplicidade judia que, meio ansioso e meio aborrecido, eu já previa. Acrescentei então, continuando a olhá-lo:

— Espero que, antes de terem se aventurado a vir jogar num lugar diferente do habitual, vocês tenham pedido permissão ao *senhor* Barbicinti.

Ao meu lado, o desconhecido, que não era de Ferrara, talvez porque tivesse se espantado com o meu tom sarcástico ou porque estivesse se sentindo desconfortável, fez um pequeno movimento. Aquilo, ao invés de me acalmar, excitou-me ainda mais.

— Sejam bons meninos e me tranqüilizem — insisti. — Da parte de vocês, trata-se de uma escapada consentida ou de uma fuga?

— Mas como? — Adriana irrompeu com a sua tradicional leviandade. — Inocente, sim, mas nem por isso menos ofensiva. Você não sabe o que aconteceu na quarta-feira passada, durante a final das duplas mistas? Não venha me dizer que você não foi, e pára com esse teu eterno ar de Vittorio Alfieri! Enquanto a gente estava jogando, eu vi você entre os espectadores. Eu te vi muito bem.

— Eu não estive lá — rebati secamente. — Eu não vou aquele local há pelo menos um ano.

— E por quê?

— Porque eu tinha certeza de que mais cedo ou mais tarde seria posto para fora de qualquer jeito. E, na realidade, eu não estava equivocado. Eis aqui a cartinha de despedida.

Retirei o envelope do bolso do paletó.

— Imagino que você também a tenha recebido — acrescentei, dirigindo-me a Bruno.

Somente nesta altura foi que Adriana pareceu se lembrar da situação. Ela contorceu os lábios. Mas a perspectiva de me colocar a par de um acontecimento importante que era evidentemente ignorado por mim atropelou repentinamente qualquer outro pensamento.

Ela levantou a mão.

— Precisamos explicar a ele — ela disse, suspirando e levantando os olhos para o céu.

Tinha acontecido uma coisa muito antipática, ela começou então a me contar num tom professoral, enquanto um dos rapazes mais moços voltava a apertar o pequeno e pontiagudo botão negro de osso da campainha do portão de entrada. Tudo bem, eu não sabia, mas ela e Bruno, no torneio social de encerramento, iniciado justamente na metade da semana passada, haviam chegado nada mais nada menos do que à final, um resultado que nunca, jamais, teriam sonhado poder alcançar. Era isso. O encontro decisivo ainda estava em andamento, e as coisas começaram a tomar os rumos mais estranhos (era de cair o queixo, palavra de honra — Désirée Baggioli e Claudio Montemezzo, com trinta, tiveram dificuldades com uma dupla que não tinha sido classificada, a tal ponto de perderem o primeiro *set* por dez a oito, e não estavam nada bem também no segundo), quando de repente, por decisão única, exclusiva e imprevisível do Marquês Barbicinti, como sempre o árbitro do torneio, e mais uma vez, em suma, o grande comandante, a partida teve que ser bruscamente interrompida. Eram seis horas da tarde e já não se enxergava tão bem, decerto. Mas não tão mal assim, que não desse para seguir adiante por pelo menos mais uns dois *games*. Isso é coisa que se faça, pelo amor de Deus? Com quatro *games* a dois no segundo *set* de uma partida importante, não se tem o direito, até prova em contrário, de começar a gritar "*terminou, parem*!", e de entrar no campo com os braços abertos, declarando suspensa a partida devido à "escuridão que nos surpreendeu", adiando o prosseguimento e a conclusão do mesmo para a tarde do dia seguinte. E convenhamos que, de resto, o senhor Marquês não estava agindo de boa-fé! E se ela não o tivesse visto, já no fim do primeiro *set*, confabulando intensamente com aquela "alma negra" de Gino Cariani, o secretário do G.U.F.* (eles haviam se afastado um pouco das pessoas, ficando ao lado do prédio dos vestiários), e Cariani, talvez para dar menos na vista, totalmente de costas para o campo, para ela teria bastado ver a cara do Marquês no instante em que ele havia se inclinado para abrir o pequeno portão de acesso, tão pálido e transtornado, de um jeito como ela nunca havia visto ("uma cara de apavorado, que nem te conto!), para saber que a questão da escuridão que se abateu sobre nós fosse somente uma desculpa esfarrapada, "conversa fiada". Ainda dava para ter dúvidas? Não se havia mais tornado a falar na partida interrompida, já que, como eu, na manhã do dia seguinte, Bruno também havia recebido a mesma carta expressa, "como queríamos demonstrar". E ela, Adriana, tinha ficado tão enojada e indignada com todo esse assunto que havia jurado não colocar mais o pé no *Eleonora d'Este*, pelo menos durante um bom tempo. Eles tinham alguma coisa contra Bruno? Se tinham, eles poderiam muito bem não aceitar a sua inscrição no torneio e dizer a ele honestamente: "Lamentamos, mas, por causa da situação atual e disso

---

*Grupo Universitário Fascista. (*N. do T.*)

e daquilo, não podemos aceitar a sua inscrição." Mas depois de iniciado o torneio, ou melhor, já quase no final, e ainda por cima faltando muito pouco para ele vencer numa das categorias, eles não deviam de jeito nenhum fazer o que fizeram. Quatro a dois. Que porcaria! Esse jeito de tratar as pessoas era coisa de selvagens e não de gente civilizada e bem-educada!

Adriana Trentini falava, cada vez mais exaltada, e Bruno também de vez em quando intervinha, acrescentando detalhes.

Na opinião dele, a partida tinha sido interrompida por culpa do Cariani, da parte de quem, bastando saber como ele era, não se podia esperar outra coisa. Era claro até demais: um "ninguém" como ele, com peito de tuberculoso e esqueleto de passarinho, cuja única preocupação desde o primeiro instante que havia entrado para o G.U.F. era a de fazer carreira, e por este motivo não deixava passar uma ocasião, pública ou particular, de bajular os Federais (eu já não o tinha visto no Caffè della Borsa, nas raras vezes em que conseguia se sentar na mesa das "velhas raposas políticas da Bombamano"? Ficava todo inflado, dizia coisas ofensivas, exibia-se com um palavreado que mal sabia dominar, mas quando o cônsul Bolognesi ou o Sciagura, ou qualquer outra pessoa hierarquicamente superior no grupo lhe chamava a atenção sobre alguma coisa, ele metia imediatamente o rabo entre as pernas e, para ser perdoado e voltar a cair nas graças dos superiores, era até capaz de desempenhar os serviços mais humildes, como ir até a tabacaria para comprar um maço de Giubek para o Inspetor Federal, ou então telefonar para a "residência dos Sciagura" avisando à "ex-lavadeira da mulher dele" que o grande senhor já estaria voltando logo para casa...). Um "verme daquele calibre" não havia deixado escapar a oportunidade, ele teria arriscado o próprio pescoço para mostrar serviço mais uma vez para a Federação!

O Marquês Barbicinti era como ele, um senhor distinto, sem dúvida, mas tinha bastante a esconder em termos de "autonomia de vôo", e bem longe de ser um herói. Se ainda o mantinham administrando o *Eleonora d'Este*, era só porque tinha boa apresentação, e acima de tudo por causa do nome que, na cabeça deles, sabe-se lá que tipo de chamariz eles imaginassem que seria. Devia portanto ter sido fácil, para Cariani, fazer com que o coitado do nobre ficasse todo trêmulo. Ele talvez tenha lhe dito: "E amanhã? O senhor já pensou em amanhã à noite, Marquês, quando o Inspetor Federal vier aqui, para o baile comemorativo e terá que entregar o prêmio a um... Lattes com a taça de prata e a devida saudação romana? Eu, por mim, prevejo um grande escândalo. E dores de cabeça que não vão se acabar mais. Eu, no seu lugar, já que está começando a escurecer, eu não pensaria duas vezes em interromper a partida." Não foi preciso mais nada, "acertou na mosca", para induzi-lo à grotesca e triste interrupção que ele determinou.

 Antes que Adriana e Bruno tivessem terminado de me colocar a par destes acontecimentos (num determinado momento, Adriana encontrou até uma brecha para me apresentar ao jovem desconhecido: um tal de Malnate — Giampiero Malnate — milanês, químico recém-contratado numa das novas fábricas de borracha sintética da Zona Industrial), o portão tinha sido finalmente aberto. Apareceu na soleira um homem de uns sessenta anos, grande e forte, com o cabelo grisalho cortado curto e sobre o qual o sol das duas e meia da tarde, reverberando em ondas de luz através do vão às costas dele, arrancava reflexos de brilho metálico, com o bigode igualmente curto e grisalho sob o nariz carnudo e arroxeado, um pouco à Hitler, tanto o nariz quanto o bigodinho (me veio à mente o pensamento). Era ele mesmo, o velho Perotti — jardineiro, cocheiro, motorista, porteiro, tudo, como havia dito Micòl —, no geral nem um pouco mudado desde os tempos do *Guarini*, quando, sentado no seu assento, esperava impassível que o antro escuro e ameaçador pelo qual, impávidos e com o sorriso nos lábios, os seus "senhorinhos" haviam sido engolidos, se decidisse de vez a restituí-los, não menos serenos e seguros de si, ao coche que era todo cristais, vernizes, cromados, tecidos felpudos e madeiras nobres — parecendo realmente um escrínio precioso — e por cuja conservação e condução ele era o único responsável. Os olhos pequenos, por exemplo, também cinzentos, pontiagudos e cintilantes e com aquela dura sabedoria camponesa vêneta, riam benevolamente debaixo das fartas sobrancelhas quase pretas tal como tinham sido anteriormente. Mas do que é que ele estava rindo agora? Do fato de nós termos sido deixados ali esperando por pelo menos dez minutos? Ou então ele ria de si mesmo, que se apresentava com uma jaqueta riscada e luvas brancas novinhas em folha inauguradas talvez naquela ocasião?

Tínhamos então entrado e fomos acolhidos além do portão imediatamente fechado pelo prestimoso Perotti, pelos fortes latidos de Jor, o dinamarquês preto e branco. O canzarrão nos acompanhou ao longo da alameda de entrada trotando cansado ao nosso redor com um ar nada ameaçador. Mesmo assim, Bruno e Adriana de repente se calaram.

— Será que ele não morde? — perguntou Adriana, amedrontada.

— Não se preocupe, senhorita — Perotti respondeu. — Com os três ou quatro dentes que lhe restam, o que é que ele consegue morder, o coitado? Com muito custo, a polenta...

E, enquanto o decrépito Jor, parado no meio da alameda numa pose escultural, nos encarava com os seus dois olhos frios e sem expressão, um escuro e o outro azul claro, Perotti começou a desculpar-se. Lamentava muito por ter-nos feito esperar, ele disse. Mas a culpa não era dele, e sim da energia elétrica que de vez em quando falhava (por sorte a *signorina* Micòl por precaução o havia mandado imediatamente ver se por acaso já havíamos chegado), e também havia a distância de mais de meio quilômetro, infelizmente. E ele não sabia andar de bicicleta. Mas quando a *signorina* Micòl mete uma coisa na cabeça...

Soltou um suspiro, levantou os olhos para o céu e sorriu mais uma vez, sabe-se lá por quê, revelando entre os lábios finos uma dentição bem mais compacta e forte que a do dinamarquês. E, ao mesmo tempo, com o braço levantado nos indicava a alameda que, após uns cem metros, avançava por entre uma moita de canas-da-índia. Mesmo de bicicleta — ele informou — sempre se leva três ou quatro minutos para chegar até o "palacete".

# 3

Tivemos realmente muita sorte, com relação à estação. Durante dez ou 12 dias, o tempo se manteve perfeito, parado naquela espécie de suspensão mágica, numa imobilidade suavemente luminosa e vítrea que é típica de alguns dos nossos outonos. No jardim fazia calor, um pouco menos do que no verão. Quem quisesse, podia continuar jogando tênis até umas cinco e meia da tarde ou até mais, sem receio de que a umidade da noite, já bem acentuada em novembro, pudesse estragar as cordas das raquetes. Àquela hora, naturalmente, já não se via mais quase nada na quadra. Porém a luz que continuava a dourar lá embaixo no fundo os declives relvados da Muralha degli Angeli, repletos, especialmente aos domingos, de uma silenciosa multidão multicolorida (meninos que corriam atrás da bola, babás sentadas fazendo tricô ao lado dos carrinhos dos bebês, militares em dia de folga, casais de namorados em busca de cantos onde pudessem se abraçar), esta última luz convidava a insistir no bate-bola sem se importar que fosse, àquela altura, quase às cegas. O dia ainda não havia terminado e valia a pena jogar mais um pouco. Voltávamos todas as tardes, no início avisando com um telefonema, depois nem mesmo isso, e éramos sempre os mesmos, com exceção às vezes de Giampiero Malnate, que tinha conhecido Alberto em 1933, em Milão e, ao contrário do que eu havia pensado no primeiro dia, ao encontrá-lo diante do portão da casa dos Finzi-Contini, não apenas nunca havia encontrado anteriormente os quatro jovens que o acompanhavam, além de nunca haver se relacionado com o *Eleonora d'Este* e nem com o seu vice-presidente e secretário, o Marquês Ippolito Barbicinti. Os dias estavam bonitos demais e ao mesmo tempo bem ameaçados pelo inverno já iminente. Perder um só dia que fosse parecia um verdadeiro crime. Sem marcar encontro, chegávamos sempre por volta das duas, logo depois do almoço. No início, tornava a acontecer com freqüência de nos encontrarmos todos reunidos em grupo na frente do portão à espera que Perotti viesse abrir. Mas, depois de uma semana, a instalação de um interfone e de uma fechadura comandada à distância fez com que entrar no jardim não representasse mais nenhum problema mesmo que passássemos a chegar separados, sem nenhuma ordem específica. Quanto a mim, não faltei uma só tarde, nem mesmo para dar uma das minhas habituais escapulidas a Bolonha. E os outros também não, se é que me lembro bem. Nem Bruno Lattes, nem Adriana Trentini, nem Carletto Sani e nem Tonino Collevatti, aos quais sucessivamente somaram-se, além do meu irmão Ernesto, outros três ou quatro rapazes e moças. O único que, como já mencionei, vinha com menor regularidade era "o" Giampiero Malnate (Micòl começou a chamá-lo assim e logo generalizou-se o uso). Uma vez ele explicou que tinha que se organizar com o horário de expediente da fábrica, que não era muito rigoroso, é verdade, já que a fábrica Montecatini, onde ele trabalhava, ainda não havia produzido até então nem um quilo sequer de borracha sintética, mas mesmo assim ele tinha que cumprir o expediente. De qualquer modo, nunca aconteceu de ele faltar mais de dois dias seguidos. Além disso, afora eu, ele era também o único que não se preocupava demais em jogar tênis (para dizer a verdade, ele jogava bastante mal), às vezes contentando-se, quando chegava de bicicleta em torno das cinco, depois do laboratório, em ser o juiz de uma partida ou em sentar-se à parte com Alberto para fumar cachimbo e conversar.

Os nossos anfitriões eram ainda mais assíduos do que a gente. Acontecia de chegarmos ainda antes de bater duas horas no distante relógio da praça. Por mais cedo que chegássemos, podíamos ter a certeza de encontrá-los já na quadra, e nem sempre estavam jogando, como naquele sábado em que despontamos da clareira atrás da casa onde ficava a quadra, mas ocupados em se certificar de que tudo estivesse em ordem: as redes bem colocadas, o terreno regado e bem aplainado e as bolas em bom estado. Ou então estavam estendidos sobre duas espreguiçadeiras com grandes chapéus de palha na cabeça, tomando sol, imóveis. Como donos da casa, não poderiam ter se comportado melhor. Embora ficasse claro que o tênis, considerado por eles como um exercício físico, um esporte, os interessasse somente até certo ponto, apesar disso eles ficavam até depois da última partida (sempre um ou outro, mas algumas vezes os dois), sem nunca se despedirem antecipadamente com o pretexto de algum compromisso, de problemas para resolver ou de uma indisposição. Pelo contrário, em algumas noites eram eles que, praticamente já na total escuridão, insistiam para que "batêssemos mais uma bolinha, a última!", empurrando de volta para o campo quem já estava saindo.

Conforme Carletto Sani e Tonino Collevati haviam logo declarado, sem nem mesmo abaixar muito a voz, não se podia dizer que a quadra fosse lá grande coisa. Como tenistas adolescentes de 15 anos, jovens demais para terem freqüentado outras quadras além daquelas que enchiam de justificado orgulho o Marquês Barbicinti, eles haviam de imediato começado a fazer uma lista dos defeitos daquela espécie de "campo de batatas" (assim havia se expressado um deles, franzindo os lábios numa careta de desprezo). Isto é: quase nenhuma área de recuo, especialmente nas linhas de fundo, a terra branca e ainda por cima mal drenada onde apenas um pouco de chuva bastava para transformá-la num pântano e nenhuma cerca viva tapando as redes metálicas que a circundavam.

Porém, assim que terminaram o "desafio mortal" entre eles (Micòl não havia conseguido impedir que o irmão a alcançasse nos cinco iguais e, nesta altura do campeonato, havia interrompido sua participação), os próprios Alberto e Micòl denunciaram apressadamente os mesmos defeitos sem nenhuma reserva, eu diria até com uma espécie de entusiasmo estranho e autodepreciativo.

Pois é, Micòl havia dito, ainda passando uma toalha no rosto acalorado, para pessoas como nós, "mal acostumados" com as quadras de saibro do *Eleonora d'Este*, era bem difícil sentir-se confortável neste poeirento campo de batatas! E a área de recuo? Como iríamos conseguir jogar com tão pouco espaço assim, principalmente atrás da gente? Em que decadência abissal nós nos havíamos precipitado, pobres coitados! Ela, porém, estava com a consciência tranqüila. Tinha repetido infinitas vezes ao *papà* que era preciso afastar todos os alambrados pelo menos uns três metros. Mas imagina! Ele, o *papà*, saindo-se toda vez com o modo de ver típico dos agricultores, que a terra, para eles, se não serve para plantar, parece-lhes desperdiçada (considerava também o fato de que ela e Alberto haviam jogado desde crianças numa pequena quadra daquele tipo, e, portanto, podiam muito bem continuar jogando assim mesmo depois de crescidos), ele, o *papà*, havia sempre reclamado. Quanto esforço, puxa vida! Mas agora era diferente. Agora eles tinham convidados, "convidados ilustres". Razão pela qual ela voltaria ao ataque energicamente, atormentando e esgotando a paciência do seu "encanecido pai" que, para a próxima primavera, Micòl acreditava poder garantir que ela e Alberto estariam em condições de nos oferecer "uma coisa mais decente".

Falava mais do que nunca com o seu jeito irônico de sempre. E não nos restava mais do que desmentir e assegurar em coro que tudo, inclusive a quadra, estava mais do que bom, elogiando, para completar, a moldura verde do parque diante do qual os outros parques particulares que restavam, inclusive o do Duque Massari (e foi o que Bruno Lattes declarou exatamente no momento em que Micòl e Alberto saíam juntos do campo, um segurando a mão do outro), ficavam relegados a meros jardinzinhos burgueses e arrumadinhos.

Mas a quadra de tênis não era "decente", realmente, e além disso, sendo a única, obrigava a rodízios de descanso muito longos. Assim sendo, às quatro em ponto, todas as tardes, sobretudo com o objetivo, talvez, de que os dois adolescentes de quinze anos do nosso grupo heterogêneo não fossem induzidos a sentir falta das horas muito mais intensas sob o aspecto esportivo que teriam podido transcorrer sob as asas do Marquês Barbicinti, eis que surgia invariavelmente Perotti, com o pescoço taurino retesado e vermelho devido ao esforço de transportar com as mãos enluvadas uma grande bandeja de prata. A bandeja transbordava com pequenos sanduíches de anchova, de salmão defumado, de caviar, de fígado de ganso, de presunto de porco e com pequenos *vol-au-vents* recheados com pasta de frango ao molho bechamel; com minúsculos *buricchi* provindos com certeza da famosa lojinha *kosher* que a senhora Betsabea, a célebre senhora Betsabea (Da Fano), administrava há várias décadas na Via Mazzini para delícia e glória de toda a cidade. E tinha mais. O bom Perotti ainda estava arrumando o conteúdo da bandeja na mesinha de vime preparada para este propósito, diante da porta lateral do campo, debaixo de um amplo guarda-sol com gomos vermelhos e azuis, e estava junto com ele uma de suas filhas, Dirce ou Gina, ambas com aproximadamente a mesma idade de Micòl, e ambas "a serviço da casa", Dirce como arrumadeira e Gina como cozinheira (os dois filhos homens, Titta e Bepi, o primeiro já com uns trinta anos, o segundo com dezoito, cuidavam do parque com a dupla função de jardineiros e horticultores: além de entrevê-los muitas vezes à distância trabalhando encurvados e nos dirigindo, quando passávamos de bicicleta, o rápido lampejo dos seus olhos azuis e irônicos, nunca tivemos a oportunidade de maior contato com eles do que isso). Descendo o caminho que conduzia da *magna domus* até à quadra de tênis, a moça estava empurrando um carrinho com rodas de borracha, repleto também de jarras, bules, copos e xícaras. Dentro dos bules de porcelana e de estanho havia chá, leite e café; dentro das reluzentes jarras de cristal de Boêmia havia limonada, suco de fruta e *Skiwasser*, uma bebida que mata a sede feita com água e xarope de framboesa em partes iguais, acrescidos de uma fatia de limão e algumas uvas e que Micòl preferia a todas as outras, e da qual ela demonstrava ter especial orgulho.

Ah, o *Skiwasser*! Nas pausas entre os jogos, além de dar uma mordida num sanduíche que, com a ostentação de um anticonformismo religioso, sempre escolhia ser de presunto de porco, com freqüência Micòl tragava em grandes goles e com grande gula um copo cheio da sua querida "beberagem", incitando continuamente a que nós também a tomássemos "em homenagem" — dizia rindo — "ao finado Império Austro-Húngaro". A receita — ela contou — lhe tinha sido passada na própria Áustria, em Offgastein, no inverno de 1934, o único inverno em que ela e Alberto, "aliados", tinham conseguido por uns quinze dias ir sozinhos esquiar. E embora o *Skiwasser* — o nome era prova disso — fosse uma bebida para o inverno, razão pela qual ela deveria ser servida bem quente, também na Áustria havia gente que, para continuar bebendo-a durante o verão, fazia assim, numa "versão" gelada e sem fatia de limão, e a chamava neste caso *Himbeerwasser* [suco de framboesa].

Em todo caso, observemos bem — ela acrescentou num tom cômico, levantando o dedo —, os bagos de uva, "importantíssimos!", tinha sido ela, por própria iniciativa, que os introduzira na clássica receita tirolesa. Tinha sido idéia sua. Isso era muito importante para ela e não era para rir. A uva representava a contribuição específica da Itália à santa e nobre causa do *Skiwasser* ou, melhor do que isso, mais exatamente, à especial "variação italiana, para não dizer de Ferrara, para não dizer... etc. etc....".

#### 4

As outras pessoas da casa só começaram a aparecer depois de algum tempo.

Aliás, por falar nisso, no primeiro dia havia ocorrido um fato curioso, tanto que quando me lembrei dele, lá pela metade da semana seguinte, quando nem o professor Ermanno e nem a *signora* Olga haviam aparecido ainda, fui levado a suspeitar que todos aqueles que Adriana Trentini chamava, como um todo, de a "velha-guarda", haviam tomado a decisão unânime de se manterem afastados da quadra de tênis talvez para não atrapalhar, quem sabe, para não caracterizar com a presença deles, visitas que na verdade não eram visitas, mas simples reuniões de moças e rapazes no jardim.

O fato curioso havia acontecido logo no início, pouco depois de termos nos despedido de Perotti e de Jor, que tinham permanecido nos vendo ao nos distanciarmos de bicicleta pela alameda de entrada. Depois de atravessar o canal Panfilio por uma ponte de traves negras, estranha e maciça, nossa patrulha ciclística tendo chegado a uns cem metros de distância do solitário ponto culminante da construção neogótica da *magna domus* ou, para ser mais exato, da triste esplanada coberta de cascalho e sempre à sombra que ficava à sua frente, a atenção de todos foi atraída por duas pessoas paradas exatamente no meio do largo. Uma velha senhora sentada numa poltrona com uma montanha de almofadas a lhe sustentar a coluna, e uma moça loura e viçosa, com ar de empregada doméstica, ereta em pé atrás dela. A senhora, assim que viu que nos aproximávamos, foi tomada por uma espécie de sobressalto. Depois, começou a fazer grandes sinais com os braços que significavam que não devíamos seguir por ali, na direção da esplanada onde ela se encontrava, já que ali atrás não havia outra coisa senão a casa, mas que devíamos, em vez disso, virar à esquerda, indo pelo caminho coberto por uma galeria de rosas trepadeiras que ela nos apontava, no fim do qual (Micòl e Alberto já estavam jogando; já não dava para ouvir, do ponto onde estávamos, as batidas rítmicas que as raquetes deles produziam ao rebaterem a bola?) nós iríamos automaticamente desembocar na quadra de tênis. Era a *signora* Regina Herrera, mãe da *signora* Olga. Eu a havia reconhecido logo pela intensa e característica brancura do seu cabelo farto recolhido num coque na nuca, cabelo que eu sempre admirava todas as vezes no Templo, quando, ainda criança, acontecia de entrevê-lo através da grade da galeria das senhoras. Ela agitava as mãos e os braços com uma energia irrequieta, fazendo ao mesmo tempo sinal à moça, que era Dirce, para ajudá-la a se levantar. Estava cansada de ficar ali, queria voltar para casa. E a acompanhante obedeceu à ordem com solicitude imediata.

Entretanto, numa tarde, contra todas as expectativas, o professor Ermanno e a *signora* Olga apareceram na quadra. Tinham o ar de quem estava passando pela quadra de tênis por mero acaso, de volta de um longo passeio pelo parque. Caminhavam de braços dados. Mais baixo do que a mulher, e muito mais encurvado do que já era dez anos antes, na época das nossas conversas sussurradas na Sinagoga Italiana de um banco para outro, o professor vestia um dos seus habituais ternos de tecido claro, usava um chapéu de panamá com uma faixa preta caído sobre as grossas lentes do *pince-nez* e apoiava-se numa bengala de bambu para caminhar. Envergando luto, a *signora* carregava um grande buquê de crisântemos colhidos em alguma parte remota do jardim durante o passeio. Apertava-o atravessado de encontro ao peito, envolvendo-o com o braço direito num gesto carinhosamente possessivo, quase materno. Embora ainda bem aprumada, e com toda a cabeça como diferença de altura com relação ao marido, ela também parecia bem envelhecida. O cabelo tinha se tornado uniformemente grisalho, de um cinza feio e soturno. Sob a testa ossuda e protuberante, os olhos muito pretos brilhavam com o ardor fanático e sofrido de sempre.

Aqueles que estavam sentados debaixo do guarda-sol se levantaram; quem estava jogando, parou.

— Fiquem à vontade, não se incomodem — disse o professor, com a sua voz gentil e musical. — Não se incomodem, por favor. Continuem a jogar.

Ele não foi obedecido. Micòl e Alberto logo fizeram com que nós fôssemos apresentados — especialmente Micòl. Além de dizer o nome e o sobrenome, ela ressaltava de cada um o que supunha fosse despertar o interesse do pai: em primeiro lugar, estudos e profissões. Tinha começado por mim e por Bruno Lattes, falando tanto de um como de outro de forma imparcial, com a marca da objetividade, como para resguardar o pai naquela circunstância de qualquer possível sinal de especial reconhecimento ou preferência. Éramos "os dois literatos do grupo", "uns sujeitos muito talentosos". Em seguida passou ao Malnate. Eis aqui um belo exemplo de dedicação científica! — exclamou, num tom irônico. Somente a química, em relação à qual nutria uma paixão evidentemente irresistível, teria podido induzi-lo a deixar atrás de si uma metrópole tão cheia de atrativos como Milão ("*Milàn l'è on gran Milàn!*"* para vir se enterrar numa "cidadezinha" que nem a nossa.

— Ele trabalha na Zona Industrial — Alberto explicou, direto e sério. — Numa fábrica da Montecatini.

— Eles deveriam estar produzindo borracha sintética — gracejou Micòl —, mas parece que não conseguiram até agora.

O professor Ermanno tossiu. Apontou o dedo em direção a Malnate.

— Você foi colega de faculdade de Alberto? — ele perguntou, gentilmente. — Não é mesmo?

— Bem, num certo sentido, sim — respondeu Malnate, assentindo com um movimento de cabeça. — Fora as faculdades diferentes que fazíamos, eu estava três anos mais adiantado. Porém assim mesmo fomos ótimos companheiros.

— Sei, sei. Meu filho nos falou com muita freqüência sobre você. Também nos contou que esteve diversas vezes na sua casa e que seus pais, em várias ocasiões, foram muito atenciosos e gentis com ele. Queira agradecê-los em nosso nome quando voltar a vê-los. Por ora, é um prazer tê-lo aqui em nossa casa. E volte, hein... volte sempre, todas as vezes que sentir vontade.

Voltou-se para Micòl e perguntou a ela, indicando Adriana:

---

*Milão, quanto és grande, Milão! (N. do T.)

— E esta moça quem é? Se não me engano deve ser da família dos Zanardi....

A conversa continuou neste mesmo tom até terem terminado completamente as apresentações, inclusive as de Carletto Sani e Tonino Collevatti, definidos por Micòl como "as duas esperanças" do tênis de Ferrara. Por fim, o professor Ermanno e a *signora* Olga, que havia permanecido durante todo o tempo ao lado do marido sem pronunciar uma só palavra e limitando-se a sorrir de vez em quando com um ar benevolente, distanciaram-se sempre de braços dados em direção à casa.

Embora o professor tivesse se despedido com um "até logo!" mais do que cordial, não passou pela cabeça de ninguém levar realmente a sério aquela promessa.

Mas, no domingo seguinte, enquanto Adriana Trentini e Bruno Lattes de um lado e Desirée Baggioli e Claudio Montemezzo do outro estavam na quadra travando com grande empenho uma partida cujo êxito, segundo os declarados propósitos de Adriana, que a havia promovido e organizado, deveria ter recompensado ela e Bruno, "pelo menos moralmente", do desagradável incidente efetuado contra eles pelo Marquês Barbicinti (mas a questão desta vez não parecia seguir no rumo pretendido: Adriana e Bruno estavam perdendo, e perdendo feio). Mas eis que, perto do final da disputa, desponta pelo caminho das rosas trepadeiras, um de cada vez, a "velha-guarda" em peso. Olhando-os, eles compunham um pequeno cortejo. Na frente da fila o professor Ermanno e a *signora*. À pouca distância, seguiam os tios Herrera de Veneza. O primeiro, com o cigarro pendente entre os lábios grossos e com as mãos cruzadas nas costas, olhando em torno de si com o ar desambientado do cidadão urbano que se encontra de má vontade no campo. O segundo, alguns metros atrás, segurando pelo braço a *signora* Regina e regulando os seus passos com os passos muito lentos de sua mãe. Se o tisiologista e o engenheiro estavam em Ferrara — eu me dizia — devia ser por causa de alguma solenidade religiosa. Mas qual? Depois do *Rosh Hashaná*, que foi em outubro, eu não me lembrava de nenhuma outra festa para aquele outono. *Sukot*, talvez? Era provável. A não ser que a também provável demissão do engenheiro Federico das Ferrovias do Estado tivesse ocasionado a convocação de um conselho de família extraordinário...

Sentaram-se todos muito educadamente, quase sem fazer nenhum ruído. A única exceção foi a *signora* Regina. No momento em que estava sendo acomodada numa espreguiçadeira, pronunciou com a voz forte de uma pessoa surda duas ou três palavras no linguajar da casa. Reclamava da *"mucha"* umidade do jardim naquela hora. Mas ao lado dela vigiava o filho Federico que, com voz não menos forte (a sua, porém, era neutra: um tom de voz com o qual meu pai também se saía todas as vezes em que, num ambiente "misturado", ele queria se comunicar com alguém da família, e exclusivamente com aquela pessoa), fez de imediato com que ela se calasse. E que prestasse atenção em ficar *"callada"*, isto é, calada. Temos *"musafír"*.

Encostei os lábios nos ouvidos de Micòl.

— *Callada* ainda dá para entender. Mas o que é que quer dizer *musafír*?

— Visita — ela cochichou de volta. — Mas é visita *goi*.

E riu, cobrindo a boca com uma das mãos de um jeito infantil e piscando — estilo Micòl 1929.

Mais tarde, quando terminou a partida, e depois que as "novas aquisições", Desirée Baggioli e Claudio Montemezzo, foram por sua vez apresentadas, acabei me encontrando a sós, num canto, com o professor Ermanno. No parque, o dia estava como sempre, apagando-se numa sombra difusa e leitosa. Eu havia me afastado alguns metros do portão de entrada. Com os olhos fixos na longínqua Muralha degli Angeli iluminada pelo sol, ouvia às minhas costas a voz aguda de Micòl por sobre todas as outras. Sabe-se lá com quem ela estava conversando e por quê.

— Era hora em que a saudade malferida... — declamou uma voz irônica e abafada, muito perto.

Voltei-me, surpreso. Era justamente o professor Ermanno que sorria bonachão, todo contente por ter me dado aquele pequeno susto. Pegando-me com delicadeza por um braço e depois, muito lentamente, mantendo-nos sempre bem afastados do alambrado e parando de vez em quando, começamos a caminhar em torno da quadra de tênis. Fizemos uma volta quase completa, para então, no final, retornarmos pelo caminho que havíamos percorrido. Indo e vindo. No escuro que aos poucos se intensificava, repetimos o percurso várias vezes. Enquanto isso conversávamos, ou melhor, falava principalmente ele, o professor.

Começou me perguntando o que é que eu achava da quadra de tênis, se eu a achava realmente assim tão indecente. Micòl não tinha dúvidas. Na opinião dela, a quadra deveria ser inteiramente refeita de cabo a rabo com critérios modernos. Ele, no entanto, não tinha tanta certeza. Talvez, como de costume, o seu "querido terremoto" exagerava, talvez não fosse necessário destruir tudo como ela desejava.

— De qualquer modo — acrescentou —, dentro de poucos dias vai começar a chover, é inútil se iludir. Melhor deixar todas as eventuais providências para o ano que vem, você também não acha?

Dito isso, passou a me perguntar o que é que eu estava fazendo, e o que eu tinha a intenção de fazer no futuro imediato. E como estavam os meus pais. Enquanto me perguntava sobre o meu *papà*, observei duas coisas. Antes de tudo, que tinha dificuldade em me chamar de você, tanto é verdade que dali a pouco, parando de repente, ele o declarou explicitamente, e eu imediatamente pedi com muita sinceridade e calor humano, que me fizesse o favor, que ele não me devia tratar com formalidade, pois senão eu me ofenderia. Em segundo lugar, que o interesse e o respeito que perpassavam em sua voz e em seu rosto enquanto perguntava sobre a saúde do meu pai (especialmente nos olhos: as lentes dos óculos, aumentando-os, acentuavam a gravidade e a suavidade da sua expressão), não pareciam em nada forçados, e de nenhuma forma hipócritas. Recomendou-me que eu lhe transmitisse lembranças suas. E também seus "elogios" pelas muitas árvores plantadas em nosso cemitério depois que meu pai passara a se encarregar dele. Aliás, será que se poderia plantar alguns pinheiros? Cedros do Líbano? Abetos? Salgueiros chorões? Que eu perguntasse ao meu pai. Caso ele quisesse (hoje em dia, com os meios de que dispunha a agricultura moderna, transplantar árvores de grande porte havia se tornado uma brincadeira), ele ficaria muito feliz em colocá-las à disposição dele na quantidade que ele desejasse. Que idéia maravilhosa, eu tinha que admitir! Repleto de árvores grandes e belas, o nosso cemitério, com o tempo, também estaria em condições de rivalizar com o de San Niccolò del Lido, em Veneza.

— Você não o conhece?

Respondi que não.

— Ah, mas você devia, você *devia* tentar visitá-lo assim que possível! — exclamou com viva animação. — É um monumento nacional! Por sinal, você que é um literato, lembrará com certeza como começa a *Edmenegarda* de Giovanni Prati. Fui obrigado a declarar mais uma vez a minha ignorância.

— Pois bem — retomou o professor Ermanno —, Prati faz com que a sua *Edmenegarda* tenha início exatamente ali, no cemitério israelita do Lido, considerado no século XIX um dos lugares mais românticos da Itália. Mas atenção: se, e quando você for, não se esqueça de dizer logo ao vigia do cemitério (ele é quem tem a chave do portão) que você quer visitar o cemitério *antigo*, note bem, o antigo, onde não há novas sepulturas desde o século XVIII, e não o outro, o moderno, ao lado deste mas separado. Eu só o descobri em 1905, imagine! Embora tivesse quase o dobro da idade que você tem hoje, eu ainda era solteiro. Eu morava em Veneza (passei dois anos lá), e o tempo em que não estava no Arquivo do Estado, no Campo dei Frari, a pesquisar os manuscritos que tinham relação com as várias assim chamadas Nações nas quais era dividida nos séculos XVI e XVII a Comunidade Veneziana, a Nação Levantina, a Ponentina, a Alemã e a Italiana, ficava por lá, às vezes até mesmo no inverno. A verdade é que eu quase nunca ia sozinho — aqui neste momento ele sorriu — e que de todo modo, decifrando uma por uma as lápides do cemitério, das quais muitas remontam ao século XVI, escritas em espanhol e em português, eu continuava ao ar livre o meu trabalho de pesquisa. Ah, que tardes deliciosas, aquelas... Que paz, que serenidade... com o pequeno portão diante da laguna que se abria somente para a gente. Ficamos noivos exatamente ali dentro, Olga e eu.

Permaneceu um tempo em silêncio. Aproveitei para lhe perguntar qual era o objeto exato daquelas suas pesquisas de arquivo.

— No princípio, comecei com a idéia de escrever uma história sobre os judeus de Veneza — ele respondeu —, um tema que me havia sido sugerido justamente pela Olga, e que Roth, o inglês Cecil Roth (judeu) desenvolveu brilhantemente uns dez anos depois. E depois, como acontece com freqüência aos historiadores que são demasiadamente... apaixonados, certos documentos do século XVII que caíram nas minhas mãos absorveram totalmente o meu interesse, acabando por me fazer mudar de rumo. Vou te contar, vou te contar, se você voltar... Um verdadeiro romance, sob todos os aspectos... De todo modo, em vez do grande volume histórico ao qual eu aspirava, ao final de dois anos só consegui arrebanhar (afora uma esposa, entenda-se bem) dois opúsculos: um deles, que considero ainda útil, onde reuni todas as inscrições do cemitério, e um outro onde divulguei aqueles documentos do século XVII que mencionei, mas apenas expondo os fatos e sem me arriscar a nenhuma interpretação a respeito do assunto. Você teria interesse em vê-los? É? Um dia desses vou me permitir dá-los de presente a você. Mas independentemente de tudo isso, você deve ir mesmo, eu aconselho, ao Cemitério Israelita do Lido (na parte *antiga*, repito)! Vale a pena, você vai ver. Você vai encontrá-lo tal e qual era há 35 anos: idêntico.

Retornamos devagar na direção da quadra de tênis. Numa primeira olhada, não tinha ficado mais ninguém. Ainda assim, no escuro quase total, Micòl e Carletto Sani ainda jogavam. Micòl reclamava que o "Cochet" a fazia correr demais, que ele se mostrava muito pouco "cavalheiresco", e também do escuro que era "francamente excessivo".

— Eu soube pela Micòl que você estava na dúvida entre se formar em História da Arte ou em Italiano — me dizia neste meio tempo o professor Ermanno. — Já se decidiu?

Respondi que havia decidido, optando por defender minha tese em Italiano. A minha dúvida — expliquei a ele — era derivada do fato de que até há poucos dias, eu tinha a esperança em ter o Professor Longhi como orientador para a monografia, Professor Titular em História da Arte, mas, no último momento, o Professor Longhi pediu uma licença de dois anos. O tema sobre o qual eu gostaria de desenvolver a minha dissertação sob a orientação dele relacionava-se com um grupo de pintores de Ferrara da segunda metade do século XVI e da primeira metade do século XVII: Scarsellino, Bastianino, Bastarolo, Bonone, Caletti, Calzolaretto e outros. Trabalhando com esse tema, somente sob a orientação do Professor Longhi poderia ter saído algo de interessante. E assim, já que Longhi havia obtido do Ministério dois anos de licença, me pareceu mais oportuno me contentar com uma tese qualquer em Italiano.

Ele ficou me ouvindo, pensativo.

— Longhi? — ele perguntou por fim, contorcendo os lábios, duvidoso. — Como assim? *Já* nomearam o novo titular da cadeira de História da Arte?

Eu não estava entendendo.

— Mas sim — ele insistiu. — Eu sempre ouvi dizer que o Professor Titular de História da Arte em Bolonha é Igino Benvenuto Supino, uma das autoridades máximas em hebraísmo italiano. Portanto...

Tinha sido — eu o interrompi — até 1933. Mas, a partir de 1934, no lugar de Supino, aposentado por ter alcançado o limite de idade, havia sido justamente nomeado Roberto

Longhi. Ele não conhecia — prossegui, contente por tê-lo desta vez surpreendido desinformado — os ensaios fundamentais de Roberto Longhi sobre Piero della Francesca e sobre Caravaggio e sua escola? Ele não conhecia a *Officina ferrarese*, uma obra que dera muito o que falar em 1933, na época da Exposição sobre a Renascença em Ferrara que houve naquele mesmo ano no Palazzo dei Diamanti? Para desenvolver a minha monografia eu teria me baseado nas últimas páginas da *Officina*, que se limitavam a tocar no assunto magistralmente, mas sem aprofundá-lo.

Eu falava e o Professor, mais encurvado do que nunca, ouvia-me em silêncio. Em que pensava ele? No número de "ilustres" universitários que honravam o hebraísmo italiano desde a Unificação até os nossos dias? Era provável.

De repente, vejo-o se animar.

Olhando em torno e abaixando a voz até virar um cochicho sufocado, nem mais nem menos do que se me devesse colocar a par de um segredo de Estado, me comunicou a grande novidade: ele possuía um lote de cartas inéditas de Carducci, escritas pelo poeta à mãe do professor Ermanno em 1875. Caso eu me interessasse em vê-las, e se então eu as considerasse adequadas para constituir um assunto de tese de formatura em Italiano, ele estaria mais do que disposto a cedê-las a mim.

Lembrando de Meldolesi, não pude deixar de sorrir. E o ensaio a ser publicado na *Nuova antologia*? Depois de tanto falatório, ele realmente não teria produzido nada? Pobre Meldolesi. Há alguns anos havia sido transferido para o *Minghetti* de Bolonha e com grande satisfação, imagine só! Um dia desses, eu devia ir fazer uma visitinha a ele...

Apesar de já estar escuro, o professor Ermanno percebeu que eu também estava sorrindo.

— É, eu sei, eu sei — ele disse —, eu sei que vocês, jovens, de uns tempos para cá menosprezam um pouco Giosuè Carducci! Sei que preferem Pascoli e D'Annunzio.

Para mim, foi fácil persuadi-lo de que eu tinha sorrido por um motivo totalmente diverso, isto é, por desapontamento. Se eu soubesse que existiam em Ferrara cartas inéditas de Carducci! Em vez de propor ao Professor Calcaterra, como infelizmente eu já havia feito, uma tese sobre Panzacchi, teria podido muito bem propor uma sobre "Carducci em Ferrara", de interesse sem dúvida bem maior. Quem sabe, porém, talvez falando francamente sobre o assunto com o Professor Calcaterra, que era uma ótima pessoa, talvez eu ainda conseguisse passar de Panzacchi para Carducci sem perder muito a dignidade.

— Quando é que você acha que vai se formar? — perguntou-me, por fim, o professor Ermanno.

— Bem. Espero que no ano que vem, em junho. Não se esqueça de que eu *também* sou um aluno não-regular.

Ele concordou silenciosamente várias vezes com a cabeça.

— Não-regular? — suspirou por fim. — Bem, tanto faz.

E fez com a mão um gesto vago, como para dizer que, com tudo aquilo que estava acontecendo, tanto eu como os seus filhos tínhamos tempo até demais diante de nós.

Mas meu pai tinha razão. Na verdade ele não parecia se lastimar muito por isso. Pelo contrário.

# 5

Micòl queria me mostrar o jardim e fazia questão disso.
— Parece-me que tenho certo direito — ela disse, ironicamente, olhando para mim.
Não no primeiro dia. Eu tinha jogado tênis até tarde e foi Alberto, quando parou de jogar com a irmã, que me acompanhou até uma espécie de chalé alpino em miniatura, semi-escondido no meio de um bosque de abetos, à distância de uns cem metros da quadra (ele e Micòl o chamavam de *Hütte*) e, dentro do tal chalé ou *Hütte*, transformado em vestiário, eu pude trocar de roupa e, mais tarde, ao escurecer, tomar uma chuveirada quente e me vestir.

Mas, no dia seguinte, as coisas aconteceram de outro modo. Um jogo de duplas no qual Adriana Trentini e Bruno Lattes eram os oponentes dos dois rapazes de 15 anos (com Malnate sentado em cima do banco do juiz, fazendo pacientemente a contagem de pontos) havia logo tomado o rumo daquelas partidas que não acabam mais.

— O que fazemos? — Micòl me disse a uma certa altura, levantando-se. — Para conseguir entrar na quadra, tenho a impressão de que eu, você, Alberto e o seu amiguinho milanês vamos ter que esperar no mínimo uma hora. Escuta: e se nós dois, enquanto esperamos, fôssemos lá em cima admirar um pouco as plantas? Assim que a quadra ficar liberada — acrescentou — Alberto certamente vai nos chamar de volta. Ele vai botar três dedos na boca e mandar o seu célebre assovio!

Sorrindo, ela se voltou em direção a Alberto que, deitado e estendido numa terceira espreguiçadeira com o rosto escondido debaixo de um chapéu de palha de lavrador, cochilava ali perto deles, ao sol.

— Não é verdade, senhor paxá?

Por debaixo do chapéu, o senhor paxá assentiu com um aceno da cabeça e nós saímos andando. Sim, seu irmão era formidável, Micòl continuava me explicando. Havendo necessidade, sabia soltar cada assovio tão forte que, em comparação, os dos pastores de ovelhas eram coisa de criança. Estranho, não é? — para um sujeito como ele. Olhando, ninguém dá nada por ele. E, no entanto... nem sabemos de onde ele tira todo esse fôlego!

E foi assim que tiveram início, quase sempre para matar o tempo de espera entre uma partida e outra, as nossas longas excursões a dois. Nas primeiras vezes, pegávamos as bicicletas. Como o jardim tinha ao todo uns dez hectares, e as alamedas, considerando as principais e as secundárias, totalizavam cerca de doze quilômetros, a bicicleta era, para dizer o mínimo, indispensável — minha acompanhante havia prontamente decretado. Hoje, na verdade — ela admitiu —, nós nos limitaríamos a "dar uma geral" só lá na parte dos fundos, no lado do pôr-do-sol, onde ela e Alberto, quando crianças, iam muitas vezes ver os trens que manobravam na estação. Mas mesmo hoje, estando a pé, como faríamos? Arriscávamos ouvir o "berrante" do Alberto sem conseguirmos voltar tão prontamente quanto necessário.

Então, naquele primeiro dia, fomos ver os trens manobrarem na estação. E depois? Depois retornamos, passando ao lado da quadra de tênis e atravessando a esplanada na frente da *magna domus* (deserta como sempre e mais triste do que nunca), percorrendo novamente a alameda de entrada no sentido oposto, para além da escura ponte de traves que atravessa o canal Panfilio, e dali até o túnel que passa por entre as canas-da-índia até o portão que dá para o Corso Ercole I. Chegando lá, Micòl havia insistido para que pegássemos o caminho sinuoso que seguia rodeando todo o muro de proteção. Primeiro à esquerda, para o lado da Muralha degli Angeli, e em 15 minutos já havíamos alcançado a área do parque de onde se via a estação, e depois do lado oposto, cuja vegetação era bem mais densa, muito sombrio e melancólico, que costeava a deserta Via Arianuova. Estávamos justamente abrindo caminho com muito esforço por entre as moitas de samambaias, urtigas e arbustos espinhosos quando, de repente, por trás da densa barreira dos troncos, o assovio de pastor de ovelhas de Alberto vinha de muito longe, nos convocando novamente e com rapidez à "dura labuta".

Com poucas variações de percurso, estas explorações de grandes distâncias foram repetidas por nós muitas outras vezes nas tardes seguintes. Quando o espaço assim o permitia, pedalávamos emparelhados. E ao mesmo tempo conversávamos, principalmente sobre as árvores, pelo menos no início.

Eu não sabia nada, ou quase nada, sobre o assunto e isso não parava de surpreender Micòl. Ela me lançava certos olhares como se eu fosse um demente, um monstro.

— Será possível que você seja tão ignorante assim? — ela exclamava. — Você deve ter estudado alguma coisa de Botânica no ginásio! Vejamos — perguntava ela, já preparada para arquear a sobrancelha diante de alguma nova barbaridade. — Eu poderia saber, por gentileza, que espécie de árvore *o senhor* acha que seja aquela lá embaixo?

Ela podia estar se referindo tanto aos honestos olmos e tílias nativos da nossa região, como a raríssimas plantas africanas, asiáticas ou americanas que somente um especialista seria capaz de identificar, pois havia de tudo no Barchetto del Duca, verdadeiramente de tudo. Eu sempre arriscava uma resposta. Em parte, porque eu realmente não sabia distinguir um olmo de uma tília e em parte porque eu tinha percebido que nada agradava mais a ela do que ouvir os meus disparates.

Parecia-lhe absurdo que existisse no mundo uma pessoa como eu que não sentisse pelas árvores — "as grandes, as quietas, as fortes, as pensativas" — os mesmos sentimentos de apaixonada admiração que ela sentia. Como podia ser que eu não *entendesse*, meu Deus, que eu não *sentisse*? Havia, por exemplo, no fundo da clareira e a oeste da quadra de tênis um grupo de sete esguias e altíssimas *Washingtoniae graciles*, ou palmeiras do deserto, separadas do resto da vegetação que ficava por trás (árvores normais de grande porte da floresta européia: carvalhos, azinheiros, plátanos, castanheiros etc.), tendo em volta delas um grande gramado. Pois bem, toda vez que passávamos perto delas, Micòl sempre tinha novas palavras de ternura para o grupo solitário de *Washingtoniae*.

— Aqui estão os meus sete velhos amigos — ela dizia. — Veja que barbas veneráveis eles têm!

— Estou falando sério — ela insistia. Eu também não achava que elas pareciam com sete eremitas de Tebaida, ressecados pelo sol e pelo jejum? Quanta elegância, quanta *santidade* naqueles troncos escuros, secos, curvos e escamosos! Na verdade, elas pareciam também com São João Batista, que se alimentava unicamente de gafanhotos.

Mas as suas simpatias, eu já disse, não se limitavam às árvores exóticas.

Sua admiração por um plátano enorme com o tronco esbranquiçado e nodoso, mais grosso do que o de qualquer outra árvore do jardim e, creio, de toda a região, tornava-se uma reverência. Naturalmente não tinha sido a *"nonna* Josette" que o havia plantado, mas Ercole I d'Este pessoalmente ou talvez, quem sabe, Lucrécia Borgia.

— Ele tem quase quinhentos anos, você entende? — ela falou baixinho, arregalando os olhos. — Pensa só em todas as coisas que ele deve ter visto desde que veio ao mundo!

E parecia que o plátano gigantesco também tinha olhos e ouvidos para nos ver e nos escutar.

Para com as árvores frutíferas, às quais era reservada uma ampla faixa de terreno protegido do vento norte e exposta ao sol, encostado na Muralha degli Angeli, Micòl nutria um afeto muito semelhante — eu havia notado — ao que ela reservava a Perotti e a todos os membros da família dele. Falava-me daquelas humildes plantas domésticas, com a mesma benevolência, com a mesma paciência, e empregando muitas vezes expressões em dialeto, usadas por ela somente quando falava com Perotti, com Titta ou com Bepi, quando acontecia de cruzarmos com eles e pararmos para trocar algumas frases. E, todas as vezes, havia o ritual de parar diante de uma grande ameixeira, a sua preferida, cujo tronco era poderoso como de um carvalho. Quando era menina, as *"brogn sèrbi"* que aquela ameixeira ali produzia — ela me contava — lhe pareciam extraordinárias. Ela as preferia, então, a qualquer chocolate Lindt. Depois, por volta dos 16 anos, parou de repente de sentir vontade de comê-las, não gostava mais, e hoje preferia o chocolate Lindt, ou de outra marca (desde que fosse chocolate amargo, ela só gostava do amargo!) às *"brogne"*. Dessa forma as maçãs eram *"i pum"*, os figos, *"i figh"*, o damasco, *"il mugnàgh"* e o pêssego, *"il pèrsagh"*. O dialeto era a única língua para falar destas coisas. Somente as palavras em dialeto permitiam que ela, ao nomear árvores e frutas, fizesse movimentos com os lábios num muxoxo entre o carinho e o desprezo que seu coração sugeria.

Mais tarde, terminado o trabalho de reconhecimento de terreno, tiveram início "as devotas peregrinações". E já que todas as peregrinações, segundo Micòl, deveriam ser realizadas a pé (senão, que tipo de peregrinação seria?), paramos de usar as bicicletas. Andávamos a pé, portanto, quase sempre acompanhados passo a passo pelo Jor.

Para começar, fui levado a visitar um pequeno e solitário embarcadouro no canal Panfilio, escondido no meio de uma densa vegetação de salgueiros, álamos brancos e copos-de-leite. Era provável que daquele minúsculo ancoradouro, delimitado em toda a sua volta por um banco de argila vermelha, antigamente se embarcasse tanto para alcançar o rio Pó como a Fossa del Castello. E embarcavam também ela e Alberto quando eram meninos — Micòl me contou — para longos passeios num bote com dois remos curtos. Eles nunca tinham ido de barco até os pés das torres do Castelo, em pleno centro urbano (como eu bem sabia, atualmente o Panfilio só se comunicava com a Fossa del Castello por via subterrânea). Mas até o Pó, exatamente em frente à Isola Bianca, eles haviam chegado, e como! Hoje, "ça va sans dire"*, não era com certeza o caso de se pensar em utilizar o bote. Ele estava todo arrebentado, coberto de poeira, reduzido a uma espécie de "espectro de bote". Um dia desses eu poderia ver-lhe a carcaça no depósito, se ela se lembrasse de me levar lá. No entanto ela havia continuado a freqüentar o banco do ancoradouro. Talvez porque ela o usasse ainda hoje para vir estudar antes das provas na santa paz quando começava a fazer calor, e talvez porque... O fato é que aquele lugar ali havia permanecido como sendo exclusivamente *seu*: o seu refúgio pessoal secreto.

De uma outra feita, fomos parar em casa da família Perotti que morava numa verdadeira casa de colonos com celeiro e curral anexos, a meio caminho entre a casa senhorial e a área do pomar.

Fomos recebidos por Vittorina, a mulher do velho Perotti, uma pálida *arzdóra*** de idade indefinível, triste e muito magra, e por Itália, a mulher do filho mais velho, Titta: uma mulher de trinta anos de Codigoro, gorda e forte, com olhos de um azul-celeste aquoso e cabelos ruivos. Sentada na soleira da casa numa cadeirinha de palha, circundada por uma multidão de galinhas, a esposa amamentava, e Micòl inclinou-se para acariciar o bebê.

— E então, quando é que você vai me convidar novamente para comer aquela sopa de feijão? — ela perguntava ao mesmo tempo à Vittorina em dialeto.

— Quando quiser, *sgnurina*. É só não reparar...

---
*Nem precisa dizer. (*N. do T.*)
**Dona-de-casa. (*N. do T.*)

— Um dia desses vamos combinar — respondeu Micòl, num tom grave. — Você tem que saber — acrescentou dirigindo-se a mim — que a Vittorina faz uma sopa de feijão divina! Com pele de porco, naturalmente...
Ela riu e então falou:
— Quer dar uma olhada no curral? Nós temos bem umas seis vacas.

Precedidos por Vittorina, dirigimo-nos ao curral. A *arzdóra* abriu-nos a porta com uma grande chave que mantinha no bolso do avental preto, saindo depois do caminho para que passássemos. Enquanto entrávamos no estábulo, percebi nela um olhar que se dirigia furtivamente a nós. Um olhar cheio de preocupação, pareceu-me, mas também de secreta satisfação.

Uma terceira peregrinação foi dedicada aos lugares consagrados ao *"vert paradis des amours enfantines".*\*

Havíamos passado diversas vezes por aqueles lados nos dias anteriores, mas sempre de bicicleta, sem nunca pararmos. Era ali o ponto exato do muro da casa — me dizia agora Micòl, indicando com o dedo — onde ela costumava apoiar a escada, e ali estavam os "calços" (*"calços,* sim senhor!") que ela usava como apoio quando a escada não estava disponível.

— Você não acha que seria justo colocar uma plaqueta comemorativa neste lugar? — ela me perguntou.

— Suponho que você já deve ter as palavras da epígrafe na cabeça.

— Quase. "Por aqui, esquivando-nos da vigilância dos dois enormes cães..."

---

\*Verde paraíso dos amores infantis. (*N. do T.*)

— Espera aí! Você disse que era uma plaqueta, mas desse jeito receio que você vá precisar de um lajotão daqueles do tipo "Boletim da Vitória". A segunda linha é longa demais... Surgiu uma discussão. Eu representava o papel do teimoso que interrompe, e ela, levantando a voz e fazendo beicinho, me acusava do meu "típico detalhismo". Era óbvio — ela falava alto — que eu *devia* ter intuído a intenção dela de nem mesmo me citar na sua epígrafe, e assim, por puro ciúme, eu me recusava a ouvi-la.

Depois nos acalmamos. Micòl começou a me contar mais uma vez sobre os tempos de quando ela e Alberto eram crianças. Se eu quisesse mesmo saber a pura verdade, tanto ela quanto Alberto sempre tiveram uma grande inveja em relação aos que, como eu, tinham a sorte de estudar numa escola pública. Será que eu podia acreditar nisso? Eles chegavam ao ponto de ficarem todos os anos aguardando ansiosamente a época das provas somente pelo prazer de poderem ir também à escola.

— Mas se vocês gostavam tanto de ir à escola, por que é que vocês estudavam em casa? — perguntei.

— É que o papai e a mamãe, ela principalmente, não queriam de jeito nenhum. Mamãe sempre foi obcecada com os micróbios. Ela dizia que as escolas são feitas de propósito para disseminar as doenças mais terríveis, e nunca adiantou de nada que o tio Giulio, toda vez que vinha aqui, tentasse fazê-la entender que não era bem assim. O tio Giulio brincava com ela, mas ele, mesmo sendo médico, não acredita muito na medicina, e sim na inevitabilidade e na utilidade das doenças. Imagina se mamãe daria ouvidos a ele! Depois da desgraça que aconteceu ao Guido, o nosso irmãozinho mais velho que morreu em 1914 antes que Alberto e eu nascêssemos, pode-se dizer que ela não colocou mais o nariz para fora de casa! Mais tarde, nos rebelamos um pouco, é claro. Conseguimos entrar ambos na universidade, e até fomos à Áustria esquiar, como eu acho que já te contei. Mas quando éramos crianças, o que é que podíamos fazer? Eu, muitas vezes fugia (Alberto, não, ele sempre foi bem mais tranqüilo do que eu, muito mais obediente). Por outro lado, num dia em que eu havia demorado um pouco mais de tempo passeando perto da Muralha, levada no quadro das bicicletas de um grupo de rapazes e moças com os quais eu havia feito amizade, ao voltar para casa eu os encontrei tão desesperados, mamãe e papai, que desde então (porque Micòl é de muito boa índole, ela tem um verdadeiro coração de ouro!), a partir daquele dia eu decidi ficar bem comportada e não fugi mais. A única recaída foi aquela em junho de 1929 em *vossa* honra, excelentíssimo senhor!

— E eu que pensei que tinha sido o único — suspirei.

— Bem, se não foi o único, foi com certeza o último. Aliás, nunca convidei mais ninguém para entrar no jardim!

— Será mesmo verdade isso?

— É a pura verdade. Eu ficava sempre olhando para você no Templo... Quando você se virava para falar com o papai e com Alberto, você tinha os olhos tão azuis! Eu te dei até um apelido, em segredo.

— Apelido? E qual era?

— Celestino.

— Que a recusa maior tinha cumprido... — murmurei.

— Exatamente! — ela exclamou, rindo. — De todo modo, acho até que durante um certo tempo eu tive uma quedinha por você.

— E depois?

— Depois a vida nos afastou.

— Mas também que idéia, a de fazer um Templo só para vocês! Também foi por causa do medo dos micróbios?
Ela fez um aceno com a mão.
— É... mais ou menos — ela disse.
— Como, mais ou menos?!
Mas não houve como fazê-la confessar a verdade. Eu sabia bem por que motivo o professor Ermanno tinha solicitado em 1933 que ele pudesse restaurar para ele e para os membros de sua família a sinagoga espanhola. Tinha sido a vergonhosa e grotesca "Infornata del Decennale"* que tinha provocado isso. Ela, no entanto, afirmava que, mais uma vez, a vontade da mãe tinha sido determinante. Os Herrera, em Veneza, pertenciam à Sinagoga Espanhola. E como tanto a *mamma* quanto a *nonna* Regina, assim como os tios Giulio e Federico, sempre tiveram muito apego às tradições de família, então o papai, para deixar a mamãe contente...

— Mas agora, me desculpe, por que é que vocês voltaram para a Sinagoga Italiana? — perguntei. — Eu não estava no Templo, na noite do *Rosh Hashaná*: eu não coloco os pés no Templo há pelo menos três anos. Meu pai, porém, que estava lá, contou-me a cena detalhadamente.

— Oh, não se preocupe, a *vossa* ausência foi muito notada, senhor livre-pensador! — ela respondeu. — Por mim também.

Voltou a ficar séria e então falou:

— O que é que você queria?... neste momento estamos todos no mesmo barco. No ponto em que nós estamos, eu também acho que continuar a fazer distinções seria bastante ridículo.

Num outro dia, o último, tinha começado a chover, e enquanto os outros abrigados na *Hütte* ficaram jogando buraco e

---

*Nomeação do Décimo Aniversário (*N. do T.*)

pingue-pongue, nós dois, sem nos importarmos em ficar ensopados, atravessamos correndo metade do parque para nos refugiarmos no depósito que agora só funcionava como tal — Micòl havia me dito. Antigamente, entretanto, uma boa metade do espaço interno tinha sido adaptada como sala de ginástica com varas, cordas, barras paralelas, argolas, espaldar sueco etc... e isso só para que ela e Alberto pudessem estar bem preparados para o exame anual de educação física. Certamente não eram muito sérias as aulas que o Professor Anacleto Zaccarini, há anos aposentado e com mais de oitenta anos (imagina só!), lhes dava uma vez por semana. Mas eram divertidas. Sim, talvez as mais divertidas de todas. Ela nunca se esquecia de levar para a ginástica uma garrafa de vinho de *Bosco*. O velho Zaccarini, que normalmente já tinha o nariz e as bochechas vermelhas, ia aos poucos ficando quase arroxeado e entornava a garrafa todinha devagar e sempre, até a última gota. Em certas noites de inverno, quando ele ia embora, parecia até que emanava luz própria...

Era uma construção de tijolos escuros, baixa e comprida, com duas janelas laterais defendidas por grades maciças, com o teto inclinado coberto de telhas e com as paredes externas escondidas quase que inteiramente pela hera. Não muito distante do celeiro dos Perotti e de uma estufa de plantas que era um paralelepípedo de vidro, entrava-se no depósito através de um amplo portão verde envernizado que dava para o lado oposto da Muralha degli Angeli, na direção da casa-grande.

Permanecemos por algum tempo no umbral, encostados no portão. Chovia sem parar, com fios de água enviesados e muito longos caindo no gramado, nas grandes massas negras das árvores, em tudo. Fazia frio. Batendo os dentes, olhamos os dois à nossa frente. O encanto que havia até então envolvido o outono tinha-se irremediavelmente quebrado.

— Vamos entrar? — ela perguntou por fim. — Lá dentro é um pouco mais quente.

No interior do vasto cômodo, no fundo do qual reluziam na penumbra as extremidades de duas barras de ginástica douradas e brilhantes que iam até o teto, pairava um cheiro estranho, uma mistura de gasolina, óleo lubrificante, poeira acumulada e frutas cítricas. O cheiro era bastante bom, disse logo Micòl, percebendo que eu inspirava fundo. Também agradava muito a ela, que me indicou, encostada numa das paredes laterais, uma espécie de estante alta de madeira escura, repleta de grandes frutas amarelas e redondas, maiores do que laranjas ou limões e que eu nunca havia visto antes. Eram *grapefruits* produzidos na estufa e ali dispostos para amadurecer — explicou-me. Eu nunca tinha provado? — ela perguntou em seguida, pegando um e me dando para cheirar. Pena que ela não tivesse ali uma faca para cortá-lo em dois "hemisférios". O gosto do suco era meio híbrido. Parecia com o da laranja e o do limão, e com uma pontinha de um amargo que lhe é bem característico.

O centro do depósito era ocupado por dois veículos encostados lado a lado: um comprido Dilambda cinza, e um coche azul, cujos varais levantados eram apenas pouco mais baixos do que as barras que estavam por trás.

— O coche não usamos mais — dizia Micòl. — Nas poucas vezes em que o papai vai visitar os campos, ele vai de carro. O mesmo fazemos eu e Alberto quando vamos viajar, ele para Milão e eu para Veneza. É o eterno Perotti quem nos leva até a estação. Só quem sabe dirigir aqui em casa é ele (que dirige muito mal) e Alberto. Eu não, ainda não tirei carteira, e está na hora de tomar coragem na próxima primavera... desde que... mas o problema é que essa banheira bebe *muito*!

Aproximou-se do coche, de aspecto não menos lustroso e eficiente do que o automóvel.

— Você o reconhece?

Ela abriu uma porta, subiu, e sentou-se. Por fim, batendo com a mão sobre o pano do assento do lado dela, convidou-me a fazer o mesmo.

Subi e sentei-me, à esquerda dela. Eu tinha acabado de me acomodar quando, girando na dobradiça por pura força da inércia, a porta se fechou sozinha com um estalo seco e preciso de uma armadilha.

Agora, o ruído da chuva no telhado do depósito não era mais audível. Parecia realmente que nos encontrávamos dentro de uma saleta, uma pequena saleta sufocante.

— Como está bem-conservado! — eu disse, sem conseguir controlar uma súbita emoção que se refletiu num leve tremor da minha voz. — Ainda parece novo. Só faltam as flores no vaso.

— Perotti ainda põe flores quando sai com a *nonna*.

— Ah, então vocês ainda o usam!

— Não mais do que umas duas ou três vezes por ano, e é só para dar umas voltinhas pelo jardim.

— E o cavalo? Ainda é o mesmo?

— Sempre o mesmo velho Star. Ele está com 22 anos. Você não reparou nele, no outro dia, no fundo do estábulo? Ele está meio cego, mas quando está atrelado aqui ainda faz uma... *péssima figura*.

E desatou a rir, sacudindo a cabeça.

— Perotti tem uma verdadeira fixação por este coche — ela continuou num tom amargo — e é principalmente para agradá-lo (ele odeia e despreza os automóveis, você nem imagina o quanto!) que de vez em quando lhe damos permissão de passear com a vovó para lá e para cá pelas alamedas. A cada dez ou 15 dias ele vem aqui com baldes d'água, esponjas, flanelas e batedores de tapetes. E está explicado o milagre. Eis aí por que o coche ainda dá para enganar, melhor ainda se for visto à luz do crepúsculo.

— Dá para enganar? — eu protestei. — Ele parece novo!

Ela bufou, entediada.

— Não diga besteira, por favor!

Movida por um impulso imprevisto, ela bruscamente se afastou, encolhendo-se no seu canto. As sobrancelhas franzidas, os traços do rosto desenhados com a mesma expressão de estranha seriedade de quando algumas vezes, jogando tênis, ela olhava para a frente se concentrando totalmente na vitória. Parecia ter envelhecido dez anos, de repente.

Permanecemos por um momento assim, em silêncio. Depois, sem mudar de posição e com os braços passando em volta dos joelhos bronzeados como se estivesse sentindo muito frio (ela estava de short e com uma blusa de malha, com um suéter amarrado pelas mangas em torno do pescoço), Micòl voltou a falar.

— Que disposição tem Perotti — ela dizia — para gastar tanto tempo e tanta energia com esta sucata moribunda! Não, você pode ter certeza do que eu estou te dizendo: aqui, nesta semi-obscuridade, pode-se até achar que é um milagre, mas lá fora, na luz natural, não é a mesma coisa. Tem um monte de pequenos defeitos que saltam logo aos olhos, o verniz que descascou aqui e ali, os raios e os eixos das rodas que estão todos carcomidos, o estofado deste assento (agora você não pode perceber, mas eu te garanto) virou uma teia de aranha em certos pontos. E portanto, eu me pergunto: para que toda essa *struma*\* de Perotti? Vale a pena? Ele, coitado, gostaria de arrancar do papai a permissão de envernizar este coche todo, restaurando e disfarçando os defeitos como quisesse. Mas papai não se posiciona, como sempre, e não se decide...

Calou-se. Ficou quase imóvel.

— Olha ali o bote — ela prosseguiu, e me indicava enquanto isso, através dos vidros das portas que os nossos hálitos haviam começado a embaçar, uma silhueta cinza-escura, alongada e esquelética encostada na parede oposta à da estante com os *grapefruits*. — Eu te peço que você olhe ali o bote e admire com que honestidade, dignidade e coragem moral ele soube suportar todas as conseqüências da sua total perda de utilidade. As coisas também morrem, meu caro. E logo, se elas também têm que morrer, que assim seja, é melhor deixá-las seguir o próprio destino. Além de tudo, têm muito mais estilo, você não acha?

---

\*Trabalho, esforço. (*N. do T.*)

# PARTE III

# 1

Durante o inverno, a primavera e o verão que se seguiram, rememorei infinitas vezes o que havia acontecido entre mim e Micòl (ou melhor, o que não tinha acontecido) dentro do coche do velho Perotti. Se, naquela tarde de chuva com a qual havia se encerrado de repente o luminoso verão de San Martino de 1938, eu tivesse conseguido pelo menos me declarar — eu pensava com tristeza — talvez as coisas entre nós tivessem evoluído diversamente de como aconteceram. Declarar-me a ela e beijá-la naquele momento, quando tudo ainda podia acontecer — eu não parava de repetir para mim mesmo — ali é que eu deveria ter agido! E eu me esquecia de me perguntar o essencial: se naquele momento supremo, único e irrevogável — um momento que talvez tenha determinado a minha vida e a dela — eu teria sido realmente capaz de tentar um gesto, uma palavra que fosse. Naquela época eu já sabia, por exemplo, que eu estava *realmente* apaixonado? Pois bem, eu não sabia. Eu não sabia naquela ocasião e continuei sem saber durante mais duas semanas cheias de acontecimentos quando o mau tempo tinha se tornado estável e havia dispersado, sem remédio, os nossos encontros ocasionais.

Recordo-me da chuva incessante e sem interrupção durante muitos dias — e logo depois chegaria o inverno, o sombrio e rigoroso inverno do vale do Pó — que havia logo tornado improvável qualquer nova visita ao jardim. E ainda assim, apesar da mudança de estação, tudo havia continuado a correr de um modo que me iludia de que substancialmente nada havia mudado.

Às duas e meia do dia seguinte à nossa última visita à casa dos Finzi-Contini — à hora, mais ou menos, onde ela nos via despontar um depois do outro da pérgula de rosas trepadeiras, e cumprimentar "Olá!" — a campainha do telefone da minha casa tocou para me colocar, do mesmo modo, em contato com a voz de Micòl. Naquela mesma noite, fui eu quem ligou para ela. E depois, foi ela, outra vez, à tarde, no dia seguinte. Enfim, tínhamos podido continuar a conversar entre nós como nos últimos tempos e estávamos agradecidos, agora como antes, pelo fato de que Bruno Lattes, Adriana Trentini, Giampiero Malnate e todos os outros tinham nos deixado em paz e não davam sinal de se lembrar da gente. Aliás, quando é que nós nos lembramos deles, eu e Micòl, durante os nossos longos passeios pelo parque, tão longos que muitas vezes, ao voltar, não encontrávamos mais ninguém nem na quadra nem na *Hütte*?

Seguido pelos olhares de preocupação dos meus pais, fechei-me na salinha do telefone. Disquei o número. E quase sempre era ela que respondia com tal prontidão que me fazia suspeitar que estivesse sempre com o aparelho ao alcance da mão.

— De onde é que você está falando? — tentei perguntar.

Ela começou a rir.

— Bem... da minha casa, creio eu.

— Obrigado pela informação. Eu só queria saber como é que você consegue atender sempre assim, tão rápido, quero dizer. Por acaso o telefone fica em cima da sua escrivaninha como a de um homem de negócios? Ou então você passa da manhã até a noite rondando o aparelho de telefone com aquele jeito de tigre dentro da jaula, como no *Noturno* de Machaty?*

Tive a impressão de ter percebido do outro lado da linha uma leve hesitação. Se ela alcançava o telefone antes dos outros — ela respondeu depois —, isso dependia, além da legendária eficácia dos seus reflexos musculares, da intuição de que era dotada, intuição esta que, toda vez que me passava pela cabeça ligar para ela, isso fazia com que ela estivesse passando perto do telefone. Depois disso, mudou de assunto. Como ia indo a minha tese sobre Panzacchi? E, com relação a Bolonha, nem que fosse para mudar um pouco de ares, quando é que eu pensava em recomeçar as minhas costumeiras idas e vindas?

Entretanto às vezes eram outras pessoas: Alberto, o professor Ermanno, ou uma das duas empregadas e uma vez até mesmo a *signora* Regina, que demonstrou uma surpreendente capacidade auditiva ao telefone. Nesses casos, eu não podia deixar de falar o meu nome, nem de dizer que era com a "*signorina*" Micòl que eu desejava falar. Todavia, após alguns dias (o que, no início, me encabulava ainda mais, mas aos poucos me acostumei), bastava eu dizer o meu "Alô?" ao telefone, para que do outro lado me passassem imediatamente para quem eu procurava. O próprio Alberto, quando era ele que atendia o telefone, não se comportava diferentemente. E Micòl estava sempre por perto, pegando o fone da mão de quem o segurava. Mesmo que estivessem todos sempre reunidos num

---

*Filme do diretor tcheco Gustav Machaty (1934).

único cômodo, na sala de estar, no salão, ou na biblioteca, onde quer que fosse, todos afundados em grandes poltronas de couro e com o telefone a poucos metros de distância. Falando sério, era de suspeitar que fosse assim. Para avisar Micòl, que levantava os olhos subitamente ao som do telefone (parecia que eu a estava vendo), talvez eles se limitassem a acenar para ela de longe com o aparelho, e quem sabe Alberto talvez acrescentasse uma piscadela meio irônica e meio afetuosa.

Um dia de manhã, decidi-me a obter uma confirmação sobre a exatidão das minhas suposições, e ela ficou me ouvindo em silêncio.

— Não é assim? — insisti.

Mas não era daquele jeito que acontecia. Já que eu tinha tanto interesse em saber a verdade — ela disse —, pois bem, aqui vai. Todos eles dispunham em seus quartos de uma extensão telefônica (depois que ela havia obtido uma para si, todo o resto da família acabou adotando também): um dispositivo utilíssimo e muito aconselhável, graças ao qual se podia telefonar a qualquer hora do dia ou da noite sem incomodar nem ser incomodado. E principalmente à noite, sem precisar dar nenhum passo para fora da cama. Que idéia doida! — acrescentou a seguir, rindo. Como é que me passou pela cabeça que eles pudessem estar todos sempre juntos, como num *hall* de hotel? E por que motivo, além disso? De todo modo, é estranho que, quando não era ela quem atendia diretamente, eu não percebesse o clique do aparelho.

— Ah, não — ela repetiu, categórica. — Para salvaguardar a própria liberdade não existe nada melhor do que uma boa extensão telefônica. Estou falando sério: você também deveria colocar uma no seu quarto. Você nem imagina o quanto eu ficaria pendurada no telefone com você, especialmente à noite.

— Então, agora você está falando comigo do seu quarto.
— Claro. E deitada na cama, ainda por cima.
Eram onze horas.
— Você não é lá muito madrugadora — observei.
— Essa, não! Você também! — ela se queixou. — Que o *papà*, já com setenta anos, e com tudo aquilo que está acontecendo, ainda continue a se levantar todos os dias às seis e meia da manhã para dar o bom exemplo, como ele diz, e para nos incentivar a não vivermos no ócio deitados num colchão de plumas, ainda vai, mas que os melhores amigos também se metam agora a ficar dando lições de moral, isso é sinceramente demais. Meu caro, você sabe desde que horas a sua interlocutora está de pé? Desde as sete. E você se admira de me encontrar novamente na cama às onze horas. E, além do mais, eu não estou dormindo: eu leio, escrevo umas linhas da minha tese, olho pela janela. Faço sempre um monte de coisas deitada na cama. O calor dos cobertores me deixa sem dúvida mais ativa.
— Descreve o teu quarto para mim.
Ela estalou várias vezes a língua contra os dentes, em sinal de negação.
— Isso nunca! *Verboten. Privat.* Eu posso, se você quiser, te descrever o que eu vejo olhando para fora da janela.
Através do vidro ela via, em primeiro plano, o topo barbudo das suas *Washingtoniae graciles* nas quais a chuva e o vento estavam batendo "impiedosamente", e sabe-se lá se os cuidados de Titta e Bepi, que já haviam começado a enfaixar os troncos com as tradicionais camisas de palha de todos os invernos, bastariam para salvá-las nos próximos meses da morte por choque térmico que acontecia a cada retorno da estação fria, e que por sorte foi até agora sempre evitada. Depois, mais adiante, ocultadas em alguns pontos por farrapos da neblina

que vagava, ela via as quatro torres do Castelo, que o cair da chuva havia tornado negras, como tições apagados. E, por trás das torres, lívidos de dar arrepios e também de quando em quando velados pela neblina, os longínquos mármores da fachada do campanário da catedral... Ah, a neblina! Ela não gostava quando o tempo estava assim, isso a lembrava de uns trapos sujos. Porém, mais cedo ou mais tarde, a chuva cessaria e então a névoa da manhã, atravessada por débeis raios de sol, se transformaria em algo com um quê de precioso, de delicadamente opalescente, com reflexos muito parecidos em suas variações aos dos *làttimi*\* que enchiam o seu quarto. É claro que o inverno era aborrecido, até porque impedia o jogo de tênis. Porém ele oferecia recompensas.

— Já que não existe nenhuma situação, por mais triste e entediante que seja — ela concluiu —, que no fundo não traga alguma compensação, muitas vezes considerável.

— *Làttimi?* — perguntei. O que é isso? É alguma coisa de comer?

— Que nada! — ela retrucou, horrorizando-se, como sempre, diante da minha ignorância. — São vidros. Copos, cálices, frascos, vasinhos, caixinhas, miudezas, quinquilharias de antiquários, geralmente. Em Veneza são chamados de *làttimi*, fora de Veneza de opalinas, ou *flûtes*. Você não pode imaginar o quanto eu *adoro* essas peças. Eu sei literalmente tudo sobre o assunto. É só me perguntar e você vai ver.

Foi em Veneza — ela prosseguiu — talvez por sugestão da névoa local tão diferente do nosso taciturno nevoeiro da região do vale do Pó, uma névoa infinitamente mais luminosa e mais vaga (apenas um pintor no mundo havia conseguido

---

\*Objetos de opalina. (*N. do T.*)

reproduzi-la: mais do que o Monet tardio, o *"nosso"* De Pisis) que ela começou a cultivar sua paixão pelas opalinas. Passava horas e horas procurando nos antiquários. Havia alguns deles, especialmente na área de San Samuele, em torno do Campo Santo Stefano, ou então no gueto, lá embaixo, perto da estação, que praticamente só vendiam isso. Os tios Giulio e Federico moravam na Calle del Cristo, perto de San Moisè. De noitinha, sem ter outra coisa para fazer e naturalmente com a senhorita Blumenfeld, a governanta, atrás de mim (uma distinta *"jodé"*\* sessentona de Frankfurt que mora na Itália há mais de trinta anos, uma chata!), ela saía pela Calle XXII Marzo em busca de opalinas. O Campo Santo Stefano fica a poucos passos de San Moisè. Não é tão perto de San Geremia, onde fica o gueto, pois caso se vá por San Bartolomìo e pela Lista di Spagna leva-se pelo menos meia hora para chegar até lá, quando na verdade é pertíssimo, basta atravessar o Canal Grande na altura do Palazzo Grassi e depois se encaminhar para os Frari... Mas, voltando às opalinas, que arrepio mágico toda vez que conseguia descobrir alguma coisa nova e rara! Eu queria saber quantas peças ela havia conseguido colecionar? Quase duzentas.

Tomei todo cuidado para não comentar o quanto aquilo que ela me dizia estava bem pouco de acordo com a sua declarada aversão a qualquer tentativa de evitar, nem que fosse por pouco tempo, a morte inevitável que também está à espera das coisas e dos objetos e especialmente à mania de conservação de Perotti. Eu estava ansioso para que ela me descrevesse o quarto e esquecesse que havia dito pouco antes *"verboten"* e *"privat"*.

---

\*Senhora. (*N. do T.*)

Micòl satisfez o meu desejo. Continuou a discorrer sobre as suas opalinas (dispostas ordenadamente sobre três prateleiras de mogno escuro que cobriam quase que inteiramente a parede em frente àquela onde ficava encostada a cama), e enquanto isso, não sei o quanto ela se apercebia disso ou não, o quarto ia tomando forma e se definia aos poucos em todos os seus detalhes.

E então: havia duas janelas, para sermos precisos. Ambas estavam voltadas para o sul e estavam tão acima do chão que, quando se debruçava nelas, com o parque estendendo-se abaixo e os telhados que iam além dos limites do parque até onde alcançava a vista, era como se estivesse no convés de um transatlântico. Entre as duas janelas, havia uma quarta prateleira, a dos livros ingleses e franceses. Embaixo da janela da esquerda havia uma escrivaninha de escritório, ladeada por uma mesinha com a máquina de escrever portátil e por uma quinta prateleira, a dos livros de literatura italiana clássica e contemporânea e das traduções, principalmente do russo: Puchkin, Gógol, Tolstói, Dostoiévski e Tchekhov. No chão, um grande tapete persa e no centro do quarto, que era comprido mas um pouco estreito, havia três poltronas e um recamier para se ficar recostado e ler. Duas portas: uma de entrada, no fundo, ao lado da janela da esquerda, comunicando-se diretamente com a escada e com o elevador, e uma outra, a poucos centímetros do canto oposto do quarto, que dava para o banheiro. À noite, ela dormia sem abaixar completamente as persianas, mantendo um pequeno abajur sempre aceso na mesinha-de-cabeceira e tendo também ao alcance da mão o carrinho com a garrafa térmica de *Skiwasser* (e com o telefone!), que era só estender o braço para pegar. Caso acordasse durante a noite, bastava um gole de *Skiwasser* (era muito cômodo ter sempre alguma coisa quente à disposição; por que é que eu também não arranjava uma garrafa térmica?) e depois entrar de novo debaixo das cobertas, deixando o olhar vagar por entre a névoa luminescente das suas queridas opalinas. E o sono, insensível como a *acqua alta* veneziana, voltava devagarzinho a submergi-la e a transportá-la.

Mas não eram apenas estes os assuntos das nossas conversas.

E como se ela também quisesse me fazer crer que nada havia mudado e que entre nós tudo continuava do mesmo jeito como era "antes", isto é, quando podíamos nos ver todas as tardes, Micòl não perdia a ocasião de me fazer voltar no tempo àquela série de dias maravilhosos e "incríveis".

Naqueles dias, passeando pelo parque, tínhamos falado de muitas coisas, das árvores, das plantas, da nossa infância e de nossas famílias. E, nesse meio tempo, Bruno Lattes, Adriana Trentini, Malnate, Carletto Sani, Tonino Collevatti e também aqueles que se uniram depois ao grupo, só eram dignos de algumas menções, de vagas alusões ocasionais, todos eles agraciados com um sucinto e bastante depreciativo "aquele pessoal".

Já agora, por telefone, o nosso bate-papo recaía toda hora neles, especialmente em Bruno Lattes e em Adriana Trentini, entre os quais, segundo Micòl, havia com certeza alguma "coisa". Mas como! — era o que ela me dizia. Será possível que eu não havia percebido que os dois ficavam flertando? Era tão óbvio! Ele não tirava os olhos de cima dela nem um minuto sequer, e ela também, embora o maltratasse como um escravo, insinuando-se um pouco com todos, comigo, com aquele urso de Malnate e até com Alberto, mas no fundo ela bem que gostava dele. "*Querido*" Bruno! Com aquela sua sensibilidade (meio doentia, sejamos sinceros: para perceber isso bastava observar como ela venerava aqueles dois simpáticos bobinhos do nível do pequeno Sani e aquele outro, aquele garoto do Collevatti!), ele teria diante de si meses seguramente nada fáceis, dada a situação. Adriana com certeza topava (uma noite, aliás, na *Hütte*, ela os tinha visto praticamente deitados no divã beijando-se sem parar), mas que fosse para levar adiante uma *coisa* tão comprometedora, a despeito das leis raciais e das famílias dele e dela, isso era uma outra história. Não seria um inverno fácil para Bruno, com certeza que não. Não que Adriana fosse uma má pessoa, pelo amor de Deus! Quase tão alta quanto o Bruno, loura, com aquela pele maravilhosa que ela tinha, como a de Carole Lombard, em outros tempos talvez fosse exatamente a garota ideal para Bruno, a quem, podia-se perceber, agradava muito o tipo "bem ariano". Mas que ela fosse um pouco volúvel e superficial, e inconscientemente cruel... ah, isso sim era incontestável. Não me lembrava da cara emburrada que ela fez para o coitado do Bruno naquela vez em que, jogando em dupla com ele, havia perdido a famosa partida da desforra contra a dupla Désirée Baggioli e Claudio Montemezzo? Foi principalmente ela que os fez perder o jogo com aquela avalanche de faltas duplas (pelo menos três em cada *game*), e não Bruno! Mas ela, como verdadeira desligada que é, durante toda a partida não fez outra coisa senão ficar dizendo poucas e boas a Bruno, como se ele — coitado! — não estivesse já se sentindo bastante humilhado e deprimido por si só. Teria sido cômico se não fosse sério, pois, pensando bem, o caso acabou tendo um fim bastante amargo! Mas foi assim que se passou. Parece até que é de propósito que os moralistas que nem Bruno se apaixonem sempre por umas tipinhas no estilo de Adriana, que resultam em cenas de ciúmes, perseguições, surpresas, choros, juras, quem sabe uns tapas e... chifres — olha, que é chifre que não acaba mais! Não, não. No fim das contas, Bruno deveria acender uma vela agradecendo pelas leis raciais. Ele tinha diante de si um inverno difícil, é verdade. E no entanto as leis raciais, nem sempre imprevidentes, o impediriam de realizar a bobagem maior: a de ficar noivo.

— Você não acha? — ela falou uma vez. — Além disso, ele também é como você, um literato, um sujeito metido a escrever. Acho que eu vi, há uns dois ou três anos, versos dele publicados na página literária do *Padano* sob o título *Poemas de um vanguardista*.

— Pois é! — suspirei. — De qualquer maneira, o que é que você está querendo dizer? Não estou entendendo.

Ela ria em silêncio, eu podia perceber perfeitamente.

— Mas sim — ela acrescentou —, no fim das contas um pouco de *dor-de-cotovelo* não vai lhe fazer mal nenhum. "*Non mi lasciare ancora, sofferenza*" [Não me deixe agora, sofrimento], Ungaretti escreveu. Você quer ser escritor? Pois então você tem que passar um tempo cozinhando no seu próprio caldo, depois vemos como fica. Por sinal, basta olhar para ele: vê-se a olho nu que, no fundo, não deseja outra coisa que não seja a dor.

— Você é de um cinismo revoltante. Faz um belo par com Adriana.

— Pois aqui você se engana, aliás, me ofende. Adriana é um anjo inocente. Cheia de caprichos, talvez, mas inocente como "*tutte — le femmine di tutti — i sereni animali — che avvicinano a Dio*"*. Enquanto que Micòl é boa, eu já te disse e repito, e sempre sabe aquilo que faz, lembre-se!

---

*Todas — as fêmeas de todos — os mansos animais — que se aproximam de Deus —Umberto Saba. (*N. do T.*)

Embora mais raramente, ela mencionava também o nome de Giampiero Malnate, em relação ao qual ela tinha sempre mantido um comportamento curioso, fundamentalmente crítico e sarcástico, como se tivesse ciúmes da amizade que o ligava a Alberto (um pouco exclusivista, para dizer a verdade), mas ao mesmo tempo não quisesse admitir e justamente por isso se obstinasse em "demolir o ídolo".

Na opinião dela, Malnate não era grande coisa nem mesmo do ponto de vista físico. Alto demais, grande demais, "paternal" demais, para poder ser levado seriamente em consideração sob este aspecto. Ele era um daqueles sujeitos peludos demais, que, por mais que façam a barba mais de uma vez por dia, têm sempre aquele ar meio sujo, pouco lavado, e desse jeito *não* dava, era melhor dizer logo. Talvez, pelo que dava para entrever por detrás daqueles óculos tipo fundo de garrafa atrás dos quais ele se camuflava (parecia que os óculos o faziam suar e ele ficava com vontade de tirá-los), talvez tivesse uns olhos que não fossem tão maus assim: cinzentos, "de aço", de um homem forte. Porém eram sérios e severos demais, aqueles olhos. De uma constituição demasiadamente matrimonial. Apesar da misoginia depreciativa que havia na superfície, ameaçavam emergir sentimentos eternos a ponto de fazer arrepiar qualquer moça, mesmo a mais tranqüila e recatada.

Tinha um rosto bonito, é verdade, mas não tão original quanto ele se dava ares de achar. Eu poderia apostar que, devidamente interrogado, ele acabaria revelando que não se sentia à vontade com as roupas que usava na cidade, preferindo sempre a jaqueta quebra-vento de náilon, a bermuda até os joelhos e as botas de alpinista dos infalíveis fins-de-semana no Mottarone ou no Monte Rosa. Por falar nisso, o fiel cachimbo era muito revelador: equivalia a todo um programa de austeridade masculina subalpina, a toda uma ideologia.

Ele e Alberto eram muito amigos, embora Alberto, com aquele seu temperamento mais passivo de *punching ball**, fosse sempre amigo de todos e de ninguém. Moraram vários anos juntos em Milão e isso certamente tinha lá seu peso. Será que eu, de todo modo, não os achava também um pouco exagerados naquela contínua confabulação entre eles? *Patati, patatá* — era só eles se encontrarem, que logo começava, nada podia impedi-los de se apartarem dos outros para ficarem conversando sem parar. E sabe-se lá sobre o quê, além do mais. Sobre mulheres? Hum!... Conhecendo Alberto, que neste campo sempre foi muito reservado, para não dizer misterioso, ela sinceramente não apostaria nesta hipótese nem mesmo dois vinténs.

— Vocês o têm visto? — resolvi um dia perguntar a ela, soltando no ar a pergunta no tom mais indiferente que consegui.

— Sim... acho que ele aparece de vez em quando para visitar Alberto... — ela respondeu tranqüila. — Eles se fecham no quarto, tomam chá, fumam cachimbo (Alberto também começou a fumar cachimbo, de uns tempos para cá) e conversam muito, felizes da vida, e não fazem outra coisa a não ser bater papo.

Ela era bastante inteligente e sensível para não ter adivinhado o que eu estava escondendo por debaixo da indiferença, ou seja, o desejo de revê-la, que subitamente havia se tornado muito forte e sintomático. No entanto ela se comportou como se não tivesse entendido, sem acenar nem mesmo indiretamente com a possibilidade de que, mais cedo ou mais tarde, eu também pudesse ser convidado para ir à casa dela.

---

*Saco de pancadas. (*N. do T.*)

# 2

Passei a noite seguinte numa grande agitação. Adormecia, acordava, tornava a adormecer. E sempre voltava a sonhar com ela.

Eu sonhava, por exemplo, que me encontrava exatamente como no primeiro dia em que pus os pés no jardim, observando-a enquanto jogava tênis com Alberto. Mesmo no sonho, eu não tirava os olhos dela nem por um instante. Eu tornava a me dizer o quanto ela era maravilhosa, toda suada e afogueada, com aquela ruga causada pelo empenho e pelo vigor quase feroz que lhe dividia verticalmente a testa, toda compenetrada como estava em seu esforço de derrotar seu sorridente — e um tanto fraco e entediado — irmão mais velho. Agora, porém, me sentia oprimido por um constrangimento, uma amargura e uma dor quase insuportáveis. Eu me perguntava, desesperado, o que havia sobrado da menina de dez anos nesta Micòl de 22, de short e camiseta de algodão, nesta Micòl com um ar assim tão liberado, esportivo, moderno (livre, acima de tudo!), que até parecia que tivesse passado os últimos anos exclusivamente nas grandes capitais do tênis internacional: Londres, Paris, Côte d'Azur, Forest Hills! Sim, eu estava comparando: da menina estão lá o cabelo louro e fino, mechado, com cachos ainda mais claros, a íris azul-celeste, quase escandinava, a pele cor de mel, e no peito, saltando de vez em quando para fora do decote da camiseta, o pequeno disco de ouro do *shadai*. Mas afora isso? Estávamos fechados então dentro do coche, naquela penumbra cinzenta e antiga, com Perotti sentado à frente, na boléia — mudo, imóvel, profissional. Se Perotti ficava sentado lá em cima — eu pensava —, obstinadamente virado de costas para nós, era com certeza para não ser obrigado a ver o que acontecia ou o que poderia acontecer no interior do coche, enfim, por uma discrição de serviçal. E no entanto, mesmo assim, ele sabia de *tudo*, o velho matuto, pois sim! Sua mulher, a pálida Vittorina, espiando através do batente apenas encostado do portão do depósito (de vez em quando eu percebia a pequena cabeça de réptil da mulher, lustrosa com seus cabelos lisos, negros como as penas de um corvo, projetar-se cautelosa para além da soleira do portão). Ela estava ali, de guarda, dirigindo a ele o seu olhar sombrio, descontente e preocupado, fazendo-lhe sorrateiramente gestos e caretas convencionais.

E estávamos até mesmo no quarto dela, eu e Micòl, mas nem mesmo desta vez sozinhos, mas "incomodados" (ela me cochichou) por uma inevitável presença estranha, que desta vez era Jor sentado no centro do quarto como um enorme ídolo de granito, que nos olhava fixo com seus dois olhos de gelo, um negro e o outro, azul. O quarto era comprido e estreito, repleto, como o depósito, de coisas para comer, *grapefruits*, laranjas, tangerinas e principalmente as opalinas, arrumadas em fila como livros sobre as bancadas das grandes prateleiras pretas e austeras, como as das igrejas, que subiam até o teto. As opalinas não eram de forma alguma os objetos de vidro que Micòl me havia descrito, mas sim, como eu havia suposto, queijos, pequenas formas gotejantes de queijos brancos, em forma de garrafas. Rindo, Micòl insistia para que eu provasse um dos seus queijos. E ficava na ponta dos pés para tocar com o indicador esticado da mão direita um deles dentre os colocados mais no alto (aqueles lá de cima eram os melhores, os mais frescos — ela me explicava), mas eu não aceitava de jeito nenhum, angustiado, além da presença do cachorro, por saber que, lá fora, a maré da laguna estava subindo rapidamente enquanto conversávamos. Se eu demorasse mais um pouco, a *acqua alta*\* teria me bloqueado, teria me impedido de sair do quarto dela sem ser notado. De fato, eu havia entrado à noite e às escondidas no quarto de Micòl: escondido de Alberto, do professor Ermanno, da *signora* Olga, da *nonna* Regina, dos tios Giulio e Federico e da branca *signorina* Blumenfeld. E Jor, o único a saber, a única testemunha da *coisa* que estava acontecendo *também* entre nós, não poderia dizer nada sobre isso.

Eu sonhava também que nós falávamos finalmente sem fingimento, botando as cartas na mesa.

Discutíamos um pouco, como sempre, com Micòl sustentando que a *coisa* entre nós havia tido início desde o primeiro dia, isto é, desde quando eu e ela, ainda tomados pela surpresa de nos reencontrarmos e de nos reconhecermos, havíamos escapado para visitar o parque e eu me opondo, dizendo que não, que a *coisa* havia começado bem antes, pelo telefone, a partir do momento em que ela me anunciou que tinha ficado "feia", uma "solteirona com o nariz vermelho". Eu não tinha

---

\*Maré alta. (*N. do T.*)

acreditado, evidentemente. E no entanto ela não podia nem mesmo imaginar — repliquei com um nó na garganta — como aquelas suas palavras me fizeram sofrer. Nos dias que se seguiram, antes que eu a visse novamente, elas voltavam continuamente à minha mente e não me deixavam em paz.

— Bem, talvez seja verdade — Micòl concordava quanto a este ponto, pousando sua mão na minha. — Se a idéia que eu tivesse ficado feia e com o nariz vermelho ficou atravessada em você, então eu me rendo, o que quer dizer que é você mesmo que tem razão. Mas e agora, então, o que se faz? O pretexto do tênis não pode mais ser usado, e lá em casa, além disso, com o perigo de permanecermos isolados pela *acqua alta* (está vendo como é, em Veneza?) não seria oportuno nem agradável eu te levar lá.

— Mas não precisa isso — eu retrucava. — Você pode sair, afinal de contas.

— Eu? Sair?! — ela exclamava, arregalando os olhos. — E vejamos então, *dear friend*, para ir aonde?

— Ah... sei lá... — eu respondia gaguejando. — No Montagnone, por exemplo, ou na Piazza d'Armi perto do Aqueduto, ou então, caso te incomode o fato de se expor demais, na Piazza della Certosa do lado da Via Borso. É lá onde *todo mundo* sempre foi para namorar (não sei seus pais, mas os meus, na época deles, sempre iam lá). E, convenhamos, qual é o problema de namorar um pouco na companhia dos outros? Não é como fazer amor! Estamos no primeiro degrau, na beira do precipício. Mas até tocarmos no fundo do abismo, ainda se tinha muito que descer!

E eu estava a ponto de acrescentar que se, como parecia, nem mesmo a Piazza della Certosa lhe agradava, a gente até poderia, pegando dois trens diferentes, marcar um encontro em Bolonha. Só que eu ficava calado, faltando-me a coragem também no sonho. Mas de resto, ela, balançando a cabeça e sorrindo, já me declarava que era inútil, impossível, *verboten*. Ela nunca sairia comigo para fora da casa e do jardim. Mas do que se tratava? — ela piscava o olho, divertindo-se. Depois que tivesse permitido que eu a levasse por todos os cantos nos clássicos locais "ao ar livre", apreciados pelo "erotismo selvagem do pessoal da localidade", seria por acaso em Bolonha, quem sabe num daqueles "grandes hotéis", como aqueles preferidos pela *nonna* Josette, como o *Brun* ou o *Baglioni* (de todo modo, após a devida apresentação na recepção de nossas perfeitamente homólogas e válidas características raciais), que eu tramava desde já levá-la?

Na noite seguinte, assim que voltei de uma viagem imprevista à Universidade em Bolonha, tentei ligar para ela.

Quem atendeu foi Alberto.

— Como vai? — ele disse ironicamente com uma voz cantante, demonstrando reconhecer de imediato, pelo menos uma vez na vida, a minha voz. — Faz um tempão que não nos vemos. Como é que você vai indo? O que é que você anda fazendo?

Desconcertado e com o coração tumultuado, desatei a falar pelos cotovelos. Falei sobre muitas coisas: como andava a monografia que se erguia diante de mim como um muro intransponível, fiz considerações sobre a estação que, depois daqueles últimos quinze dias de mau tempo, parecia oferecer algum vislumbre de esperança (mas não se devia ficar muito otimista: aquele ar frio e cortante era um sinal claro de que já estávamos mergulhados em pleno inverno e podíamos esquecer os belos dias de outubro), e principalmente discorrendo sobre a minha viagem rápida a Bolonha.

De manhã — contei a ele — passei pela Via Zamboni, onde, depois de ter acertado algumas coisas na secretaria, eu tinha conseguido examinar na biblioteca certo número de títulos da bibliografia sobre Panzacchi que eu estava preparando. Mais tarde, por volta de uma hora, fui almoçar no *Pappagallo*: mas não naquele chamado de "*asciutto*", ao pé das Torres Asinelli, que além de ser caríssimo, a qualidade de sua cozinha me parecia muito inferior à fama que tinha, mas naquele outro, o *Pappagallo "in brodo"*, que ficava numa ruazinha transversal à Via Galliera, e que era bastante especial nos cozidos e nas sopas, e nos preços também, realmente baratos. Depois, à tarde, encontrei-me com alguns amigos, fiz a ronda das livrarias do centro, tomei um chá no *Zanarini*, aquele que fica na Piazza Galvani, no fim do Pavaglione. Em resumo, estava tudo indo bem — concluí —, praticamente como quando nos víamos regularmente.

— Imagina — acrescentei neste momento, inventando completamente, e sabe-se lá que diabo tinha me soprado de repente no ouvido uma história desse tipo — que antes de voltar para a estação tive até tempo de dar uma passadinha na Via dell'Oca.

— Na Via dell'Oca? — perguntou Alberto, animando-se de repente, mas ao mesmo tempo como que intimidado.

Não precisei de mais nada para sentir-me tomado por aquele mesmo impulso sarcástico que levava às vezes meu pai a comportar-se em relação aos Finzi-Contini de um jeito muito mais vulgar e "assimilado" do que ele realmente era.

— Mas como! — exclamei. — Não vai me dizer que você não sabe que na Via dell'Oca, em Bolonha, tem uma das... pensões para familiares mais famosas de toda a Itália!

Ele deu uma pequena tossida.

— Não, eu não sabia — ele disse.

Depois, com um tom de voz diferente, acrescentou que dali a alguns dias ele também teria que ir a Milão e ficaria lá pelo menos uma semana. O mês de junho não estava tão distante assim como parecia, e ele ainda não tinha encontrado um professor que pudesse orientá-lo "para alinhavar uma tese qualquer". E ele não tinha nem mesmo procurado, para falar a verdade.

Depois disso, mudando novamente de assunto, perguntou-me se por acaso eu não tinha passado há pouco de bicicleta ao longo da Muralha degli Angeli. Naquele momento, ele estava no jardim. Tinha saído para ver os estragos que a chuva tinha causado na quadra de tênis. Mas, um pouco devido à distância, um pouco devido à luz que já era escassa, não tinha conseguido saber ao certo se realmente era eu o sujeito que, sem descer do selim, e apoiando-se com uma mão no tronco de uma árvore, havia ficado lá em cima, parado, olhando. Ah, pois sim, então era eu? — continuou, depois que eu admiti, não sem titubear, que tinha tomado, para voltar da estação para casa, justamente a rua da Muralha. E isso, expliquei, devia-se à íntima aversão que eu sempre sentia quando dava de cara com certos "rostos mal-encarados" agrupados diante do Caffè della Borsa no Corso Roma ou espalhados ao longo da Giovecca. Ah, sim, então era eu? — repetiu. Era o que ele tinha pensado! Mas, de todo modo, se era eu, por que não respondi quando ele assoviou e gritou, me chamando? Será que eu não tinha ouvido?

Eu não ouvi — tornei a mentir —, ou melhor, eu não havia nem mesmo percebido que ele estava no jardim. E agora realmente não tínhamos mais nada a dizer um ao outro, nada

mais com que preencher o repentino silêncio que se instalou entre nós.
— Mas você... você queria falar com Micòl, não é mesmo? — ele disse, por fim, como se tivesse se lembrado.
— É — respondi. — Você poderia chamá-la, por favor? De muito bom grado ele a chamaria — respondeu. Só que (e, pelo que me parecia, era *muito* estranho que "aquele anjo" não tivesse me falado sobre isso) Micòl tinha viajado no início da tarde para Veneza, com a intenção também de terminar a sua monografia. Ela já tinha descido para o almoço toda vestida e pronta para a viagem, com as malas e tudo, anunciando o seu propósito à "família perplexa". Ela declarou que não agüentava mais sentir aquele frio na barriga com relação ao dever de casa ainda por fazer. Ela queria se formar em fevereiro, em vez de no mês de junho, e em Veneza, dispondo de bibliotecas como a *Marciana* e a *Querini-Stampalia*, ela conseguiria facilmente concluir a sua monografia sobre Emily Dickinson, o que não aconteceria em Ferrara, pois ela não iria progredir com a rapidez necessária. Isso é o que a moça havia dito. Mas quem sabe se ela realmente resistiria ao clima deprimente de Veneza e da casa dos tios, da qual ela não gostava. Era bem provável que daqui a uma ou duas semanas nós a víssemos regressar à base com a viola no saco. Nem em sonho ele poderia imaginar que alguma vez Micòl conseguiria ficar longe de Ferrara por mais de vinte dias seguidos...

— Mas — ele concluiu —, de qualquer maneira, o que é que você acha (essa semana é impossível, na próxima também, mas na semana seguinte, acho bem provável que sim) de combinarmos um passeio de carro até Veneza? Seria divertido pegar a maninha de surpresa: eu, você e Giampi Malnate, por exemplo!

— É uma idéia — eu disse. — Por que não? A gente pode combinar isso.

— Nesse meio tempo — ele retomou, com um esforço no qual eu percebia uma grande vontade de me oferecer de imediato uma compensação pelo que ele tinha acabado de me revelar —, desde que você não tenha coisa melhor para fazer, por que você não vem aqui em casa, digamos amanhã, por volta das cinco da tarde? Acho que Malnate também vem. A gente pode tomar um chá... botar um disco na vitrola... conversar... Não sei se você gostaria, você que é um literato, de conversar com um engenheiro (o qual eu me tornarei) e com um químico industrial. Porém, se você se *dignar* a isso, não faça cerimônia. Venha, porque será um prazer.

Continuamos conversando ainda mais um pouco: Alberto ficava cada vez mais animado e entusiasmado com este seu projeto, que parecia tão repentino, de uma visita minha à casa dele, e eu me sentia atraído mas ao mesmo tempo estava relutante. Era absolutamente verdade. Pouco antes do telefonema, eu tinha ficado olhando da Muralha durante quase meia hora para o jardim, e especialmente para a casa que, do local onde eu estava e através dos galhos quase desfolhados das árvores, eu via despontar, esguia e recortada contra o céu crepuscular como um brasão heráldico. Duas janelas do mezanino, ao nível do terraço de onde se descia para o parque, já estavam iluminadas, e a luz elétrica filtrava-se também lá de cima, da única janelinha, muito alta, que se abria pouco abaixo do vértice do telhado. Permaneci ali durante longo tempo, os olhos fixos na pequena luz da janelinha superior, com os globos oculares me doendo nas cavidades das órbitas (uma cintilação trêmula e serena, como a de uma estrela, suspensa no ar cada vez mais escuro). E foram somente os assovios e os gritos tiroleses distantes de Alberto que, junto com o receio de ter sido reconhecido, provocaram em mim a ânsia de ouvir novamente ao telefone a voz de Micòl e puderam, a uma certa altura, afugentar-me dali...

Mas e agora? — eu me interrogava, desconsolado. Que importância tinha para mim ir à casa *deles* agora, se Micòl não estava lá?

Porém a notícia que recebi de minha mãe assim que saí da salinha do telefone, isto é, que Micòl Finzi-Contini tinha ligado por volta do meio-dia perguntando por mim ("Ela pediu que te dissesse que teve que viajar para Veneza, que te manda lembranças e que vai te escrever", a *mamma* acrescentou, olhando em outra direção), foi o suficiente para me fazer mudar repentinamente de opinião. A partir daquele instante, o intervalo de tempo que me distanciava das cinco horas da tarde do dia seguinte passou a fluir com extrema lentidão.

# 3

Foi a partir daquela época que comecei a ser recebido pode-se dizer diariamente, no pequeno apartamento particular de Alberto (ele o chamava de estúdio e o era, de fato, pois o quarto de dormir era contíguo ao banheiro): naquele famoso "quarto" por trás de cuja porta, passando pelo corredor, Micòl ouvia ressoarem as vozes misturadas do irmão e do amigo Malnate, e onde, fora as empregadas domésticas quando chegavam com o carrinho de chá, durante o inverno nunca me aconteceu de encontrar com nenhum outro membro da família. Ah, o inverno de 1938 para 1939! Recordo-me daqueles longos meses imóveis, como suspensos para além do tempo e do desespero (em fevereiro nevou e Micòl estava demorando a voltar de Veneza), e ainda hoje, a mais de vinte anos de distância, as quatro paredes do estúdio de Alberto Finzi-Contini voltam a ser para mim o vício, a droga tão necessária quanto inconsciente de cada dia de então...

O certo é que eu não estava nem um pouco desesperado naquela primeira tarde de dezembro quando voltei a atravessar de bicicleta o Barchetto del Duca. Micòl tinha partido. E, ainda assim, eu pedalava pela alameda de ingresso, na obscuridade e na neblina, como se eu estivesse na expectativa de dali a pouco revê-la, e somente a ela. Eu estava emocionado, alegre, quase feliz. Olhava à minha frente, procurando com o farol os locais de um passado que me parecia remoto, mas ainda recuperável, ainda não perdido. E ali estava a pequena moita de canas-da-índia. Mais adiante, à direita, o contorno incerto da casa de colono dos Perotti onde, de uma janela no primeiro andar, emanava um pouco de luz amarelada e, ainda mais adiante, me veio de encontro a estrutura fantasmagórica da ponte sobre o Panfilio, e por fim, preanunciada num trecho curto pelo barulho do atrito dos pneus sobre o cascalho da esplanada, a construção gigantesca da *magna domus*, impenetrável como uma rocha isolada, completamente na escuridão, exceto pela luz branca e muito viva que saía em ondas de uma pequena porta no andar térreo, evidentemente aberta para me acolher.

Desci da bicicleta e fiquei parado por um segundo olhando para a soleira deserta. Cortada transversalmente pelo batente preto da porta do lado esquerdo, que permaneceu fechado, eu entrevia uma pequena escada íngreme recoberta por um tapete vermelho, de um vermelho aceso, escarlate, sangüíneo. Em cada degrau o tapete estava preso com uma barra de latão, polida e cintilante, como se fosse de ouro.

Depois de encostar a bicicleta na parede, inclinei-me para colocar o cadeado. E eu ainda estava ali, no escuro, inclinado ao lado da porta através da qual, além da luz, emanava o agradável calor do aquecimento (no escuro eu não conseguia manejar muito bem o cadeado, de forma que já cogitava em acender um fósforo), quando a voz familiar do professor Ermanno soou de repente, bem próxima.

— Mas o que é você está fazendo? Está botando cadeado? — disse o professor, parado na soleira da porta. — De qualquer maneira, muito bem. Nunca se sabe, seguro morreu de velho.

Como sempre, sem compreender se ele zombava de mim dissimuladamente com sua gentileza meio lamentosa, ergui-me rapidamente.

— Boa noite — eu disse, tirando o chapéu e estendendo-lhe a mão.

— Boa noite, meu caro — ele respondeu. — Mas não precisa tirar o chapéu, por favor!

Senti a sua mão pequena e gorda introduzir-se quase que inerte, e imediatamente retirar-se da minha. Estava sem chapéu, com uma velha boina esportiva abaixada sobre os óculos e com um cachecol de lã enrolado em volta do pescoço.

Espiou desconfiado na direção da bicicleta.

— Você trancou, não trancou?

Respondi que não. E então foi a vez de ele, contrariado, insistir que eu voltasse, fizesse o favor de trancar o cadeado, porque — ele repetiu — nunca se sabe... Um roubo era improvável, ele continuava a dizer da soleira da porta, enquanto eu tentava de novo introduzir entre os raios da roda posterior o gancho do cadeado. De qualquer modo, só se podia confiar no muro que cercava o jardim até certo ponto. Ao longo do perímetro do muro, especialmente do lado da Muralha degli Angeli, existia pelo menos uma dezena de pontos cuja escalada não seria difícil a nenhum rapaz com um mínimo de agilidade. E ir embora discretamente, mesmo tendo que carregar o peso da bicicleta nos ombros, seria para o suposto rapaz uma operação igualmente fácil.

Consegui finalmente fechar o cadeado. Levantei os olhos, mas a soleira da porta estava deserta.

O professor me aguardava no pequeno vestíbulo, ao pé da escada. Entrei, fechei a porta e só então percebi que ele me olhava perplexo, como que arrependido.

— Eu me pergunto — ele disse — se não teria sido melhor se você tivesse colocado a bicicleta aqui dentro... Olha, siga o meu conselho. Da próxima vez que você vier aqui, entre com a bicicleta. Se a puser ali embaixo da escada, não vai incomodar em nada a ninguém.

Voltou-se e começou a subir. Cada vez mais encurvado, sempre com a boina na cabeça e com o cachecol no pescoço, subia lentamente, segurando no corrimão. Enquanto isso, falava, ou melhor, murmurava. Era como se ele se dirigisse a si mesmo, mais do que a mim, que vinha atrás dele.

Alberto tinha dito a ele que eu hoje viria visitá-lo. De forma que, como Perotti estava desde hoje de manhã com um pouco de febre (tratava-se somente de uma leve bronquite que de qualquer jeito devia ser tratada, até mesmo para evitar um possível contágio), e não se podia contar com Alberto de maneira nenhuma para isso — sempre esquecido, distraído e no mundo da lua —, ele teve que assumir a tarefa de "ficar de sentinela". É claro que se Micòl estivesse em casa ele não teria nenhum motivo de se preocupar, já que Micòl, sabe-se lá como ela conseguia, encontrava sempre tempo para cuidar de tudo, dedicando-se aos estudos e, além disso, também ao andamento geral da casa, e até mesmo "comandando o fogão", isso mesmo, pelo qual nutria uma paixão levemente inferior à que despertavam nela os romances e a poesia (era ela que fazia as contas no fim de cada semana com Gina e com Vittorina, era ela que, quando necessário, cuidava de *"sciachtare"** as aves com as próprias mãos, e isso apesar de adorar os animais, coitadinha!). Só que Micòl não estava em casa hoje (Alberto já havia me dito que a Micòl não estava?), pois infelizmente teve que viajar ontem à tarde para Veneza. E estão explicados todos os motivos pelos quais, não podendo contar nem com Alberto nem com o seu "anjo da guarda", e, como se não bastasse, diante da indisponibilidade de Perotti, ele era obrigado a desempenhar o papel de porteiro naquela ocasião.

Falou também sobre outras coisas das quais não me lembro. Lembro-me, no entanto, que por fim voltou mais uma vez a falar de Micòl, e desta vez reclamando da sua "recente inquietude", devida, é compreensível, a "muitos fatores", embora... Neste momento ele se calou de repente. E durante todo esse tempo, não apenas já havíamos subido as escadas, mas também percorrido dois corredores e atravessado vários cômodos, com o professor Ermanno sempre me indicando o caminho e avançando somente para apagar as luzes ao longo do percurso.

Absorto como eu estava com o que eu ouvia sobre Micòl (o detalhe de que era ela que, com as próprias mãos, degolava as galinhas na cozinha tinha me fascinado de um modo estranho), eu olhava, mas quase sem ver. De todo modo, passávamos por ambientes não muito diferentes dos de outras casas da boa sociedade de Ferrara, judia ou não judia, abarrotados também pelo mesmo tipo de mobília: armários monumentais, maciços arquibancos do século XVII com pés em forma de pata de leão, mesas no estilo refeitório, cadeiras *savonarola* de couro com tachas de bronze, poltronas *frau*, rebuscados lustres de vidro ou de ferro forjado pendurados no centro de

---

*Estrangular. (N. do T.)

tetos em caixotões, vários tapetes cor de tabaco, cor de cenoura e sangue de boi espalhados por todos os cantos por cima do assoalho de madeira polido com um brilho fosco. Talvez ali houvesse uma quantidade maior de quadros do século XIX, paisagens e retratos, e de livros, em grande parte encadernados, enfileirados por trás dos vidros das grandes estantes de mogno escuro. Além disso, dos volumosos radiadores dos aquecedores desprendia-se um calor que, na nossa casa, meu pai teria julgado absurdo (tinha a impressão de ouvi-lo dizer isso!), um calor maior do que de o uma residência particular, de um grande hotel, e tanto é que, quase de imediato, começando a transpirar, senti a necessidade de tirar o casaco.

Com ele na frente e eu atrás, atravessamos pelo menos uma dúzia de cômodos de dimensões variáveis, às vezes enormes, como verdadeiros salões, às vezes pequenos e até mesmo minúsculos e ligados por vezes uns aos outros por corredores nem sempre retos e no mesmo nível. Finalmente, tendo alcançado a metade de um desses corredores, o professor Ermanno parou diante de uma porta.

— Chegamos — disse.

Apontava a porta com o polegar e me piscava o olho.

Desculpou-se por não entrar porque — explicou — tinha que examinar certas contas de suas propriedades rurais e prometeu que dali a pouco mandaria "uma das empregadas com alguma coisa quente". Depois disso, tendo obtido a confirmação de que eu voltaria (ainda estavam separadas para mim as cópias dos seus pequenos estudos históricos venezianos, eu não devia me esquecer!), apertou minha mão e desapareceu rapidamente no fundo do corredor.

Entrei.

— Ah, você chegou! — Alberto me cumprimentou.

Estava afundado numa poltrona. Levantou-se, apoiando-se com ambas as mãos nos braços dela, pôs-se de pé, pousou o livro que estava lendo, aberto e com o dorso para cima, sobre uma mesinha baixa que estava ao lado e, por fim, veio ao meu encontro.

Usava calça de lã de vicunha cinza, uma das suas belas suéteres cor de folha seca, sapatos ingleses de cor marrom (autênticos Dawson — ele teve depois a ocasião de me dizer — que ele comprava em Milão numa pequena sapataria perto de San Babila), uma camisa de flanela com o colarinho desabotoado e sem gravata, e com um cachimbo entre os dentes. Estendeu-me a mão sem nenhuma cordialidade especial. Enquanto isso, olhava fixo para um ponto às minhas costas. O que chamava a sua atenção? Eu não estava entendendo.

— Desculpe-me — ele murmurou.

Inclinou-se para o lado, curvando sua longa espinha dorsal e, no instante em que passou por mim, percebi que eu havia deixado a porta dupla entreaberta. Contudo Alberto já a havia alcançado, tomando ele mesmo as devidas providências. Pegou na maçaneta da porta externa, mas, antes de puxá-la, pôs a cabeça para fora, examinando o corredor.

— E Malnate? — perguntei. — Ainda não chegou?

— Não, ainda não — ele respondeu, voltando ao quarto.

Pediu-me que lhe entregasse o chapéu, o cachecol e o sobretudo, desaparecendo em seguida no quartinho que ficava ao lado. Deste, através da porta de comunicação entre os dois cômodos, pude ver alguma coisa. Parte da cama estava coberta com um cobertor de lã xadrez vermelho e azul, no estilo esportivo, aos pés da cama um pufe de couro e, pendurado na parede ao lado da pequena abertura que conduzia ao banheiro, também este semi-aberto, um nu masculino de De Pisis, enquadrado numa moldura clara e simples.

— Sente-se — ele disse nesse meio tempo. — Volto já.

De fato, ele voltou logo, e agora, sentado diante de mim na poltrona da qual eu o havia visto levantar-se pouco antes com um leve sinal de cansaço, talvez de tédio, me olhava com uma estranha expressão de simpatia distanciada e objetiva que eu sabia ser o sinal do maior interesse pelos outros que ele era capaz de demonstrar. Alberto me sorria, mostrando os grandes dentes incisivos de sua família materna, grandes e fortes demais em relação ao rosto comprido e pálido e também em relação às gengivas que os emolduravam, não menos descoradas do que o rosto.

— Você quer ouvir um pouco de música? — ele propôs, apontando para uma radiovitrola colocada num canto do escritório, ao lado da entrada. — É Philips, e é realmente ótima.

Fez menção de se levantar novamente da poltrona, mas eu o detive.

— Não, espera — eu disse. — Talvez daqui a pouco.

Dei uma olhada em volta.

— Que tipo de discos você tem?

— Ah, eu tenho um pouco de tudo: Monteverdi, Scarlatti, Bach, Mozart, Beethoven. Mas também *disponho* de muito jazz, não se assuste: Armstrong, Duke Ellington, Fats Waller, Benny Goodman, Charlie Kunz...

Continuou a citar nomes e títulos, bem-educado e sereno, como de hábito, mas com um ar de indiferença: nem mais nem menos do que como se ele me desse para escolher dentre uma lista de pratos dos quais ele, de sua parte, não provaria nenhum. Somente se animou, e de forma moderada, para me ilustrar as virtudes da *sua* Philips. Aquele era — ele disse — um aparelho bastante excepcional, e isso devido a certos truques especiais, que ele mesmo planejou e que depois haviam sido instalados por um ótimo técnico milanês. Essas modificações diziam respeito principalmente à qualidade do som, que era emitido não apenas por um só alto-falante, mas por quatro fontes sonoras distintas. Havia, na realidade, um alto-falante para os sons graves, outro para os médios, outro para os agudos e outro para os sons superagudos e assim, no alto-falante destinado, digamos, aos sons superagudos, até os assovios — e deu uma risadinha — "vinham" que era uma beleza. E que eu não pensasse que os alto-falantes estavam todos os quatro juntos e amontoados um em cima do outro, por favor! *Dentro* do móvel da radiovitrola havia somente dois alto-falantes: o dos médios e o dos agudos. O dos sons superagudos, ele tinha tido a idéia de escondê-lo lá no fundo, perto da janela, enquanto o quarto, o dos graves, ele havia colocado bem debaixo do sofá onde eu estava sentado. E tudo isso com o objetivo de que fosse obtido também um certo efeito estereofônico.

Naquele momento, entrou Dirce, de uniforme azul e avental branco amarrado na cintura, empurrando o carrinho de chá.

Vi surgir no rosto de Alberto uma expressão de leve contrariedade. A moça também deve ter percebido.

— Foi o professor que me mandou trazer agora — ela disse.

— Não tem problema. Vamos tomar então uma xícara de chá.

Com cabelos louros e crespos e as bochechas vermelhas das mulheres vênetas das regiões pré-alpinas, a filha de Perotti serviu as xícaras em silêncio e, com os olhos abaixados, pousou-as sobre a mesinha e depois retirou-se. No ar do quarto permaneceu um cheiro agradável de sabonete e de talco. Até o chá, assim me pareceu, tinha um gosto leve desses perfumes. Enquanto eu bebia, continuava a olhar ao meu redor. Eu estava admirando a decoração do quarto, bem racional, funcional e moderno, tão diferente do resto da casa, e no entanto eu não compreendia por que me sentia tomado por uma sensação cada vez maior de desconforto, de opressão.

— Te agrada o jeito como eu arrumei o estúdio? — Alberto perguntou.

Ele parecia repentinamente desejoso da minha aprovação, que lhe concedi sem avareza, naturalmente, estendendo-me em elogios sobre a simplicidade dos móveis (levantando-me, fui examinar de perto uma prancheta de desenho colocada atravessada perto da janela com uma ótima luminária flexível de metal em cima dela), e especialmente sobre a iluminação indireta que eu disse achar não apenas muito repousante, mas também ideal para estudar e trabalhar.

Ele me deixava falar e parecia estar contente.

— Foi você quem desenhou os móveis?

— Não, não. Eu copiei um pouco da *Domus* e da *Casabella*, e um pouco da *Studio*, sabe, aquela revista inglesa... Quem fez tudo foi um marceneiro da Via Coperta.

Saber que eu gostava dos seus móveis — ele acrescentou — não podia deixar de enchê-lo de satisfação. De fato, para o lazer ou para o trabalho, que necessidade havia de ficar rodeado de um monte de coisas feias e de velharias? Já Giampi Malnate (ficou um pouco corado ao mencionar o nome dele) havia insinuado de forma nada sutil que o estúdio decorado daquele modo parecia mais uma *garçonnière* do que um estúdio, sustentando, além disso, como bom comunista, que os *objetos* podem servir no máximo como paliativos, como substitutos, sendo ele, por princípio, contrário a paliativos ou substitutos de qualquer tipo que seja, e até mesmo contrário também à técnica, toda vez que a técnica tenha a pretensão de que uma gaveta com um fechamento perfeito, só para dar um exemplo, seja a resolução de todos os problemas do indivíduo, inclusive morais e políticos. Ele, porém — e tocou o peito com um dedo —, continuava tendo uma opinião diferente. Mesmo respeitando as opiniões de Giampi (ele era comunista — e como! — e eu não sabia disso?), ele achava a vida já bastante confusa e aborrecida para que também o fossem os móveis e os utensílios, esses nossos mudos e fiéis companheiros de quarto.

Foi a primeira e última vez que o vi entusiasmar-se, defendendo certas idéias em detrimento de outras. Tomamos uma segunda xícara de chá, mas a conversa agora esmorecia um pouco, tanto que foi necessário recorrer à música.

Ouvimos alguns discos. Dirce retornou trazendo uma bandeja de doces e biscoitos. Finalmente, por volta das sete horas, o telefone que ficava em cima da escrivaninha ao lado da prancheta começou a tocar.

— Quer ver só? Deve ser Giampi — Alberto falou, indo atender.

Hesitou um segundo antes de pegar o fone, como o jogador que, depois de ter recebido as cartas, adia o momento de encarar a própria sorte.

Mas era realmente Malnate, como logo percebi.

— E então, o que você está fazendo aí? Você não vem? — Alberto disse, desiludido, com uma queixa quase infantil na voz.

O outro falou durante bastante tempo (colado à orelha de Alberto, o fone vibrava com o impacto do seu tranqüilo e encorpado sotaque da Lombardia). No final, ouvi um "tchau", e a comunicação foi interrompida.

— Ele não vem — disse Alberto.

Retornou lentamente à poltrona, deixou-se cair nela, espreguiçou-se e bocejou.

— Parece que ele ficou retido na fábrica — acrescentou — e que ainda vai ter que ficar por lá mais umas duas ou três horas. Desculpou-se e me pediu que te mandasse lembranças.

# 4

Mais do que o indeterminado "até breve" que eu havia trocado com Alberto ao me despedir dele, foi uma carta de Micòl, que chegou poucos dias depois, que me persuadiu a voltar lá. Era uma cartinha bem-humorada, nem muito comprida e nem muito curta, escrita nas quatro faces de duas folhas de papel azul que uma caligrafia impetuosa e ao mesmo tempo suave havia preenchido rapidamente, sem hesitações nem correções. Micòl iniciava desculpando-se: ela tinha partido repentinamente sem nem mesmo me dizer "tchau", e isso não tinha sido elegante da parte dela, que era a primeira a admiti-lo. Porém, antes de viajar — acrescentou —, ela tentou me ligar sem conseguir me encontrar. Além disso, ela recomendou a Alberto que, caso eu não desse sinal de vida, ele deveria me resgatar. Já que ela foi embora daquele jeito, será que Alberto realmente manteve o juramento de me resgatar "ao custo da própria vida"? Ele, com a sua famosa indiferença, acabava sempre abandonando os contatos, mas na verdade ele necessitava muito de ter contatos, coitado! A carta prosseguia por mais duas páginas e meia, discorrendo sobre a monografia que já estava "rumando em direção à parte final", comentando sobre Veneza, que, no inverno, dava "simplesmente vontade de chorar", e encerrando com uma surpresa, a tradução de um poema de Emily Dickinson:

*I died for beauty, but was scarce*
*Adjusted in the tomb,*
*When one who died for truth was lain*
*In an adjoining room.*

Morri pela beleza, mas mal estava
Acomodada no túmulo,
Quando alguém que morreu pela verdade foi posto
Num cômodo contíguo.

*He questioned softly why I failed?*
*'For beauty' I replied.*
*'And I for truth, — the two are one;*
*We brethren, are,' he said.*

Ele questionou suavemente: por que falhei?
"Pela beleza" — eu respondi.
"E eu pela verdade — os dois são um;
Somos irmãos" — ele disse.

*And so, as kinsmen met a night,*
*We talked between the rooms,*
*Until the moss had reached our lips,*
*And covered up our names.*

E, como dois parentes que se encontram à noite,
Conversávamos de quarto a quarto,
Até que a relva chegou aos nossos lábios
E cobriu nossos nomes.

Seguia um P.S., que dizia textualmente: "Ai de ti, pobre Emily. Este é o tipo de compensação na qual a horrível condição de solteirona é obrigada a apostar!"

Gostei da tradução, mas foi principalmente o P.S. a chamar minha atenção. A quem se referia? À "pobre Emily" ou, em vez disso, a uma Micòl em fase depressiva, de autopiedade? Ao responder, fui cuidadoso mais uma vez em camuflar-me por trás de uma densa cortina de fumaça. Depois de mencionar a minha primeira visita à casa dela, sem falar nada sobre como foi decepcionante para mim, e prometendo que muito em breve eu a repetiria, me ative prudentemente à literatura. O poema de Emily Dickinson era maravilhoso — eu escrevi —, mas era também ótima a tradução feita por ela, exatamente porque tinha um sabor meio ultrapassado, meio "no estilo Carducci". Eu tinha gostado exatamente pela sua fidelidade. Com o dicionário na mão, eu o havia confrontado com o texto em inglês, não achando outro motivo para discussão, além de um único ponto, talvez onde ela havia traduzido *moss*, que significava literalmente "musgo, limo", como "relva". Quero deixar bem claro — prossegui — que, mesmo no seu estado atual, a tradução funcionava muito bem, e nesta matéria deve-se preferir sempre uma bela infidelidade a uma feiúra literal. O defeito que eu assinalava era, de todo modo, facilmente remediável. Bastaria ajustar a última estrofe assim:

> E, como dois parentes que se encontram à noite,
> Conversávamos de quarto a quarto,
> Até que o musgo chegou aos nossos lábios
> E cobriu nossos nomes.

Micòl me respondeu dois dias depois com um telegrama no qual me agradecia "de todo coração, sinceramente!" pelos meus conselhos literários, e depois, no dia seguinte, com um aerograma que continha duas novas redações datilografadas da tradução. Eu, de minha parte, enviei uma carta com uma dezena de páginas que contestava, palavra por palavra, o aerograma. No fim das contas, por carta éramos muito mais desajeitados e sem graça do que ao telefone, tanto que em pouco tempo paramos de nos escrever. Nesse meio tempo, porém, eu tinha voltado a freqüentar o estúdio de Alberto, e desta feita com regularidade, praticamente todos os dias.

Giampiero Malnate também comparecia, quase igualmente tão assíduo e constante. Conversando, discutindo, muitas vezes brigando (enfim, desde o primeiro momento odiando e ao mesmo tempo gostando um do outro), foi assim que pudemos nos conhecer mais profundamente e ganhar rapidamente bastante intimidade.

Eu me lembrava de como Micòl havia se expressado em relação ao "físico" dele. Eu também achava Malnate grande e opressivo. Eu também, como ela, sentia bastante freqüentemente uma forma de verdadeira impaciência devido àquela sua sinceridade, àquela lealdade e àquela eterna afirmação de franqueza viril, por aquela pacata fé num futuro lombardo e comunista que irradiava dos seus olhos acinzentados demasiado humanos. Apesar de tudo isso, a partir da primeira vez que me sentei ao seu lado, no estúdio de Alberto, só tive um desejo: que ele simpatizasse comigo, que não me considerasse um intruso entre ele e Alberto. Enfim, que ele não considerasse mal arrumado o trio cotidiano no qual, certamente não por sua iniciativa, acabou embarcando. Creio que o fato de eu também ter passado a fumar cachimbo remonte exatamente àquela época.

Nós dois falávamos de muitas coisas (Alberto preferia ficar apenas ouvindo), mas principalmente sobre política, é óbvio. Eram os meses imediatamente seguintes ao Pacto de Munique, e era justamente este e as suas conseqüências, o assunto que sempre retornava com maior freqüência às nossas conversas. O que faria Hitler agora que a região dos Sudetos havia sido incorporada ao Grande Reich? Em que direção ele teria atacado? Eu, de minha parte, não era pessimista, e Malnate, pelo menos uma vez na vida, me dava razão. Na minha opinião, o acordo que a França e a Inglaterra tinham sido forçadas a assinar ao fim da crise de setembro passado não duraria por muito tempo. Sim. Hitler e Mussolini haviam induzido Chamberlain e Daladier a abandonar a Tchecoslováquia de Benes à própria sorte. Mas e depois? Talvez substituindo Chamberlain e Daladier por homens mais jovens e mais decididos (esta é a vantagem do sistema parlamentar! — eu exclamava), dentro em pouco a França e a Inglaterra estariam em condições de firmar os pés no chão. O tempo não poderia deixar de ficar a favor deles.

No entanto bastava que o assunto recaísse na Guerra Civil Espanhola, já nos seus estertores, ou que se fizesse alguma referência à URSS para que o comportamento de Malnate com relação às democracias ocidentais, e a mim, neste caso em particular, considerado ironicamente como o representante e paladino destas democracias, se tornasse logo menos flexível. Eu o vejo, como se fosse hoje, inclinando para a frente sua grande cabeça morena com a testa brilhando de suor, cravar os olhos nos meus, na típica e insuportável tentativa de chantagem meio moral e meio sentimental à qual recorria de bom grado, enquanto sua voz assumia tons graves, quentes, persuasivos e pacientes. Por favor, quem tinham sido os responsáveis — ele perguntava — quem tinham sido os verdadeiros responsáveis pela revolta franquista? Não tinham sido, por acaso, a direita francesa e inglesa, que a tinham no início não apenas tolerado, mas depois, em seguida, até mesmo apoiado e aplaudido? Exatamente como o comportamento anglo-francês, correto na sua forma, mas na verdade ambíguo, havia permitido a Mussolini, em 1935, arrebanhar num só golpe a Etiópia, também na Espanha tinha sido a incerteza condenável dos Baldwin, dos Halifax e do próprio Blum, a fazer pender o fiel da balança da sorte para o lado de Franco. Inútil colocar a culpa na URSS e nas Brigadas Internacionais — ele insinuava cada vez mais suavemente —, inútil imputar à Rússia, que havia se tornado um cômodo bode expiatório ao alcance de todos os imbecis, se os acontecimentos por aquelas bandas estavam agora se desenrolando. A verdade era bem outra. Somente a Rússia tinha compreendido desde o início quem eram o *Duce* e o *Führer*, somente aquele país havia previsto com clareza a inevitável cumplicidade entre os dois e agido então de forma conseqüente. Contrariamente, a direita francesa e a inglesa, subversivas da ordem democrática como todos os regimes de direita em todos os países e em todas as épocas, tinham sempre olhado para a Itália Fascista e para a Alemanha Nazista com uma simpatia maldisfarçada. Para os reacionários da França e da Inglaterra, o *Duce* e o *Führer* podiam parecer, com certeza, uns indivíduos meio incômodos, um pouco maleducados e exagerados, porém preferidos sob todos aspectos a Stalin, já que este, como se sabe, sempre foi considerado como sendo o diabo. Depois de ter atacado e anexado a Áustria e a Tchecoslováquia, a Alemanha já começava a pressionar a Polônia. Pois bem, se a França e a Inglaterra ficaram reduzidas a assistir e a aceitar, deve-se atribuir a responsabilidade pela atual impotência desses países aos valorosos, dignos e decorativos cavalheiros de casaca e cartola (tão apropriados a corresponder, pelo menos na maneira de se vestir, à nostalgia oitocentista de *tantos* literatos decadentes...) que ainda agora as governam.

Mas a polêmica com Malnate tornava-se ainda mais viva toda vez que se tocava na história italiana das últimas décadas.

Era evidente — ele dizia. Na verdade, para mim e para o próprio Alberto, o fascismo não tinha sido outra coisa além de uma doença inesperada e inexplicável que ataca traiçoeiramente o organismo saudável, ou ainda, para usar uma frase de Benedetto Croce, "o vosso mestre em comum" (neste ponto, Alberto não deixava nunca de balançar a cabeça, desolado, em sinal de negação, mas ele não lhe dava ouvidos), a invasão dos hicsos. Para nós dois, em suma, a Itália Liberal dos Giolitti, dos Nitti, dos Orlando e até mesmo a dos Sonnino, dos Salandra e dos Facta, tinha sido ótima e perfeita, o produto milagroso de uma espécie de época de ouro, à qual, se possível, seria ótimo retornar tal como era. Só que nós estávamos enganados, e como estávamos enganados! O mal não tinha mesmo surgido de repente. Ele vinha, pelo contrário, de muito longe, isto é, desde os primeiros anos do *Risorgimento*, caracterizados por uma total ausência de participação do povo, do verdadeiro povo, na causa da Liberação e da Unificação. Giolitti? Se Mussolini havia conseguido superar a crise que se seguiu ao assassinato de Matteotti, em 1924, quando tudo ao seu redor desabava e até o rei começou a cambalear, nós devíamos também ter agradecido por tudo isso exatamente ao *nosso* Giolitti e a Benedetto Croce, ambos dispostos a engolir qualquer sapo desde que as conquistas das classes populares encontrassem obstáculos e sofressem atrasos. Foram exatamente eles, os liberais dos nossos sonhos, que concederam a Mussolini o tempo necessário para que ele recobrasse o fôlego. Não passaram nem mesmo seis meses e o *Duce* retribuía o obséquio, suprimindo a liberdade de imprensa e dissolvendo os partidos. Giovanni Giolitti afastou-se da vida política, asilando-se nas suas propriedades rurais no Piemonte. Benedetto Croce tinha retomado seus diletos estudos filosóficos e literários. Mas havia também aqueles que, muito menos culpados, ou melhor, sem culpa nenhuma, tivessem pago muito mais caro. Amendola e Gobetti tinham sido linchados a cacetadas até a morte. Filippo Turati morreu no exílio, longe da sua Milão, onde poucos anos antes havia sepultado a pobre *signora* Anna. Antonio Gramsci tinha ido para a penitenciária (morreu no ano passado na prisão — nós não sabíamos?). Os operários e os camponeses italianos, junto com os seus líderes naturais, tinham perdido qualquer esperança efetiva de um resgate social e de dignidade humana e, desde então, já há quase vinte anos vegetam e morrem em silêncio.

Para mim, não era fácil contrapor-me a estas idéias, e por várias razões. Em primeiro lugar porque a cultura política de Malnate, que havia respirado socialismo e antifascismo em família desde a mais tenra infância, superava a minha. Em segundo lugar, porque o papel que ele pretendia me atribuir (o do literato decadente ou "hermético", como ele dizia, formado em política através dos livros de Benedetto Croce), parecia-me inadequado, não correspondia a mim, e portanto deveria ser posto de lado antes de dar início a qualquer discussão. O fato é que eu preferia me calar, ostentando no rosto um sorriso vagamente irônico. Eu agüentava calado.

Quanto a Alberto, ele também ficava calado. Um pouco porque, de hábito, não tinha nenhuma objeção a fazer, mas principalmente para dar ao amigo a oportunidade de investir contra mim, sentindo-se recompensado especialmente por isso. Com três pessoas encerradas por dias e dias discutindo dentro de um quarto, é quase fatal que duas delas acabem por compor uma aliança comum contra a terceira. Para ficar em harmonia com Giampi e mostrar-se solidário a ele, Alberto parecia disposto a aceitar tudo dele, inclusive o fato de que Giampi o colocasse muitas vezes no mesmo saco que eu. Era verdade: Mussolini e seus comparsas estavam praticando atos infames e arbitrariedades de todo tipo contra os judeus italianos — dizia, por exemplo, Malnate. O famigerado Manifesto da Raça de julho passado redigido por dez dos chamados "estudiosos fascistas" — não se sabia verdadeiramente como considerá-lo, se vergonhoso ou ridículo. Porém, isso posto — acrescentava —, nós saberíamos lhe dizer, nós dois, quantos tinham sido os "israelitas" antifascistas na Itália, antes de 1938? Bem poucos, ele temia, uma exígua minoria, se mesmo em Ferrara, como Alberto lhe havia dito várias vezes, o número de judeus inscritos no Partido Fascista tinha sido sempre muito elevado. Eu mesmo, em 1936, havia participado dos *Littoriali della Cultura*. Eu já era leitor, naquela época, de *A História da Europa*, do Croce? Ou será que eu havia esperado o ano seguinte, para mergulhar nela, o ano da *Anschluss* e das primeiras hostilidades de um racismo italiano?

Eu suportava tudo e sorria, rebelando-me às vezes, mas com mais freqüência me calando (eu repito), conquistado contra a minha vontade pela franqueza e sinceridade dele, com certeza às vezes um pouco vulgares e impiedosas, um pouco *goi* demais — eu me dizia —, mas no fundo elas eram realmente caridosas, porque eram verdadeiramente igualitárias e fraternas. E se Malnate passasse a uma certa altura a torturar Alberto, talvez acusando-o, e não só de brincadeira, e também à família, de serem "no final das contas" proprietários rurais de mãos sujas, latifundiários sórdidos e, ainda por cima, aristocratas obviamente saudosos do feudalismo medieval, razão pela qual não era "no final das contas" assim tão injusto que pagassem de alguma maneira um tributo pelo privilégio gozado por eles até o presente momento. Curvado, como se defendendo das rajadas de um furacão, Alberto ria de chorar e ao mesmo tempo fazia com a cabeça que sim, que, se fosse por ele, pagaria de bom grado. Não era sem uma secreta satisfação que eu o ouvia vociferar contra o amigo. O menino dos anos anteriores a 1929, aquele que, caminhando ao lado da *mamma* pelas alamedas do cemitério, a havia sempre ouvido definir o solitário túmulo monumental dos Finzi-Contini como "um verdadeiro horror", emergia de repente do mais profundo de mim e aplaudia maliciosamente.

Além disso, podia acontecer às vezes que Malnate parecesse quase se esquecer da minha presença. E isso em geral lhe acontecia quando começava a rememorar com Alberto "os tempos" de Milão, as amizades masculinas e femininas que eles compartilhavam naquela época, os restaurantes que tinham por hábito freqüentar juntos, as noitadas no *Scala*, os jogos de futebol na *Arena* ou em San Siro, e as viagens de fim-de-semana às montanhas ou ao litoral. Os dois tinham feito parte de um "grupo" — ele tinha se dignado a me explicar uma tarde — onde, por unanimidade, exigia-se de seus integrantes apenas um requisito: inteligência. Bons tempos eram aqueles, realmente! — ele disse, num suspiro —, caracterizados pelo desprezo por todas as formas de provincianismo e de retórica e que poderiam ser definidos como sendo, além da melhor época da juventude deles, também como os tempos da Gladys, uma bailarina do *Lirico* com quem ele teve um caso durante alguns meses (falando sério não era nada mal, a Gladys: alegre, "boa companhia", no fundo não interesseira, convenientemente fácil... e depois, querendo ter um caso também com Alberto sem ter sido correspondida, acabou largando os dois).

— Nunca entendi porque Alberto sempre rejeitou a pobre da Gladys — ele acrescentou com uma leve piscadela.

Logo depois, dirigindo-se a Alberto:

— Coragem! Desde então já se passaram mais de três anos, e estamos a quase trezentos quilômetros de distância do local do crime. Vamos finalmente botar as cartas na mesa?

Porém Alberto esquivou-se, enrubescendo, e não se falou mais sobre Gladys.

Ele gostava do trabalho que o havia trazido para a nossa região — repetia com freqüência. Ferrara também lhe agradava como cidade, soando para ele como no mínimo absurdo que tanto eu como Alberto pudéssemos considerá-la como uma espécie de túmulo ou prisão. A nossa situação podia ser chamada, sem dúvida, de peculiar. Nós, porém, estávamos equivocados em nos considerarmos como membros da única minoria perseguida na Itália. Imagine só! Os operários do estabelecimento onde ele trabalhava, o que é que nós achávamos que eles fossem, aquela gente bruta e sem sensibilidade? Ele poderia citar o nome de muitos que jamais aceitaram se inscrever no Partido Fascista, mas que eram socialistas ou comunistas e por esse motivo eram agredidos e "subornados" muitas vezes e ainda assim permaneciam inabalavelmente fiéis a seus ideais. Ele tinha comparecido a algumas das reuniões clandestinas deles, com a grata surpresa de encontrar, além de operários e camponeses vindos especialmente para a ocasião, provavelmente de bicicleta, até mesmo de Mesola e de Goro, também uns três ou quatro advogados dentre os mais conhecidos da cidade. E essa é a comprovação de que aqui em Ferrara, nem todos os setores da burguesia compactuavam com o fascismo e que nem todos eram compostos de traidores. Nós já tínhamos ouvido falar de Clelia Trotti? Não? Pois bem, ela era uma ex-professora primária, uma senhora que quando jovem — haviam dito a ele — tinha sido a alma do socialismo em Ferrara e ainda continuava a sê-lo (e como não!), pois, com setenta anos completos, não havia reunião à qual deixasse de participar, lépida e fagueira. E foi exatamente assim que ele a tinha conhecido. Quanto ao seu socialismo do tipo humanitário, no estilo Andrea Costa, é melhor deixar para lá, pois nunca teria resultado em grande coisa. Mas, de qualquer modo, quanta paixão, quanta fé e quanta esperança tinha ela! Ela lhe fazia lembrar, também fisicamente, especialmente pelos olhos azuis de ex-loura, a *signora* Anna, a companheira de Filippo Turati, que ele havia conhecido, ainda garoto, em Milão, por volta de 1922. O pai dela, que era advogado, tinha passado quase um ano na prisão em 1898 junto com o casal Turati. Íntimo de ambos, foi um dos poucos que continuou a ousar visitá-los aos domingos à tarde no modesto apartamento em que moravam na Galleria. E, com freqüência, ele o acompanhava.

Não, pelo amor de Deus, Ferrara não era em nada aquela prisão que alguém poderia pensar que fosse, ao ouvir falar dela. Claro, olhando a cidade na Zona Industrial, fechada como era pelo círculo da muralha antiga e especialmente nos dias de mau tempo, era muito fácil que a cidade desse uma impressão de solidão e isolamento. No entanto, nos arredores de Ferrara, havia os campos ricos, cheios de vida e atividade, operosos e, ao final destes, a menos de quarenta quilômetros de distância havia o mar, com praias desertas orladas por deslumbrantes florestas de azinheiros e pinheiros — o mar, que sempre é um grande recurso natural. Mas, afora isso, a própria cidade, ao se entrar dentro dela como ele havia decidido fazer, observando-a de perto e sem preconceitos, conservava em seu seio, como toda cidade, um tesouro de integridade, de inteligência, de bondade e também de coragem, que somente os cegos e os surdos, ou então as pessoas áridas e ressecadas, poderiam ignorar ou deixar de reconhecer.

# 5

Nos primeiros tempos, Alberto não fazia outra coisa senão anunciar sua partida sempre iminente para Milão. Depois, pouco a pouco, parou de falar nisso e a questão da sua monografia de formatura começou a se tornar um assunto melindroso a ser abordado com cautela. Ele não falava sobre o assunto e percebia-se que ele preferia que também ignorássemos isso.

Conforme já mencionei, as intervenções dele nas nossas discussões eram raras e sempre irrelevantes. Posicionava-se a favor de Malnate, sobre isso não havia dúvidas, ficava feliz quando este triunfava e preocupado se, ao contrário, era eu que saía vencedor. Mas no geral ficava calado. Manifestava-se, no máximo, com algumas exclamações, de vez em quando ("Ah, essa é boa!..."; "É, porém sob certos aspectos..."; "Um momento: vejamos com calma..."), acompanhando-as depois de pequenas risadinhas ou de um discreto pigarro.

Até mesmo fisicamente ele tendia a se esquivar, a se anular, a desaparecer. Eu e Malnate geralmente nos sentávamos de frente um para o outro, no centro do quarto, um no sofá e o outro numa das duas poltronas com a mesinha no meio e todos dois bem-iluminados. Nós nos levantávamos somente para ir ao pequeno banheiro contíguo ao quarto de dormir, ou então para dar uma espiada no tempo através do vidro da grande janela que dava para o parque. Alberto, ao contrário, preferia ficar lá no fundo, abrigado por detrás da dupla barricada da escrivaninha e da prancheta. Nas vezes em que se levantava, nós o víamos andar pelo quarto para lá e para cá na ponta dos pés, com os cotovelos grudados aos quadris. Trocava os discos na vitrola um após o outro, prestando sempre atenção para que o volume do som não sobrepujasse as nossas vozes, supervisionava os cinzeiros, providenciando o seu esvaziamento no banheiro quando estavam cheios, regulava a intensidade da iluminação indireta, perguntava baixinho se queríamos mais um pouco de chá e arrumava a disposição de alguns objetos. Tinha, em suma, o ar atarefado e discreto do anfitrião preocupado com apenas uma coisa: que os importantes cérebros de seus convidados funcionassem nas melhores condições possíveis dentro do ambiente.

Estou convencido, no entanto, que era exatamente ele com sua ordem meticulosa, suas cuidadosas iniciativas imprevisíveis e seus estratagemas, que difundia aquela vaga sensação de opressão que se respirava no estúdio. Bastava, *sei lá*, que nas pausas das conversas, ele começasse a discorrer sobre as qualidades da poltrona na qual eu estava sentado, cujo encosto "garantia" às vértebras a posição "anatomicamente" mais correta e vantajosa, ou então abrindo e me oferecendo o pequeno saco de couro escuro com fumo para cachimbo, que ele me ressaltasse as várias qualidades de tabacos a seu ver indispensáveis para que se tirasse o melhor rendimento dos nossos

Dunhill e GBD (um pouco de tabaco doce, um outro tanto de tabaco forte e o mesmo do tipo Maryland). Ou ainda, por motivos jamais esclarecidos e de conhecimento exclusivo dele próprio, anunciava com um vago sorriso, apontando o queixo na direção da vitrola, a temporária exclusão do som de algum dos alto-falantes: em cada uma destas circunstâncias (ou semelhantes a esta), eu ficava sempre à beira de um ataque de nervos, sempre pronto a explodir.

Uma noite, não consegui me conter. Era claro que — exclamei, dirigindo-me a Malnate — a atitude diletante dele, na realidade a de um turista, lhe consentia assumir em relação a Ferrara um tom de magnanimidade e de indulgência que eu invejava. Mas como é que ele via, ele que falava tanto de tesouros de integridade, bondade etc., um caso que havia sucedido a mim, justamente comigo, apenas poucos dias atrás?

Eu tinha tido a bela idéia — comecei a contar — de instalar-me com papéis e livros na Biblioteca Municipal da Via Scienze, um local que eu freqüentava desde os tempos do ginásio e onde eu me sentia um pouco em casa. Todos eram muito gentis comigo dentro daquelas paredes antigas. Depois que entrei para a Faculdade de Letras, o diretor, Doutor Ballola, tinha começado a me considerar como um colega. Bastava me ver e vinha logo sentar-se ao meu lado para me atualizar sobre os progressos de certas pesquisas suas que já se alongavam há décadas, baseadas em material biográfico de Ariosto guardado em seu escritório particular, pesquisas graças às quais ele se proclamava seguro de "superar nitidamente os já notáveis resultados alcançados neste campo por Catalano". Quanto aos funcionários, eles me tratavam com tamanha confiança e familiaridade que não apenas me poupavam da chatice de ter que preencher os formulários de empréstimo dos livros, como chegavam até a me deixar fumar um cigarro de vez em quando. Portanto, como eu ia dizendo, naquela manhã tive a bela idéia de dar uma passada pela biblioteca. Eu mal tive tempo de me sentar a uma mesa da sala de consultas e de pegar o material de que precisava, quando um dos funcionários, um tal de Poledrelli, um homem de uns sessenta anos, grandalhão e jovial, conhecido por ser um notável comilão de macarronadas e incapaz de articular duas palavras que não fossem em dialeto, aproximou-se intimando-me a ir embora imediatamente. Todo empertigado, encolhendo a pança e conseguindo até mesmo expressar-se em italiano, o bom Poledrelli explicou em voz alta, num tom oficial, que o senhor diretor havia dado ordens taxativas com relação a esta questão, razão pela qual — ele repetiu — eu deveria imediatamente fazer o favor de me levantar e ir embora. Naquele dia de manhã, a sala de consultas estava particularmente repleta de estudantes do ginásio. A cena foi assistida num silêncio sepulcral, por nada menos do que cinqüenta pares de olhos e igual número de pares de orelhas. E enfim, também por esse motivo — eu prossegui —, não havia sido nada agradável me levantar, recolher as minhas coisas da mesa, recolocar tudo na pasta e depois alcançar, passo a passo, a porta de vidro da entrada. Está certo, aquele desgraçado de Poledrelli estava apenas obedecendo ordens. Porém que ele, Malnate, tivesse cuidado, se por acaso tivesse ocasião de encontrá-lo (quem sabe se Poledrelli também não pertencia ao círculo da professora Trotti?), que tivesse muito cuidado, não se deixando enganar pelas falsas aparências de bonachão daquela sua enorme cara de plebeu. Aquele peito vasto como um armário abrigava um coração pequeno: rico de seiva popular — é verdade — mas em nada confiável.

— E então, e então? — insisti. Não era no mínimo descabido que ele agora viesse passar um sermão, não digo em Alberto, cuja família sempre se manteve afastada da vida comunitária da cidade, mas em mim, que, pelo contrário, havia nascido e crescido num ambiente até por demais disposto a se abrir e a se comunicar com os outros em tudo e por tudo? Meu pai, voluntário na guerra, tinha se inscrito no Partido Fascista em 1919 e eu mesmo havia pertencido, até o dia de ontem, ao G.U.F. Como, portanto, tínhamos sempre sido pessoas muito normais, aliás até mesmo banais de tanta normalidade, seria realmente absurdo que agora, de uma hora para outra, esperasse exatamente da gente um comportamento fora da norma. Convocado à Federação para que lhe anunciassem a sua própria expulsão do partido e em seguida da Associação dos Comerciantes como indesejável, seria realmente estranho se o meu pai, coitadinho, contrapusesse a um tratamento semelhante uma expressão menos angustiada e atordoada do que aquela que eu conhecia. E meu irmão Ernesto, que querendo entrar na Universidade teve de emigrar para a França, matriculando-se no Instituto Politécnico de Grenoble? E Fanny, minha irmã, com apenas 13 anos, sendo obrigada a prosseguir os estudos ginasiais na escola israelita da Via Vignatagliata? Afastados bruscamente dos colegas da escola, dos amigos de infância, também se esperava deles um comportamento exemplar? Isso não tem cabimento! Uma das formas mais odiosas de anti-semitismo era justamente esta: reclamar que os judeus não fossem suficientemente *como* os outros, e depois, a coisa se invertia. Após constatada a quase total assimilação deles no ambiente circundante, lamentava-se que eles fossem tais e quais como os outros e nem mesmo um pouco diferentes da média comum.

Eu tinha me deixado levar pela raiva, afastando-me um pouco do tema do debate, e Malnate, que tinha me ouvido atentamente, não deixou de fazer uma observação ao final. Anti-semita, ele? — protestava. Era a primeira vez, francamente, que lhe acontecia de lhe fazerem uma acusação deste tipo! Ainda excitado, eu estava prestes a retrucar, para agravar ainda mais a situação. Mas, naquele instante, enquanto passava por trás do meu oponente com a sua rapidez desalinhada de um pássaro assustado, Alberto me lançou um olhar de quem implora. "Chega, por favor!" dizia o seu olhar. O fato de que ele, pelas costas do melhor amigo, fizesse um apelo ao que de mais secreto havia entre nós dois, me impressionou como um evento extraordinário. Não repliquei e não disse mais nada. Imediatamente, as primeiras notas de um quarteto de Beethoven, executado pelo Quarteto Busch, elevaram-se na atmosfera enfumaçada do quarto para confirmar a minha vitória.

Mas aquela noite foi importante não apenas por isso. Por volta das oito horas, começou a chover com tal violência que Alberto, após uma rápida consulta por telefone, talvez com a mãe, em dialeto familiar, nos propôs que ficássemos para jantar.

Malnate declarou-se muito feliz em aceitar. Ele jantava quase sempre no *Giovanni* — contou — "sozinho como um cachorro abandonado". Nem parecia que fosse verdade que ele pudesse passar uma noite "em família".

Também aceitei. Pedi, porém, para ligar para casa.

— Naturalmente! — Alberto exclamou.

Sentei-me atrás da escrivaninha, onde ele habitualmente se sentava, e disquei o número. Na espera, olhava para o lado através dos vidros da janela estriados pela chuva. Na escuridão compacta, mal se conseguia distinguir a massa das árvores. Para além do negro intervalo do parque, sabe-se lá onde, cintilava uma pequena luz.

Por fim, atendeu a voz lamuriosa de meu pai.

— Ah, é você? — ele disse. — Estávamos começando a nos preocupar. Onde é que você está?

— Vou jantar fora de casa — respondi.

— Com esta chuva!

— Justamente por isso.

— Você ainda está na casa dos Finzi-Contini?

— Estou.

— A qualquer hora que você voltar para casa, não deixe de vir falar comigo, por favor. Eu não consigo dormir, você sabe...

Coloquei o telefone no gancho e levantei os olhos. Alberto olhava para mim.

— Tudo certo? — ele perguntou.

— Tudo certo.

Saímos os três pelo corredor, atravessamos várias salas e saletas, descemos por uma escadaria aos pés da qual, de paletó e luvas brancas, Perotti nos aguardava, e dali passamos diretamente à sala de jantar.

O resto da família já se encontrava lá. Estavam presentes o professor Ermanno, a *signora* Olga, a *signora* Regina e um dos tios de Veneza, o tisiologista, que, ao ver Alberto entrar, levantou-se, veio em direção a ele, beijou-o em ambas as faces, e depois disso, enquanto mexia distraidamente com o dedo na borda da pálpebra inferior, começou a lhe contar a razão pela qual estava ali. Ele teve que ir a Bolonha para uma consulta — ele dizia — e então, no caminho de volta, ele teve a idéia de parar aqui para jantar, entre um trem e outro. Quando entramos, o professor Ermanno, a mulher e o cunhado estavam sentados diante da lareira acesa, com Jor deitado ao comprido aos pés deles. A *signora* Regina estava sentada à mesa, bem debaixo do lustre central.

É inevitável que a lembrança do meu primeiro jantar na casa dos Finzi-Contini (estávamos ainda em janeiro, me parece) tenha um pouco a tendência de se confundir com as recordações de muitos outros jantares dos quais participei no curso daquele mesmo inverno na *magna domus*. Recordo-me, contudo, com estranha exatidão o que comemos naquela noite: sopa de arroz com fígado, almôndegas de peru em galantine, língua de boi em salmoura acompanhada de azeitonas pretas e caules de espinafre ao vinagrete, torta de chocolate, frutas frescas e frutas secas, nozes, avelãs, passas e pinhões. Recordo-me igualmente que quase de imediato, assim que nos sentamos à mesa, Alberto tomou a iniciativa de narrar a história da minha recente expulsão da Biblioteca Municipal, e que mais uma vez me impressionou o pouco espanto provocado por tal notícia nos quatro mais velhos. Os comentários que se seguiram sobre a situação geral e sobre a dupla Ballola-Poledrelli, mencionada de vez em quando durante todo o jantar, de fato não foram, da parte deles, nem mesmo muito amargos e sim, como de hábito, elegantemente sarcásticos, quase alegres. E alegre, decididamente alegre e satisfeito, era mais tarde o tom de voz com o qual o professor Ermanno, segurando-me pelo braço, me propôs que eu passasse de agora em diante a desfrutar livremente, como e quando quisesse, dos quase vinte mil livros da casa, um número considerável dos quais — ele me disse — eram de literatura italiana do apogeu e do final do século XIX.

Porém o que mais me impressionou desde aquela primeira noite foi sem dúvida a sala de jantar em si, com seus móveis de madeira avermelhada no estilo floreal, com sua ampla lareira com a boca arqueada e sinuosa, quase humana, as paredes forradas de couro, com exceção de uma delas, inteiramente de vidro, que emoldurava a tempestade escura e silenciosa do parque como uma janela do *Nautilus* — tão íntima, tão abrigada, poderia até dizer tão sepultada, e acima de tudo tão adequada ao meu "eu" de então (eu agora compreendo!) — a proteger aquela espécie de brasa indolente que é muitas vezes o coração dos jovens.

Assim que passamos pela soleira da porta, tanto eu como Malnate fomos recebidos com grande amabilidade, e não apenas pelo professor Ermanno, gentil, jovial e animado como sempre, mas até mesmo pela *signora* Olga. Foi ela que distribuiu os lugares à mesa. A Malnate coube aquele à sua direita; a mim, na outra extremidade da mesa, à direita do marido; ao irmão Giulio, o lugar à sua esquerda, entre ela e sua mãe idosa. Neste meio tempo, até mesmo esta última estava belíssima, com suas bochechas rosadas e seu cabelo alvo e sedoso, mais farto e lustroso do que nunca, e olhava ao redor de si com um ar benévolo e satisfeito.

O lugar em frente ao meu, arrumado com pratos, copos e talheres, parecia à espera de um sétimo convidado. Enquanto Perotti ainda estava rodando com a sopeira, perguntei à meia-voz ao professor Ermanno para quem estava reservado o lugar à esquerda dele. E ele, também em voz baixa, me respondeu que aquele assento "presumivelmente" não aguardava mais ninguém (verificou as horas no seu enorme Omega de pulso, balançou a cabeça e suspirou), sendo justamente a cadeira na qual em geral sentava-se Micòl, a "minha Micòl", como ele disse exatamente.

#  6

O professor Ermanno não havia falado à toa. Entre os quase vinte mil livros da casa, muitos dos quais sobre temas científicos ou históricos, ou sobre temas eruditos variados (a maioria destes em alemão), havia realmente centenas que pertenciam à Literatura da Nova Itália. Do que havia sido publicado no ambiente literário carducciano no final do século, durante as décadas em que Carducci lecionou em Bolonha, pode-se dizer que não faltava nada. Havia os volumes em verso e em prosa não apenas do Mestre, mas também de Panzacchi, de Severino Ferrari, de Lorenzo Stecchetti, de Ugo Brilli, de Guido Mazzoni, do jovem Pascoli, do jovem Panzini e do ainda mais jovem Valgimigli: em geral, primeiras edições, e quase todos com dedicatória autografada à Baronesa Josette Artom di Susegana. Agrupados em três estantes envidraçadas e isoladas que ocupavam uma parede inteira de um vasto salão do primeiro andar, ao lado do escritório particular do professor Ermanno, e cuidadosamente catalogados, não há dúvida de que estes livros representavam em seu conjunto uma coleção que qualquer biblioteca pública, inclusive a do *Archiginnasio* de Bolonha, ambicionaria poder ostentar. Na coleção não faltavam nem mesmo os pequenos volumes de prosa lírica de Francesco Acri, praticamente impossíveis de serem encontrados, o famoso tradutor de Platão, que eu conhecia até então somente como tradutor: não tão "santo" assim, portanto, como nos assegurava o professor Meldolesi na quinta série (na escola, ele tinha sido aluno também do Acri), já que as suas dedicatórias à avó de Alberto e Micòl eram no conjunto talvez as mais galantes, as mais masculinamente conscientes da altiva beleza às quais se referiam.

Podendo dispor de toda uma biblioteca especializada e, além disso, estranhamente ávido em poder voltar lá todos os dias de manhã, na grande, bem aquecida e silenciosa sala que recebia luz de três grandes janelas decoradas com cortinas e sanefas de seda branca com listras verticais vermelhas e onde, no centro da qual, coberta por um forro cinza, estendia-se a mesa de bilhar, nos dois meses que se seguiram consegui concluir minha monografia sobre Panzacchi. Se eu realmente o tivesse desejado, quem sabe, talvez tivesse conseguido acabá-la até antes. Mas era realmente isso o que eu estava buscando? Ou será que eu tinha buscado acima de tudo manter, por mais tempo possível, o direito de freqüentar a casa dos Finzi-Contini *também* de manhã? É certo que em meados de março (nessa época, tínhamos recebido a notícia da formatura de Micòl com a nota máxima: 110), eu ainda permanecia como que afeiçoado entorpecidamente ao meu pobre privilégio de uso também matutino da casa da qual ela insistia em manter-se afastada. Naqueles dias, estávamos perto da Páscoa católica, naquele ano quase que coincidindo com o *Pessah*, a Páscoa judaica. Embora a primavera estivesse quase chegando, uma semana antes havia nevado com extraordinária abundância, o que fez o frio retornar com intensidade. Parecia quase que o inverno não queria ir embora. E eu também, com o coração invadido por um obscuro e misterioso lago de medo, agarrava-me à pequena escrivaninha que o professor Ermanno, desde o janeiro anterior, havia providenciado que fosse colocada para mim debaixo da janela central do salão de bilhar como se, assim procedendo, me fosse consentido sustar a irrefreável progressão do tempo. Eu me levantava, me aproximava da janela, olhava o parque lá embaixo. Sepultado debaixo de um manto de neve de meio metro de altura todo branco, o Barchetto del Duca parecia ter se transformado numa paisagem de uma saga nórdica. Às vezes eu me surpreendia desejando exatamente isso: que a neve e o gelo não derretessem, que durassem eternamente.

Durante dois meses e meio, meus dias haviam sido praticamente os mesmos. Pontual como um empregado, saía de casa no frio das oito e meia da manhã, quase sempre de bicicleta, porém às vezes também a pé. Depois de vinte minutos no máximo, eu já estava tocando a campainha do portão que ficava ao final do Corso Ercole I d'Este e, logo depois, atravessava o parque inundado no início de fevereiro pelo delicado perfume das flores amarelas do calicanto [*Chimonantus praecox*]. Às nove, eu já estava trabalhando no salão de bilhar, onde permanecia até uma da tarde e para onde voltava em torno das três. Mais tarde, por volta das seis, eu passava no estúdio de Alberto, certo de encontrar também Malnate. E por fim, como já disse, nós dois éramos freqüentemente convidados para o jantar. Aliás, quanto a isso, logo se tornou para mim muito normal jantar fora de casa, e eu já nem telefonava mais para avisar. Talvez eu dissesse à *mamma* quando estava saindo: "Acho que eu hoje vou jantar lá." Lá — e não era necessária outra informação mais precisa. Eu trabalhava por horas a fio sem que aparecesse ninguém, com exceção de Perotti, que, por volta das 11, trazia numa bandeja de prata uma xícara de café. Também isso, o café das onze horas, tinha se tornado quase que de imediato um rito cotidiano, um hábito adquirido, a propósito do qual não valia a pena que nem eu nem ele desperdiçássemos palavras. O assunto sobre o qual Perotti discorria enquanto aguardava que eu terminasse de tomar o café era, na verdade, sobre o "andamento" da casa, no seu modo de ver gravemente comprometido pela ausência demasiado prolongada da "*signorina*", que, está certo, é claro, tinha que se tornar professora apesar de... (e este "apesar de", acompanhado de uma expressão de dúvida, podia fazer alusão a muitas coisas: à nenhuma necessidade de que os patrões, por sorte deles, tinham de ganhar a vida para sobreviver, mas também às leis raciais que em todo caso teriam transformado os *nossos* diplomas de formatura em simples pedaços de papel, desprovidos de qualquer utilidade prática)... mas que, de qualquer modo, uma fugidinha, já que sem ela a casa estava ficando rapidamente "abandonada", uma fugidinha, quem sabe uma semana sim outra não, daria para resolver. Perotti sempre dava um jeito de se queixar dos patrões comigo. Como sinal de desconfiança e de desaprovação, ele apertava os lábios, dava uma piscadela e balançava a cabeça. Quando se referia à *signora* Olga, chegava até mesmo a tocar a própria testa com seu dedo indicador de homem rude. Eu não lhe dava corda, naturalmente, inflexível em não aceitar estes seus convites recorrentes a uma cumplicidade servil que, além de me repugnar, me magoava. E dali a pouco, diante dos meus silêncios, dos meus sorrisos frios, não restava outra coisa a Perotti a fazer senão ir embora e deixar-me novamente sozinho.

Um dia, no lugar dele, veio a filha mais moça, Dirce. Ela também aguardou, ao lado da escrivaninha, que eu acabasse de beber o café. Bebia e olhava de soslaio para ela.

— Como é que você se chama? — perguntei, entregando-lhe a xícara vazia, com o coração que nessa hora começou a bater afobadamente.

— Dirce — ela disse sorrindo, e seu rosto ficou todo corado.

Ela estava usando o uniforme habitual de tecido azul grosso que tinha curiosamente um cheiro de berçário. Saiu rapidamente, evitando corresponder ao meu olhar, que buscava o dela. E, no instante seguinte, eu já me envergonhava daquilo que havia acontecido (mas o que é que havia acontecido, afinal?), como sendo a mais desprezível e mais sórdida das traições.

O único membro da família que de vez em quando aparecia era o professor Ermanno. Ele abria lá no fundo a porta do escritório e depois aproximava-se na ponta dos pés, atravessando o salão com tal precaução, que na maioria das vezes eu só percebia a presença dele quando ele já estava ali, ao meu lado, inclinado respeitosamente sobre os papéis e os livros que eu tinha diante de mim.

— Como vai indo? — perguntava com satisfação. — Parece-me que estamos indo de vento em popa!

Fiz menção de me levantar.

— Não, não, continue o seu trabalho — ele exclamava.

— Eu já estou indo embora.

Em geral, ele não permanecia mais do que cinco minutos, durante os quais encontrava sempre uma maneira de expressar toda a simpatia e consideração que a minha tenacidade no estudo lhe inspirava. Olhava para mim com os olhos brilhantes e ardentes: como se esperasse sabe-se lá o quê de mim e do meu futuro de literato e de estudioso, como se contasse comigo para algum projeto secreto seu que transcendia não apenas a ele próprio, mas também a mim... E lembro-me que, a propósito disso, este seu comportamento com relação a mim, embora me lisonjeasse, me entristecia um pouco. Por que será que ele não tinha as mesmas pretensões com relação a Alberto — eu me perguntava —, que, além do mais, era filho dele? E por que motivo ele aceitava sem reclamar e nem ficar consternado que Alberto tivesse desistido de se formar. E Micòl? Em Veneza, Micòl estava fazendo a mesma coisa que eu: acabando de escrever a sua monografia. E no entanto ele nunca falava nela, o se fazia alguma menção a ela, dava um suspiro. Ele tinha o ar de quem dizia: "Ela é uma moça, e é melhor as mulheres pensarem em cuidar da casa, não em literatura!" Mas será que eu devia mesmo acreditar nele?

Um dia de manhã, ele ficou conversando mais demoradamente do que de costume. Conversa vai, conversa vem, ele acabou falando mais uma vez sobre as cartas de Carducci e dos seus "pequenos textos" com temas venezianos: tudo — ele disse, apontando para o seu escritório, que estava às minhas costas — guardado "lá" por ele. Enquanto isso, sorria misteriosamente, com uma expressão maliciosa e convidativa no rosto. Estava claro: ele queria me levar "lá" e queria, ao mesmo tempo, que fosse eu a propor tal coisa.

Apressei-me em satisfazê-lo.

Passamos assim ao escritório, que era um cômodo um pouco menos amplo do que o salão de bilhar, porém tornado menor e quase apertado, devido a um incrível acúmulo de objetos disparatados.

Para começar, também ali havia muitos livros, os de literatura misturados com os científicos (matemática, física, economia, agricultura, medicina, astronomia etc.); alguns de História da Itália, de Ferrara ou de Veneza e outros de "antiguidades judaicas": os volumes estavam enfileirados sem ordem e ao acaso nas tradicionais estantes envidraçadas que ocupavam boa parte da grande mesa de nogueira, atrás da qual, quando o professor Ermanno estava sentado, só dava para se ver o topo da boina, e que se amontoavam em perigosas pilhas sobre as cadeiras e se acumulavam até mesmo pelo chão, em pilhas espalhadas por toda parte. Um grande mapa-múndi, depois um leitoril, um microscópio, meia dúzia de barômetros, um cofre de aço pintado de vermelho escuro, um pequeno leito branco de ambulatório médico, vários relógios de água de tamanhos diferentes, um tímpano de latão, um pequeno piano vertical alemão sobre o qual estavam dois metrônomos fechados em seus estojos em forma de pirâmide, e muitos outros objetos além destes, de serventia duvidosa e dos quais não me recordo, conferiam ao ambiente um ar de gabinete faustiano e com relação ao qual o professor Ermanno apressou-se em sorrir e se desculpar como se fosse uma fraqueza pessoal e íntima sua: quase como um resquício de manias juvenis. Esqueci-me, entretanto, de dizer que aqui, diferentemente de todos os demais cômodos da casa, geralmente abarrotados de pinturas e quadros, havia apenas um: um enorme retrato em tamanho natural de Lenbach, dominando a parede atrás da mesa como um retábulo de altar de igreja. A bela mulher loura nele retratada estava de pé, com os ombros nus, com um leque na mão enluvada e com a cauda do vestido branco de seda trazida para a frente, ressaltando o comprimento das pernas e a plenitude das formas, e não era outra, obviamente, senão a Baronesa Josette Artom di Susegana. Que rosto de mármore, que olhos, que boca com um ar de desdém e que seios! Parecia verdadeiramente uma rainha. O retrato de sua mãe foi o único dentre os inúmeros objetos que estavam em seu escritório, com relação ao qual o professor Ermanno não sorriu nem naquela manhã nem em mais nenhuma outra ocasião.

De todo modo, naquela mesma manhã, fui finalmente brindado com os dois opúsculos venezianos. Num deles — explicou-me o professor — haviam sido reunidas e traduzidas todas as inscrições do cemitério israelita do Lido. Já o segundo tratava de uma poetisa judia que tinha vivido em Veneza na primeira metade do século XVII e que foi muito conhecida na sua época mas que agora, "infelizmente", estava sendo ignorada. Ela se chamava Sara Enriquez (ou Enriques) Avigdòr. Na sua casa, localizada no Ghetto Vecchio, ela havia mantido por algum tempo um salão literário, assiduamente freqüentado por muitos literatos de primeira grandeza daquela época, não apenas italianos, além do douto rabino de Ferrara e Veneza, Leone da Modena. Ela tinha composto uma quantidade considerável de "ótimos" sonetos que ainda hoje aguardavam alguém capaz de lhes avaliar a beleza deles. Por mais de quatro anos, ela havia se correspondido brilhantemente através de cartas com o famoso Ansaldo Cebà, um cavalheiro genovês autor de um poema épico sobre a rainha Ester, que pôs na cabeça a idéia de convertê-la ao catolicismo, mas que depois, percebendo que era inútil a sua insistência, teve que renunciar à mesma. Uma grande mulher, em resumo: honra e orgulho do hebraísmo italiano em plena Contra-Reforma e, de uma certa maneira, também da "família" — acrescentou o professor Ermanno enquanto se sentava para escrever duas linhas de dedicatória para mim — já que parecia fundamentado o fato de que sua esposa, por parte de mãe, descendia dela.

Levantou-se, deu a volta ao redor da mesa, pegou-me por debaixo do braço e me conduziu até o vão da janela.

Havia no entanto uma coisa — continuou, abaixando a voz como se receasse que alguém pudesse ouvir — sobre a qual ele se sentia na obrigação de me avisar. Se, no futuro, acontecesse de eu também me dedicar a estudar esta Sara Enriquez, ou Enriques, Avigdòr (e o assunto era um tema que merecia um estudo bem mais cuidadoso e aprofundado do que ele, na juventude, tinha podido fazer), a uma certa altura eu fatalmente me depararia com algumas vozes contrárias... discordantes... Em suma, com certas críticas literárias de quinta categoria, na maioria contemporâneas à poetisa (libelos transbordantes de inveja e anti-semitismo), que tendiam a insinuar que nem todos os sonetos que circulavam assinados por ela, assim como nem todas as cartas que ela escreveu a Cebà, eram... bem... de sua lavra. Pois bem, ele, redigindo o seu breve ensaio, não tinha podido ignorar a existência de tais intrigas e, de fato, como eu comprovaria, ele as havia registrado detalhadamente. De todo modo...

Interrompeu para examinar o meu rosto, em dúvida sobre a minha reação.

De todo modo — ele retomou — mesmo se eu, "amanhã", cogitasse... quer dizer... me decidisse a tentar uma reavaliação... uma revisão... ele me aconselhava desde já a não dar demasiado crédito a maldades por vezes pitorescas, por vezes interessantes e saborosas, mas que no fim das contas causavam confusão. Na realidade, o que é que o bom historiador deve fazer? Propor-se, como ideal, a alcançar a verdade, sem nunca perder ao longo do caminho o sentido de oportunidade e de justiça. Eu não estava de acordo com isso? Inclinei a cabeça em sinal de aprovação e ele, aliviado, me deu um tapinha de leve nas costas com a palma da mão. Isto feito, afastou-se de mim, atravessou encurvado o escritório, inclinou-se para mexer no cofre, abriu-o e retirou de lá um estojo forrado de veludo azul.

Voltou-se e caminhou todo sorridente em direção à janela e, antes mesmo de abrir o estojo, disse que imaginava que eu já havia adivinhado: ali dentro estavam guardadas as famosas cartas carduccianas. Eram num total de 15, e nem todas — ele acrescentou — eu acharia de grande interesse, já que cinco das 15 tratavam de um certo tipo de salame "da nossa região" para se usar no molho da massa que o poeta, tendo-o recebido de presente, havia demonstrado ter apreciado "muitíssimo". Apesar disso, eu encontraria uma que certamente chamaria a minha atenção. Era uma carta do outono de 1875, isto é, escrita quando já começava a surgir no horizonte a crise da Direita Histórica. No outono daquele ano a posição política de Carducci era a seguinte: como democrata, como republicano e como revolucionário, ele afirmava que só podia se aliar com a Esquerda de Agostino Depretis. Por outro lado, "aquele rude negociante de vinhos do Stradella" e o seu grupo de amigos lhe pareciam uma gente vulgar, "homens mesquinhos". Eles jamais estariam à altura de restituir à Itália a missão que lhe é própria e fazer da Itália uma grande nação, digna dos antigos patriarcas...

Ficamos conversando até à hora do almoço. Com o seguinte resultado, somando-se tudo: que, a partir daquele dia, a porta de comunicação entre a sala de bilhar e o escritório contíguo, em vez de ficar sempre fechada, passou a ficar muitas vezes aberta. Cada um continuava a permanecer a maior parte do tempo na sua respectiva sala. Porém nós nos víamos bem mais freqüentemente do que antes. O professor Ermanno vinha me ver ou eu ia ao escritório dele. Pelo vão da porta, quando estava aberta, trocávamos até mesmo algumas frases: "Que horas são?", "Como vai indo o trabalho?", e outras deste tipo. Alguns anos mais tarde, durante a primavera de 1943, na prisão, as frases que eu trocaria com um desconhecido, vizinho de cela, gritando para o alto na direção do respiradouro, seriam deste tipo: ditas assim, principalmente pela necessidade de ouvirmos a nossa própria voz, de sentirmos que estávamos vivos.

# 7

Na nossa casa, naquele ano, a Páscoa foi celebrada apenas com uma ceia.

Meu pai quis assim. Devido também à ausência de Ernesto — ele disse —, uma Páscoa como a dos anos anteriores estava fora de cogitação. E além do mais, fora isso, como poderíamos? Eles, os *meus* Finzi-Contini, mais uma vez haviam demonstrado ser muito hábeis. Com o pretexto do jardim, tinham conseguido manter todas as empregadas, da primeira à última, fazendo-as passar por lavradoras empregadas no cultivo da horta. Mas e nós? Desde quando havíamos sido obrigados a despedir Elisa e Mariuccia, e a colocar no lugar delas aquela mosca morta que era a velha Cohèn, nós, na prática, não dispúnhamos de mais ninguém. Em tais condições, nem mesmo a nossa mão teria sido capaz de fazer milagre.

— Não é verdade, meu anjo?

O "meu anjo" não nutria pela *signorina* Ricca Cohèn, de sessenta anos, uma distinta aposentada da comunidade, sentimentos muito mais calorosos do que o meu pai. Além de alegrar-se, como sempre, quando ouvia um de nós falar mal da pobre coitada, a *mamma* aderira com sincera gratidão à idéia de uma Páscoa em tom menor. Muito bem — ela tinha aprovado —, basta uma ceia, e a da primeira noite não daria trabalho preparar. Ela e Fanny fariam tudo praticamente sozinhas, sem que "aquela pessoa" — e apontava com o queixo para a Cohèn, que estava enfiada na cozinha — tivesse que mostrar sua habitual cara fechada. Sim, era isso o que ela iria fazer. Só para que "aquela pessoa" não tivesse que ficar indo e vindo a toda hora carregando os pratos e as tigelas (inclusive com o risco, mal das pernas como ela era, de aprontar algum desastre), talvez seria o caso de fazer o seguinte: em vez de colocar a mesa no salão, que era longe da cozinha e que naquele ano, por causa da neve, estava mais frio do que a Sibéria, ela iria colocar a mesa aqui na copa, em vez de arrumar tudo no salão...

Não foi uma ceia alegre. No centro da mesa a cesta continha tanto as "iguarias" rituais como a terrina do *harósset*, os molhos de ervas amargas, o pão ázimo, o ovo cozido que cabia a mim, o primogênito, triunfava inutilmente debaixo do lenço azul e branco de seda que a *nonna* Ester havia bordado com as suas próprias mãos há quarenta anos. Apesar de todo o capricho, ou melhor, exatamente por isso, a mesa havia assumido um aspecto bem parecido ao que tinha nas noites do *Kipur*, quando era preparada somente para Eles, os mortos da família, cujos ossos jaziam no cemitério que ficava no final da Via Montebello e que, no entanto, estavam bem presentes ali, em espírito e nos retratos. Aqui, nesta noite, nós, os vivos, nos sentávamos no lugar deles. Porém, reduzidos em número com relação aos tempos passados, e não mais alegres, risonhos e falantes, mas tristes e pensativos, como os mortos. Eu olhava para meu pai e para minha mãe, que envelheceram muito no espaço de poucos meses. Olhava para Fanny, que já estava agora com 15 anos, mas, como se um medo oculto tivesse interrompido o seu crescimento, não demonstrava ter mais do que doze. Olhei em torno para todos os tios e primos, um por um, e a grande maioria deles seria engolida pelos fornos crematórios alemães dali a poucos anos, e eles por certo não imaginavam que iriam acabar daquele jeito, e nem eu mesmo podia imaginar isso mas, não obstante, já naquela noite, ainda que eu os visse tão insignificantes com seus pobres rostos debaixo dos chapéus burgueses ou emoldurados pelos penteados burgueses com permanentes, ainda que eu soubesse que eles eram tão obtusos mentalmente, tão incapazes de avaliar o real alcance do hoje e de ler o amanhã, eles já então pareciam envolvidos na mesma aura de misteriosa fatalidade estatuária que os envolve agora, na memória. Eu olhava para a velha Cohèn, nas raras vezes em que se aventurava a aparecer na porta da cozinha. Ricca Cohèn, a solteirona distinta e com mais de sessenta anos que deixou o asilo da Via Vittoria para ser empregada doméstica numa casa de correligionários abastados, mas sem outro desejo senão o de retornar ao asilo e, antes que os tempos piorassem mais ainda, lá morrer. Eu olhava enfim para mim mesmo, refletido no vidro opaco do espelho em frente, eu também já com alguns cabelos brancos e também envolvido pela mesma engrenagem, porém relutante e ainda não ainda resignado. Eu não tinha morrido — eu me dizia —, eu ainda estava bem vivo! Mas então, se eu estava vivo, por que diabos ainda estava ali junto com os outros, e com que finalidade? Por que é que eu não fugia logo daquela desesperada e grotesca reunião de fantasmas, ou pelo menos não tapava os ouvidos para não escutar falar de "discriminações", de "méritos patrióticos", de "certificados de ancianidade", de "laços de sangue", para não ouvir mais aquelas lamentações mesquinhas, aquela monótona, cinzenta e inútil ode fúnebre que meus pais e meus parentes entoavam conformados? A ceia teria se arrastado assim, entre assuntos já ruminados, sabe-se lá por quantas horas, com o meu pai a cada momento rememorando, entre amargurado e deliciado, as várias "afrontas" que teve que suportar ao longo do mês anterior que começaram na Federação, quando o Secretário Federal, o Cônsul Bolognesi, havia anunciado, com o olhar culpado e triste, que tinha sido obrigado a "retirá-lo" da lista dos membros do partido, e terminaram quando, com olhos não menos entristecidos, o Presidente da Associação dos Comerciantes o havia convocado para lhe comunicar que era obrigado a considerá-lo como "demissionário". Ele tinha tantas histórias para contar que não acabava mais! Até à meia-noite, até uma da manhã, até às duas! E depois? Depois seria a hora do último ato, a hora do adeus. Eu já estava vendo. Desceríamos todos em grupo pelas escadas escuras, como um rebanho oprimido. Chegando à portaria, alguém (talvez eu) iria na frente, para abrir o portão da rua, e agora então, pela última vez, antes de nos separarmos, renovavam-se por parte de todos, eu inclusive, os desejos de boa-noite, de boa sorte, os apertos de mão, os abraços e os beijos no rosto. Só que, repentinamente, do portão que havia permanecido entreaberto, vindo do negror da noite, irrompe para dentro da portaria uma rajada de vento. É um vento de tempestade que vem do fundo da noite. Precipita-se pela portaria, atravessando-a e ultrapassando-a assoviando pelos portões que separam a portaria do jardim e, com isso, dispersando à força quem ainda insistia em demorar-se, fazendo calar de supetão, com o seu grito selvagem, quem ainda permanecia a conversar. Vozes frágeis e gritos penetrantes subitamente suplantados. Varridos para fora, todos, como folhas leves, como pedaços de papel, como fios de cabelos embranquecidos pelos anos e pelo terror... No fim das contas, Ernesto teve a sorte de não poder fazer a faculdade na Itália. Escrevia de Grenoble dizendo que passava fome e que, com o pouco de francês que sabia, não entendia quase nada nas aulas do Politécnico. Porém ele tinha sorte em passar fome e ter medo de ser reprovado. Eu tinha ficado aqui, e para mim, que tinha permanecido, e que mais uma vez, devido ao orgulho e à aridez da minha vida, tinha optado por uma solidão alimentada por esperanças vagas, nebulosas e impotentes, na verdade não havia mais esperança, *nenhuma* esperança.

Mas quem é que poderia realmente prever?

Por volta das 11 horas, de fato, enquanto meu pai, com o objetivo evidente de dissipar o mau humor generalizado, mal tinha começado a cantar a alegre cantiga do *Caprét ch'avea comperà il signor Padre* [O cabrito que o "seu" Padre comprou] (era a sua preferida, o seu "cavalo de batalha", como ele dizia), ocorreu-me a uma certa altura, dirigindo por acaso o olhar para o espelho em frente, notar que a porta da saleta do telefone entreabriu-se devagarzinho às minhas costas. Através da abertura despontou, cheio de cautela, o rosto da velha Cohèn. Ela olhava para mim, exatamente para mim e parecia quase estar pedindo socorro.

Levantei-me, e me aproximei.

— O que foi?

Ela apontou para o fone pendurado pelo fio e desapareceu do outro lado, pela porta que levava ao *hall* de entrada.

Uma vez sozinho, na escuridão mais absoluta, ainda antes de encostar o fone no ouvido, reconheci a voz de Alberto.

— Estou ouvindo alguém cantar — ele falava alto, num tom estranhamente festivo. — Em que ponto da festa vocês estão?

— Estamos no *Caprét ch'avea comperà il signor Padre*.

— Ah, bom. A gente já acabou. Por que é que você não dá uma passada aqui?

— Agora?! — exclamei, surpreso.

— Por que não? Aqui a conversa está começando a se arrastar, e você, com todos os recursos que nós conhecemos muito bem, poderia sem dúvida reanimá-la.

Ele deu uma risadinha.

— Além disso... — ele acrescentou — preparamos uma surpresa para você.

— Uma surpresa? E do que se trata?

— Venha até aqui e você vai ver.

— Quanto mistério!

Meu coração batia alucinadamente.

— Anda, põe as cartas na mesa.

— Venha logo, não se faça de rogado. Eu repito: venha cá, que você vai ver.

Fui imediatamente para o *hall* de entrada, peguei o sobretudo, o cachecol e o chapéu, meti a cabeça na cozinha recomendando baixinho à Cohèn de dizer, caso me procurassem, que eu tive que sair por um momento e, dois minutos depois, eu já estava a caminho.

Era uma linda noite de lua, gelada e muito clara. Não passava ninguém ou quase ninguém pelas ruas, com o Corso Giovecca e o Corso Ercole I d'Este tranqüilos, desimpedidos e de uma brancura quase salina que se abriam diante de mim como duas grandes pistas. Pedalava pelo meio da rua, bem debaixo da luz, com as orelhas anestesiadas pelo gelo, porém eu tinha bebido vários copos de vinho durante o jantar e não sentia o frio, eu estava até suando. A borracha da roda dianteira roçava de leve na neve endurecida, e a nuvem seca de pó que se levantava me enchia de uma alegria destemida, como se eu estivesse esquiando. Eu ia às pressas, sem medo de derrapar. Nesse meio tempo, eu pensava na surpresa que, segundo as palavras de Alberto, estaria me aguardando na casa dos Finzi-Contini. Será que por acaso Micòl teria voltado? Porém era estranho. Por que motivo não tinha sido ela a me telefonar? E por que, antes da ceia, ninguém a havia visto no Templo? Se ela tivesse ido ao templo, eu já saberia. Meu pai, à mesa, ao fazer o relato habitual dos que estavam presentes à cerimônia (ele fazia isso também por minha causa, para me repreender indiretamente por não ter comparecido), certamente não se esqueceria de mencioná-la. Ele mencionou os Finzi-Contini e os Herrera um por um, menos ela. Seria possível que ela tivesse vindo sozinha na última hora, pegando o expresso das nove e quinze?

Numa claridade ainda mais intensa da neve e da lua, avancei por dentro do Barchetto del Duca. No meio do caminho, pouco antes de passar pela ponte sobre o canal Panfilio, parou diante de mim repentinamente uma sombra gigantesca. Era Jor. Reconheci-o com um segundo de atraso, quando já estava prestes a gritar. Mas, assim que o reconheci, o susto se transformou em mim numa sensação quase que igualmente paralisante de pressentimento. Então era verdade — eu me dizia: Micòl tinha voltado. Avisada pela campainha do portão, ela tinha se levantado da mesa, desceu, e agora, enviando Jor ao meu encontro, esperava-me na soleira do portão secundário que servia exclusivamente aos membros da família e aos amigos íntimos. Mais algumas poucas pedaladas e logo Micòl, ela mesma, aquela pequena figura escura delineada sobre um fundo de luz muito branca, como a de uma central elétrica, e tocada de leve às costas pelo hálito protetor do aquecimento. Ainda mais alguns segundos, e eu escutaria a voz dela, dizendo o seu "oi".

— Olá — disse Micòl, parada na soleira da porta. — Que bom que você veio!

Eu tinha previsto tudo com muita exatidão. Tudo, menos que eu a beijaria. Desci do selim e respondi:

— Olá, quando é que você chegou? Ela ainda tivera o tempo de dizer: "Cheguei hoje à tarde, vim junto com os meus tios" — e depois... depois eu a beijei na boca. Aconteceu de repente. Mas como? Eu estava ainda com o rosto encostado no seu pescoço quente e perfumado (um perfume estranho, um cheiro que era um misto de pele de criança e de talco), e eu já estava me perguntando: como é que isso pôde acontecer? Eu a abracei, ela esboçou uma leve tentativa de resistência e por fim cedeu. Foi assim? Talvez tenha sido assim. Mas e depois?

Afastei-me lentamente. Agora ela estava bem ali, com o rosto a vinte centímetros do meu. Eu olhava fixo para ela, incrédulo, sem falar e nem me mexer. Encostada no umbral da porta, as costas cobertas com um xale preto de lã, ela também me fitava em silêncio. Olhava-me nos olhos e o seu olhar entrava direto dentro de mim, firme e seguro com a límpida inexorabilidade de uma espada.

Fui o primeiro a desviar o olhar.

— Desculpe — murmurei.

— Por que pedir desculpas? Talvez tenha sido eu que tenha agido mal em vir te receber. A culpa é minha.

Balançou a cabeça. Depois esboçou um sorriso afetuoso e bom.

— Que neve bonita! — ela disse, apontando para o jardim com a cabeça. — Imagina que em Veneza, nada! Nem mesmo um centímetro. Se eu soubesse que aqui havia caído tanta... Terminou fazendo um gesto com a mão direita. Ela a tinha retirado de debaixo do xale, e eu logo notei um anel. Peguei no seu pulso.

— O que é isso? — perguntei, tocando o anel com a ponta do indicador.

Fez um muxoxo, como de desprezo.

— Eu fiquei *noiva*, você não sabia?

Imediatamente depois desatou numa grande gargalhada.

— Mas que nada, não é nada disso... — disse ela. — Você não está vendo que eu estou brincando? É um anelzinho de nada. Olha só.

Tirou-o com um movimento amplo dos cotovelos, entregou-me e era realmente um anelzinho simples: um aro de ouro com uma pequena turquesa. Tinha sido um presente da *nonna* Regina há muitos anos — explicou —, ela o tinha escondido dentro de um "ovinho" de Páscoa.

Tendo recebido de volta o anel, tornou a colocá-lo, e depois me pegou pela mão.

— Agora venha — sussurrou — porque senão o pessoal lá em cima é capaz — e riu — de começar a se preocupar.

Durante o trajeto, sempre segurando minha mão (parou no meio da escada, examinou minha boca na luz e concluiu o exame com um desenvolto "Ótimo!"), sem parar de falar nem por um momento sequer.

Sim — ela dizia: a apresentação da monografia havia saído melhor do que ela jamais ousaria ter esperado. Na sala de discussão das teses de formatura, ela tinha "mantido a atenção da banca" ao longo de uma boa hora, "discursando a torto e a direito". Ao final, eles haviam pedido que ela aguardasse do lado de fora, e ela, por trás da porta de vidro esmerilhado do Salão Nobre, tinha podido ouvir perfeitamente tudo aquilo que a banca de professores tinha dito a seu respeito. A maioria estava inclinada a dar-lhe a nota máxima com louvor, mas havia um, o professor de Alemão (um nazista de mão cheia!), que não queria saber de nada disso. Ele tinha sido bastante explícito, o "ilustre senhor". Na opinião dele, o louvor não poderia ser conferido sem provocar um escândalo gravíssimo. Mas como! — ele falava alto. A senhorita era judia e ainda por cima não era nem mesmo discriminada, e falava-se até em conceder-lhe o louvor! Ora, vejam só! Ela deveria agradecer que lhe tivesse sido concedida a oportunidade de se formar... O orientador, o professor de Inglês, apoiado também pelos outros, rebateu com bastante energia que a escola era a escola, e que inteligência e preparo (bondade dele!) não tinham nenhuma relação com os grupos sangüíneos etc. etc. Quando, porém, chegou a hora de tirar a média, ficou óbvio o triunfo previsível do nazista. E ela não recebeu nenhuma outra satisfação, fora as desculpas que, mais tarde, correndo atrás dela pelas escadarias de Ca' Foscari, o professor de Inglês lhe pedira (coitadinho: seu queixo tremia, e os olhos estavam cheios de lágrimas...) que aceitasse o resultado com a mais impecável saudação romana. No ato de conferir a ela o grau de bacharel, o presidente da Faculdade havia levantado o braço. Como é que ela deveria ter se comportado? Limitar-se a um gracioso aceno com a cabeça? Ah, claro que não!

Ela ria, muito alegre, e eu também ria, eletrizado, contando-lhe, quando foi a minha vez, e com o luxo dos detalhes cômicos, a minha expulsão da Biblioteca Municipal. Mas, quando lhe perguntei por que motivo ela tinha permanecido em Veneza ainda mais um mês depois de formada (em Veneza — eu acrescentei —, uma cidade onde, nas suas próprias palavras, ela nunca se adaptou muito bem, e onde não podia contar com nenhum amigo, nem do sexo feminino e nem masculino), neste momento ela ficou séria e retirou a mão da minha, dando-me como única resposta um rápido olhar de soslaio.

Uma antecipação da alegre acolhida que receberíamos na sala de jantar nos foi oferecida por Perotti, que aguardava no vestíbulo. Assim que nos viu subindo pelas escadas seguidos por Jor, abriu-nos um sorriso quase cúmplice e de extraordinária satisfação. Em outras circunstâncias, seu comportamento teria me incomodado, eu ficaria ofendido. Mas, desde há poucos minutos eu me encontrava com uma disposição de espírito toda especial. Reprimindo dentro de mim qualquer motivo de inquietação, eu caminhava cheio de estranha leveza, como que transportado por asas invisíveis. No fundo, Perotti era uma boa pessoa, pensei. Ele também estava contente por ter a "*signorina*" voltado para casa. Será que alguém poderia não dar razão ao pobre velho? De agora em diante, ele certamente iria parar de resmungar.

Surgimos um ao lado do outro na entrada da sala de jantar e a nossa aparição mereceu, como eu dizia, a mais sincera e espontânea das acolhidas. Os rostos de todos os convidados estavam rosados, acesos, e todos os olhares dirigidos a nós exprimiam simpatia e benevolência. E até mesmo a sala, assim como eu a vi naquele momento, naquela noite, pareceu-me muito mais acolhedora do que de costume, ela também envolta, num certo sentido, numa luz rosada refletida na madeira clara e lustrosa dos móveis, nos quais a chama alta e as línguas de fogo da lareira espargiam suaves reflexos cor de carne. Eu nunca a havia visto assim tão iluminada. Além do fulgor que se desprendia dos tocos ardentes, a grande corola emborcada do lustre central derramava uma verdadeira catarata de luz na mesa que estava coberta por uma toalha muito branca (os pratos e os talheres já tinham sido retirados, evidentemente).

— Entre, entre!
— Bem-vindo!
— Estávamos começando a pensar que você não tivesse se deixado convencer!

Foi Alberto quem pronunciou esta última frase e eu percebia que a minha chegada o enchia de uma autêntica alegria. Todos olhavam para mim: o professor Ermanno virou-se completamente para trás; alguns se aproximaram com o peito da beira da mesa ou então afastaram-se dela com os braços estendidos; e por fim, a *signora* Olga, a única sentada de frente para mim, com o fogo da lareira às suas costas, inclinou o rosto para a frente, semicerrando as pálpebras. Eles me observavam, me examinavam e me avaliavam da cabeça aos pés, e pareciam todos bastante satisfeitos comigo e com a figura que eu compunha ao lado de Micòl. Apenas Federico Herrera, o engenheiro ferroviário, ficou surpreso e como que perplexo, demorando a se unir ao contentamento geral. Mas foi só durante um instante. Depois de tomar informações com o irmão Guido (eu os vi confabulando rapidamente por trás das costas da mãe idosa, aproximando as cabeças calvas uma da outra), passou logo a demonstrar simpatia pela minha pessoa. Além de fazer um trejeito com a boca que mostrou os grandes incisivos superiores, ele até mesmo levantou o braço num gesto que era mais do que um cumprimento, era um gesto de solidariedade, de um estímulo quase esportivo.

O professor Ermanno insistiu para que eu me sentasse à sua direita. Era o meu lugar de sempre, ele explicou a Micòl, que se sentara à esquerda dele, em frente a mim: aquele que eu ocupava "habitualmente" quando ficava para jantar. Giampiero Malnate — ele acrescentou em seguida —, o amigo de Alberto, sentava-se, por sua vez, "lá do outro lado", à direita da *mamma*. E Micòl ouvia tudo com um ar curioso, entre melindrada e sarcástica: como se ela não gostasse de ter que tomar consciência de que, na sua ausência, a vida da família tivesse andado por caminhos que ela não havia exatamente previsto, mas ao mesmo tempo se sentindo feliz porque as coisas tinham tomado exatamente aquele rumo.

Sentei-me, e só então, surpreso por não ter visto direito, percebi que a mesa não estava totalmente vazia. No centro, havia uma bandeja de prata rasa, redonda e bastante grande, em cujo centro despontava solitária uma taça de champanhe contornada, a uma distância de dois palmos, por um círculo de pedacinhos de papelão branco, e em cada um deles havia uma letra do alfabeto escrita com lápis vermelho.

— E aquilo, o que é? — perguntei a Alberto.

— Ora, é a *grande* surpresa da qual eu te falei! — Alberto exclamou. — É simplesmente incrível, basta que três ou quatro pessoas posicionadas em círculo coloquem o dedo na sua borda, e a taça, movendo-se para a frente e para trás, responde com uma letra após a outra

— Responde?!

— Claro! Ela escreve devagarinho todas as respostas. E faz sentido, sabe? Você nem pode imaginar como faz sentido!

Há tempos que eu não via Alberto assim tão eufórico, tão excitado.

— E de onde vem — eu perguntei — a grande novidade?

— É só uma brincadeira — interveio o professor Ermanno, pousando uma mão no meu braço e balançando a cabeça. — Um objeto que Micòl trouxe lá de Veneza.
— Ah, então é você a responsável! — eu disse, dirigindo-me a Micòl. — E ela lê também o futuro, a tua taça?
— É claro! — ela exclamou, rindo. — Eu diria até que essa seja justamente a *sua* especialidade.

Naquele momento, entrou Dirce, que vinha trazendo levantado no alto, equilibrando numa só mão, um prato redondo de madeira escura, transbordando com docinhos de Páscoa (o rosto de Dirce também estava corado, reluzindo de saúde e bom humor).

Sendo convidado e recém-chegado, fui o primeiro a ser servido. Os docinhos, os chamados *zucarìn*, feitos com massa de torta misturada com bagos de uva passa, pareciam ser mais ou menos iguais aos que eu tinha provado de má vontade meia hora antes, em casa. No entanto os *zucarìn* da casa dos Finzi-Contini me pareceram de imediato muito melhores, muito mais gostosos, e eu até me manifestei sobre isso, dirigindo-me à *signora* Olga, que, ocupada em escolhê-los do prato que Dirce lhe oferecia, pareceu não ter escutado o meu elogio.

Nesta altura, interveio Perotti com as suas enormes mãos de camponês, trazendo uma segunda bandeja (esta, de estanho) com uma garrafa de vinho branco e vários copos. E depois, enquanto permanecíamos sentados nos respectivos lugares em torno da mesa, cada um bebendo o seu Albana em pequenos goles e petiscando os *zucarìn*, Alberto exaltava particularmente as "virtudes divinatórias da taça", que agora estava em silêncio, é verdade, mas que até ainda há pouco, para os que a haviam interrogado, havia respondido com uma "verve" excepcional e admirável.

Quis saber o que lhe haviam perguntado.
— Ah, de tudo um pouco.
Tinham perguntado, por exemplo — continuou —, se ele algum dia conseguiria se formar em Engenharia, e a taça, prontamente, tinha rebatido com um seco "não". Depois, Micòl quis saber se ela iria se casar e quando seria. Desta vez a taça foi muito menos categórica, aliás até confusa, dando uma resposta típica de um verdadeiro oráculo clássico, passível, isto é, das interpretações mais contraditórias. Até mesmo sobre a quadra de tênis a taça havia sido interrogada, "à pobre taça de santa paciência!", tentando apurar se o *papà* pararia de adiar eternamente, ano após ano, o início das obras da reforma. E a este propósito, dando prova de uma boa dose de paciência, "a Pitonisa" voltou a ser novamente explícita, assegurando que as desejadas melhorias seriam efetuadas "logo", isto é, ainda no corrente ano.

Mas foi principalmente em termos de política que a taça havia feito maravilhas. Em breve, dentro de poucos meses, ela tinha sentenciado, explodiria a guerra. Uma guerra longa, sangrenta e dolorosa para *todos*, de tal dimensão que transtornaria o mundo inteiro, mas que no final acabaria, após muitos anos de batalhas incertas, com a vitória total das forças do bem.

— Do bem? — perguntara Micòl a esta altura, sempre bem dotada, como era, para as gafes. — E quais seriam, por favor, as forças do bem? Ao que a taça, deixando boquiabertos todos os presentes, respondeu com uma única palavra: "Stalin."

— Imagine só — exclamou Alberto, em meio à gargalhada geral —, imagine só como Giampi teria ficado, se ele estivesse no jogo? Vou escrever para ele.

— Ele não está em Ferrara?

— Não. Viajou anteontem. Foi passar a Páscoa com a família.

Alberto prosseguiu ainda a relatar demoradamente o que havia dito a taça, e logo depois o jogo foi retomado. Eu também apoiei o indicador na borda da "taça", e também fiz perguntas e esperei pelas respostas. Mas agora, sabe-se lá por quê, não vinha mais nada de compreensível do oráculo. Alberto insistia bastante, persistente e obstinado como nunca. E nada.

Eu, em todo caso, não liguei muito para o fato. Mais do que interessado no jogo da taça, eu olhava principalmente para Micòl, que, de tanto em tanto, percebendo que eu não tirava os olhos dela, relaxava a testa franzida, a mesma de quando jogava tênis, para me dedicar um breve sorriso atencioso e reconfortante.

Eu fitava a sua boca, pintada com um leve batom clarinho. Eu a havia beijado, eu mesmo, sim, ainda há pouco. Mas isso não havia acontecido tarde demais? Por que é que eu não fiz isso seis meses antes, quando tudo ainda teria sido possível, ou pelo menos durante o inverno? Quanto tempo havíamos perdido, eu aqui em Ferrara, e ela lá em Veneza! Eu poderia muito bem ter pegado um trem e ter ido encontrá-la num domingo. Havia um expresso que partia de Ferrara às oito da manhã e chegava em Veneza às dez e meia. Assim que descesse do trem eu telefonaria para ela, propondo-lhe que me levasse ao Lido (e assim, dentre outras coisas — eu lhe diria —, eu visitaria finalmente o cemitério israelita de San Niccolò). Por volta de uma hora comeríamos algo juntos, sempre por aquelas bandas e, após um telefonema de aviso para a casa dos tios para tranqüilizar a *Fräulein* (ah, o rosto de Micòl enquanto ligava para ela, as suas caretas, os seus trejeitos cômicos!), iríamos passear pela praia deserta. Até mesmo para isso teríamos tido todo o tempo necessário. Para voltar, eu teria então duas opções: um trem que partia às cinco e outro às sete, e tanto um como o outro cairiam muito bem, pois nem mesmo os meus pais desconfiariam de nada. Ah, sim, se eu tivesse feito isso naquela época, quando *eu devia* fazê-lo, tudo teria sido bem fácil. Uma tranqüilidade!

Que horas seriam? Uma e meia, talvez duas da madrugada. Daqui a pouco eu teria que ir embora e provavelmente Micòl me acompanharia até lá embaixo, até à porta do jardim. Talvez fosse nisso que ela também estivesse pensando, era isso o que a inquietava. Percorrendo cômodo após cômodo, corredor após corredor, caminharíamos um ao lado do outro sem ter mais a coragem de nos olharmos, nem de trocar uma só palavra. Ambos temíamos a mesma coisa, eu pressentia: a despedida, o ponto cada vez mais próximo e cada vez mais inimaginável da despedida, o beijo do adeus. E, no entanto, se Micòl não viesse me acompanhar, deixando que Alberto ou até mesmo Perotti o fizesse, com que ânimo eu poderia enfrentar o resto da noite? E o dia de amanhã?

Mas talvez não. Eu já estava sonhando de novo, teimoso e desesperado. Levantar-me da mesa talvez fosse inútil e desnecessário. Aquela noite não terminaria nunca.

# PARTE IV

# 1

Logo no dia seguinte comecei a perceber que seria muito difícil restabelecer o antigo relacionamento com Micòl. Depois de hesitar muito, tentei telefonar por volta das dez horas. Fui informado (por Dirce) que os "senhorinhos" ainda estavam em seus quartos e que eu fizesse a gentileza de voltar a ligar "em torno do meio-dia". Para fazer o tempo passar, deitei-me na cama. Tinha pegado um livro ao acaso: *Le Rouge et le Noir* [O Vermelho e o Negro]. Porém, por mais que tentasse, não conseguia me concentrar. E se eu não telefonasse ao meio-dia? Entretanto logo mudei de idéia. De repente, pareceu-me desejar de Micòl uma única coisa: a sua amizade. Em vez de desaparecer — eu dizia a mim mesmo —, seria muito melhor se me comportasse como se não houvesse acontecido nada na noite anterior. Ela compreenderia. Impressionada pelo meu tato e totalmente tranqüilizada, muito cedo ela me restituiria a sua total confiança, a sua querida intimidade de tempos atrás.

Ao meio-dia em ponto, criei coragem e disquei pela segunda vez o número da casa dos Finzi-Contini.

Tive que aguardar por um bom tempo, mais do que o normal.

— Alô — eu disse por fim, com a voz embargada pela emoção.

— Ah, é você?

Era a voz de Micòl.

Ela bocejou.

— Alguma novidade?

Desconcertado e sem assunto, não encontrei nada melhor para dizer além de informar que eu já tinha telefonado uma vez, duas horas antes. Foi Dirce — acrescentei, gaguejando — que me sugeriu que eu voltasse a ligar ao meio-dia.

Micòl ficou me ouvindo. Depois, começou a reclamar do dia que tinha pela frente, com tantas coisas para arrumar depois de vários meses fora de casa, as malas por desfazer, os papéis de tudo que é tipo para pôr em ordem etc., e com a perspectiva final, para ela não exatamente agradável, de um segundo "banquete". Este é o problema dos afastamentos, ela resmungou. É que depois, para voltar à rotina, para retomar o dia-a-dia de sempre, era preciso um esforço ainda maior do que aquele, que já era grande, que ela havia feito para "cair fora".

Perguntei-lhe se ela iria mais tarde ao Templo.

Respondeu que não sabia. Podia ser que sim, mas também podia ser que não. Naquela hora, ela não podia me garantir nada.

Desligou, sem me convidar para voltar à casa deles naquela noite, e sem combinar quando e como voltaríamos a nos ver.

Naquele dia evitei telefonar novamente para ela e também ir ao Templo. Mas, por volta das sete horas, passando pela Via Mazzini e notando o Dilambda cinza dos Finzi-Contini parado na esquina com a Via Scienze no trecho dos paralelepípedos, vendo Perotti de boné e uniforme de motorista aguardando sentado ao volante, não resisti à tentação de esconder-me no início da Via Vittoria e esperar. Esperei muito tempo no frio cortante. Era a hora de maior movimento à noite, antes do jantar. Pelas duas calçadas da Via Mazzini, tomada pela neve suja e já meio derretida, a multidão caminhava apressada em ambas as direções. Por fim, fui recompensado. Por um momento, ainda que de longe, eu a vi subitamente despontar do portão do Templo e ficar ali parada. Vestia um casaco curto de pele de leopardo, apertado na cintura por um cinto de couro. O cabelo louro resplandecia nas luzes das vitrines, e ela olhava para ambos os lados como se procurasse alguém. Era a mim que ela estava procurando? Estava quase saindo do meu esconderijo e me mostrando, quando a família, que evidentemente a havia seguido a alguma distância descendo as escadas, surgiu em grupo atrás dela. Estavam todos lá, inclusive a *nonna* Regina. Dei meia-volta e me distanciei a passos rápidos, descendo a Via Vittoria.

No outro dia e nos que se seguiram, insisti em telefonar. No entanto, só raramente consegui falar com ela. Quase sempre alguma outra pessoa atendia ao telefone: Alberto, ou o professor Ermanno, ou Dirce ou até mesmo Perotti, e, com a única exceção de Dirce, rápida e impessoal como uma telefonista, e incômoda e desconcertante justamente por isso, todos me envolviam em conversas longas e inúteis. Chegava um momento em que eu interrompia a conversa com Perotti. Mas, com Alberto e com o professor, não era tão fácil. Eu deixava que falassem e ficava sempre esperando que alguma hora eles mencionassem Micòl; porém era em vão. Como se tivessem decidido evitar o assunto, e até como se tivessem combinado isso, o pai e o irmão deixavam a meu encargo qualquer tipo de iniciativa a esse respeito. O resultado era que muitas vezes eu desligava, sem ter tido a coragem de pedir que passassem o telefone para ela.

Retomei então as visitas. Pela manhã, com a desculpa da monografia, e à tarde, para visitar Alberto. Eu nunca fazia nada que pudesse indicar a Micòl minha presença na casa. Eu tinha certeza de que ela sabia, e que um dia ou outro apareceria.

Na realidade, embora eu tivesse concluído a monografia, ainda tinha que passá-la a limpo. Para tanto, eu levava comigo a máquina de escrever, cujo tique-taque, ao romper pela primeira vez o silêncio da sala de bilhar, voltou a atrair imediatamente o professor Ermanno à porta do seu escritório.

— O que você está fazendo? Já está passando a limpo? — exclamou, com alegria.

Aproximou-se e quis ver a máquina. Era uma portátil italiana, uma Littoria, que meu pai tinha me dado de presente há alguns anos, quando eu passei no exame de conclusão do ginásio. A marca não o fez sorrir, como eu temia, pelo contrário. Porém constatar que "até" na Itália já se produzissem máquinas de escrever que, como a minha, pareciam funcionar perfeitamente, pareceu agradá-lo. Na casa havia três, ele disse: uma que era usada por Alberto, outra por Micòl e outra por ele: todas as três americanas, da marca Underwood. As máquinas dos dois filhos eram portáteis e sem dúvida bastante robustas, mas claro que não eram tão leves como esta (enquanto falava, ficava sentindo o seu peso, segurando-a pela alça). Já a dele, era um modelo normal, de escritório, por assim dizer. Porém...

Teve uma espécie de pequeno sobressalto.

— Sabe quantas cópias dava para fazer, se eu quisesse? — ele acrescentou e piscou o olho. — Até sete cópias.

Conduziu-me até o seu escritório e mostrou-me a máquina, levantando com esforço um estojo preto e lúgubre, talvez de metal e que até aquele momento eu nunca havia notado. Diante de uma peça de museu como aquela, evidentemente pouco usada mesmo quando nova, balancei a cabeça. Não, obrigado, eu disse. Com a minha Littoria não consigo fazer mais do que três cópias, e duas delas em papel fino. No entanto, eu preferia continuar daquele jeito.

Eu batia nas teclas, copiando capítulo após capítulo, mas o meu pensamento estava em outro lugar. E também vagava para longe quando, de tarde, eu me encontrava lá embaixo no escritório de Alberto. Malnate tinha voltado de Milão, mais de uma semana após a Páscoa, repleto de indignação pelo que estava acontecendo naqueles dias (a queda de Madri: ah, mas isso não ia ficar assim!; a conquista da Albânia: que vergonha, que palhaçada!). Em relação a este último acontecimento, ele narrava o que haviam lhe dito certos amigos milaneses, dele e de Alberto. Mais do que pelo "Duce" — ele contava —, a empreitada albanesa tinha sido desejada por "Ciano Galeazzo", que, invejoso de von Ribbentrop, pretendia mostrar ao mundo com aquela patifaria nojenta que não deixava nada a desejar em relação ao alemão em matéria de diplomacia-relâmpago. Será que nós acreditávamos nisso? Parecia que até mesmo o Cardeal Schuster havia se manifestado com relação a isso, deplorando o fato e fazendo advertências e, embora tivesse dito isso num círculo muito íntimo, a cidade inteira ficou sabendo. Giampi falou também sobre outras coisas de Milão: de uma encenação do *Don Giovanni* de Mozart no Scala que, por sorte, ele não tinha perdido; de uma exposição de quadros de um "grupo novo", na Via Bagutta; e de Gladys, ela mesma, que ele encontrou por acaso na *Galleria*, toda coberta de *vison* e de braços dados com um conhecido industrial do aço. Ela, como sempre, simpaticíssima, acenou para ele quando se cruzaram com um pequeno gesto do dedo, que queria dizer, sem dúvida, "Me telefona" ou "Vou te telefonar". Uma pena, pois ele teve logo que voltar "para o batente"! Ele teria colocado com muito prazer um par de chifres no famoso industrial do aço que ia se aproveitar da guerra "que estava por vir"... Ele falava e falava, dirigindo-se principalmente a mim, como de hábito, mas no fundo um pouco menos didático e peremptório do que nos meses anteriores, como se na ida a Milão para rever a família e os amigos, ele tivesse conseguido agora uma nova disposição em ser indulgente com relação aos outros e às suas opiniões.

Com Micòl — eu já havia mencionado — apenas tínhamos raras e breves conversas por telefone, nas quais evitávamos tocar em qualquer assunto mais íntimo. Mas, alguns dias depois de tê-la esperado por mais de uma hora diante do Templo, não consegui resistir à tentação de me queixar de sua frieza.

— Sabe — eu disse —, na segunda noite de Páscoa eu acabei vendo você.

— Ah, é? Você também foi ao Templo?

— Não. Eu estava passando pela Via Mazzini, vi o carro de vocês, mas preferi te esperar do lado de fora.

— Que idéia!

— Você estava muito elegante. Quer que eu te diga o que você estava vestindo?

— Eu acredito em você, acredito na tua palavra. Mas onde é que você estava *fazendo ponto*?

— Na calçada em frente, na esquina com a Via Vittoria. Num determinado momento, você começou a olhar na minha direção. Diz a verdade: você me viu?

— Anda, pára com isso! Por que é que eu deveria ficar inventando histórias? Agora, você, sim, é que eu não entendo por que motivo... Me desculpe, mas você não podia ter dado um passinho à frente?

— Eu estava quase fazendo isso. Mas aí, quando percebi que você não estava sozinha, eu deixei para lá.

— Grande descoberta essa, a de que eu não estava sozinha! Mas você é um sujeito bem estranho. Eu acho que você podia vir me cumprimentar, de qualquer maneira.

— É verdade, pensando bem, você tem razão. O problema é que nem sempre a gente consegue raciocinar direito. E você teria gostado disso?

— Ai, meu Deus, quanta história! — ela suspirou.

Na oportunidade seguinte em que consegui falar com ela, pelo menos uns doze dias depois disso, ela me disse que estava doente, que tinha contraído uma gripe muito forte e que estava meio febril. Muito chato! Por que é que eu nunca mais tinha ido visitá-la? Eu tinha me esquecido completamente dela.

— Você está... de cama? — balbuciei, desconcertado, sentindo-me vítima de uma enorme injustiça.

— Claro que sim, e ainda por cima estou debaixo das cobertas. Confessa! Você se recusa a vir aqui com medo de ficar gripado!

— Não, não, Micòl — respondi, com um pouco de amargura. — Não me transforme numa pessoa mais medrosa do que eu já sou. Só fico admirado de você me acusar de ter te esquecido, quando na verdade... Não sei se você se lembra — prossegui, com a voz quase falhando — mas, antes de você ir para Veneza era sempre muito fácil ligar para você, enquanto que agora, você vai ter que admitir, isso se tornou uma tarefa

difícil. Você sabe que eu estive várias vezes na sua casa nesses últimos dias? Eles te disseram?
— Sim — disseram.
— Pois então! Se você quisesse me ver, você sabia muito bem onde me encontrar. De manhã na sala de bilhar, e de tarde, lá embaixo, no quarto do teu irmão. A verdade é que você não sentiu a menor vontade de vir me ver.
— Que bobagem! Eu nunca gostei de ir ao quarto de Alberto, ainda por cima quando ele está com os amigos dele. E quanto a ir te ver na parte da manhã, você não estava trabalhando? Se existe uma coisa que eu *detesto* é justamente incomodar as pessoas quando elas estão trabalhando. De qualquer modo, se realmente você faz questão disso, amanhã ou depois de amanhã, eu vou dar uma passadinha para te ver.

Ela não veio no dia seguinte de manhã, mas, à tarde, quando eu estava com Alberto (devia ser por volta das sete horas, Malnate tinha se despedido bruscamente havia pouco minutos), entrou Perotti com um recado dela. A *"signorina"* ficaria contente se eu subisse ao quarto dela por um instante — ele anunciou num tom impassível, parecendo-me, porém, mal-humorado. Ela pedia desculpas, mas estava ainda acamada, senão ela mesma teria descido. Como eu preferiria fazer? Ir ao quarto dela agora mesmo, ou então ficar para jantar e ir depois? A *signorina* preferia que eu fosse logo, já que ela estava com um pouco de dor de cabeça e ela gostaria de apagar as luzes, para dormir mais cedo. Mas, se eu decidisse ficar..

— Não, por favor, de jeito nenhum — eu disse, olhando para Alberto. — Estou indo agora mesmo

Levantei-me, pronto para seguir Perotti.

— Não faça cerimônia, por favor — disse Alberto, acompanhando-me gentilmente até a porta. — Acho que, hoje à noite, apenas eu e papai estaremos à mesa. A *nonna* também está de cama, gripada, e a *mamma* não a deixa sozinha no quarto nem um minuto sequer. Portanto, se você quiser comer alguma coisa com a gente e ir visitar Micòl depois... o papai vai ficar contente.

Respondi que não podia, porque às nove tinha um encontro "na praça" com uma "pessoa", e saí correndo atrás de Perotti, que já estava no final do corredor.

Sem trocar uma única palavra, chegamos rapidamente ao pé da longa escada em caracol, que conduzia à clarabóia. Eu sabia que o quarto de Micòl estava no alto da casa, somente meio lance abaixo do último patamar.

Sem perceber que havia um elevador, comecei a subir a pé.

— Está certo que o senhor é jovem — comentou ironicamente Perotti —, mas 123 degraus é bastante coisa. O senhor não quer pegar o elevador? Ele está funcionando, sabe?

Ele abriu a grade preta externa, depois a porta pantográfica da cabine, e por fim afastou-se para que eu passasse.

Entrar na cabine — que era um caixotão antediluviano de madeira lustrosa cor de vinho com placas cintilantes de cristal ornamentadas com um 'M', um 'F' e um 'C' entrelaçados de forma elaborada —, ter a garganta invadida por um cheiro forte e meio sufocante, uma mistura de mofo e aguarrás que impregnava o ar fechado naquele espaço apertado e sentir repentinamente uma sensação de calma sem nenhum motivo aparente, uma tranqüilidade fatalista, um desprendimento até irônico, tudo aconteceu num único lance. Onde é que eu já havia sentido um cheiro igual a esse? — eu me perguntava. E quando tinha sido?

A cabine começou a subir vagarosamente pelo vão da escada. Eu sentia o cheiro do ar, e ao mesmo tempo olhava para Perotti à minha frente, de costas, vestido com a jaqueta listrada. O velho tinha deixado à minha disposição o assento forrado de veludo macio. Em pé, a dois palmos de distância, concentrado e todo retesado, uma das mãos segurava a maçaneta de latão da porta pantográfica, e a outra apoiava-se no painel dos botões de comando do elevador, também de latão bem polido e reluzente, Perotti tinha voltado a se fechar num silêncio prenhe de todos os significados possíveis. Foi então que me lembrei e entendi. Perotti permanecia calado, mas não era em sinal de desaprovação pelo fato de Micòl me receber no quarto dela, como havia me passado pela cabeça num certo momento, mas porque a oportunidade que lhe era oferecida de manobrar o elevador (talvez uma oportunidade rara), enchia-o de uma satisfação mais intensa, porque mais íntima e mais secreta. O elevador não lhe era menos querido do que o coche lá embaixo no depósito. Em cima destas coisas, estes veneráveis testemunhos de um passado que agora também era seu, ele desafogava o seu conflitante amor pela família a quem servia desde quando era um rapaz, com a fidelidade raivosa de um velho animal doméstico.

— Ele sobe muito bem — exclamei. — De que marca é?

— É americano — respondeu, virando apenas metade do rosto e torcendo a boca numa típica expressão de desprezo por trás da qual os camponeses mascaram muitas vezes a admiração. — Já tem mais de quarenta anos, mas ele ainda seria capaz de transportar um batalhão inteiro.

— Deve ser um Westinghouse — arrisquei, ao acaso.

— Hum, não sei direito não... — resmungou. — É um nome desses aí.

Começou, então, a me contar como e quando fora feita a instalação. Mas a cabine, parando de repente, obrigou-o com evidente contrariedade a interromper, quase que subitamente, o relato.

# 2

No estado de espírito em que eu me encontrava naquele momento, de uma serenidade provisória e sem ilusões, a acolhida de Micòl me surpreendeu como um presente imprevisto e imerecido. Temia que ela me tratasse mal, com a mesma indiferença cruel dos últimos tempos. Mas, mal eu entrei no quarto dela (depois de ter me feito entrar, Perotti fechou discretamente a porta atrás de mim), vi que ela me sorria com benevolência, gentileza e amizade. E foi aquele seu sorriso luminoso, cheio de ternura e de perdão, mais ainda do que o convite explícito para que eu me aproximasse, que me convenceu a me afastar do fundo escuro do quarto e me aproximar.

Debrucei-me então sobre a cama, apoiando ambas as mãos na balaustrada. Com dois travesseiros apoiando as costas, Micòl estava com todo o busto fora do cobertor. Vestia um suéter verde escuro e justo, de mangas compridas. Sobre o peito, em cima da lã do suéter, reluzia a medalhinha de ouro do *shadai*... Quando entrei, ela estava lendo um romance francês, como logo percebi, reconhecendo de longe a capa vermelha e branca. E, provavelmente, mais do que o resfriado, tinha sido a leitura que tinha feito com que seus olhos demonstrassem cansaço. Não, ela estava linda como sempre — eu dizia a mim mesmo agora, contemplando-a —, talvez ela nunca tenha estado assim tão bonita e atraente.

Ao lado da cama, na altura da cabeceira, havia um carrinho de nogueira com duas prateleiras. A de cima estava ocupada por um abajur articulável aceso, pelo telefone, por uma chaleira de cerâmica vermelha, duas xícaras de porcelana branca com bordas douradas, e por uma garrafa térmica de metal branco. Micòl esticou-se para colocar o livro na prateleira de baixo, e depois virou-se procurando o interruptor que pendia do lado oposto da cabeceira. Pobre criatura — ela dizia por entre os dentes —, não era preciso que eu ficasse naquele clima de velório! E assim que a luminosidade aumentou, ela saudou-a com um vigoroso "Ah!" de satisfação.

Continuou então falando desse "miserável" resfriado que a obrigava a ficar de repouso na cama há uns quatro dias, dos comprimidos de aspirina com que, escondido do pai, assim como do tio Giulio, ferrenhos inimigos dos sudoríferos (faziam mal para o coração, segundo eles, mas não era nem um pouco verdade!), tinha tentado em vão apressar a cura da doença, do tédio das intermináveis horas de cama sem ânimo nem mesmo para ler. Ah, ler! Antigamente, na época das famosas gripes com febres altíssimas quando tinha treze anos, ela em poucos dias devorava *Guerra e Paz* inteirinho, ou o ciclo completo dos *Mosqueteiros* de Dumas, enquanto agora, com um resfriadinho de nada que, embora lhe atacasse a cabeça, devia se contentar em conseguir ler um romancezinho francês desses com as letras bem grandes. Eu conhecia *Les Enfants Terribles* de Cocteau? — ela perguntou, tornando a pegar o livro no carrinho e estendendo-o para mim. Não era nada mal, era divertido e "chique". Mas dava para comparar com *Os Três Mosqueteiros*, *Vinte Anos Depois* e *O Visconde de Bragelonne*? Aqueles sim é que eram romances. E vamos falar claramente: mesmo olhando pelo lado do "chiquê", eles funcionavam "muitíssimo melhor".

De repente, ela se calou.

— Mas por que é que você ainda está aí parado? — ela exclamou. — Pelo amor de Deus, você é pior que um menino pequeno! Anda, pega aquela poltrona — apontando-a — e vem se sentar aqui mais perto.

Apressei-me em obedecer, mas aquilo não bastava. Eu agora *precisava* beber alguma coisa.

— O que é que eu posso te oferecer? — ela disse. — Quer tomar um chá?

— Não, obrigado — respondi —, antes do jantar não me cai bem. Fico com o estômago cheio de água e me tira o apetite.

— Talvez um pouco de *Skiwasser*?

— Não, obrigado, me causa o mesmo efeito.

— Está bem quentinho, sabe? Se não me engano, você só provou a *Himbeerwasser*, que é a versão gelada, de verão, e que na verdade é uma heresia.

— Não, não, obrigado.

— Ai, meu Deus — ela se lamentou. — Você quer que eu toque a campainha e peça para te trazer um aperitivo? Aqui em casa a gente nunca toma, mas acho que em algum lugar por aí deve ter uma garrafa de Bitter Campari. Perroti, *honni soit*, deve saber com certeza por onde ela anda...

Balancei a cabeça.

— Mas você não vai querer nada mesmo? — ela exclamou, desapontada. — Que tipo de visita você é?

— Prefiro não.
Eu disse "prefiro não" e ela desatou numa grande gargalhada.
— Por que é que você está rindo? — perguntei, meio ofendido.
Ela me observava como se estivesse vendo o meu rosto pela primeira vez.
— Você disse "prefiro não" que nem Bartleby. Com a mesma cara.
— Bartleby? E quem seria este senhor?
— Vê-se que você não leu os contos de Melville.
De Melville — eu disse — eu conhecia somente *Moby Dick*, traduzido por Cesare Pavese. Aí então ela quis que eu me levantasse e fosse pegar na estante em frente, aquela entre as duas janelas, o volume dos *Piazza Tales*, e o trouxesse para ela. Enquanto eu procurava entre os livros, ela ia me narrando o enredo do conto. Bartleby era um escriturário, empregado de um famoso advogado de Nova York (um ótimo profissional, este último: ativo, competente, "liberal", "um daqueles americanos do século XIX cujo papel seria perfeito para Spencer Tracy"), onde ele copiava processos, sentenças, documentos etc. Bartleby, quando o mandavam escrever, dava duro no trabalho de forma bastante conscienciosa. Mas se passasse pela cabeça de Spencer Tracy lhe dar a incumbência de alguma outra tarefa suplementar, como a de cotejar uma cópia com o texto original, ou de dar um pulo na tabacaria da esquina para comprar um selo, aquilo não era com ele. Limitava-se a sorrir, na evasiva, e a responder com educada frieza: "*I prefer not to*" [Prefiro não fazer].
— E por que motivo, afinal? — perguntei, voltando com o livro na mão.

— Porque ele não queria fazer mais nada que não fosse a tarefa de escriturário. Ele era somente escriturário.
— Porém, me desculpe — objetei. — Imagino que Spencer Tracy lhe pagasse regularmente um salário
— É claro! — respondeu Micòl. — Mas o que é que isso tem a ver? O salário paga o trabalho, e não a *pessoa* que o executa.
— Não entendi — insisti. — Spencer Tracy, em seu escritório, tinha contratado Bartleby como escriturário, sem dúvida, mas também, suponho, para que o ajudasse a tocar o barco para a frente, de um modo geral. O que é que ele lhe pedia, na realidade? Uma coisinha *a mais* que talvez fosse uma coisinha *a menos*. Para alguém que era obrigado a ficar sempre sentado, dar um pulinho na tabacaria da esquina poderia ser uma distração até útil, uma pausa necessária. Em todo caso, era uma ótima ocasião para esticar um pouco as pernas. Não, me desculpe, lamento muito. Na minha opinião, Spencer Tracy tinha toda a razão em pretender que o teu Bartleby não ficasse ali a bancar o chato, e fizesse de bom grado o que pediam a ele.

Discutimos bastante sobre o pobre Bartleby e sobre Spencer Tracy. Ela me acusava de não entender, de ser uma pessoa *banal*, o inveterado conformista de sempre. Conformista? Ela continuava brincando. Permanece o fato de que, antes, com ar de comiseração, ela havia me comparado a Bartleby. Agora, pelo contrário, vendo que eu estava do lado dos "ignóbeis patrões", ela havia começado a exaltar em Bartleby o "inalienável direito de todo ser humano à não-colaboração", isto é, à liberdade. Continuava a me criticar, enfim, mas por motivos totalmente opostos.

Num determinado momento, tocou o telefone. Ligavam da cozinha, para saber se e quando deveriam trazer a bandeja com o jantar. Micòl declarou que, por enquanto, estava sem fome, e que mais tarde ela ligaria. Se ela estava com vontade de tomar sopa? — ela replicou, com uma careta, a uma pergunta específica que lhe foi feita do outro lado do fio. Naturalmente. Mas que não começassem a preparar desde já, por favor. "Comida requentada" era uma coisa que ela nunca conseguira suportar.

Posto o telefone no gancho, virou-se para mim. Fitava-me com olhos ao mesmo tempo meigos e sérios e, durante alguns segundos, não disse nada.

— Como é que você está? — perguntou enfim, em voz baixa.

Engoli em seco.

— Mais ou menos.

Sorri e passeei com os olhos ao redor.

— É estranho — prossegui. — Cada detalhe deste quarto corresponde exatamente a como eu o havia imaginado. O recamier, por exemplo. É como se eu já o tivesse visto. Mas na verdade, eu já o tinha visto

Contei-lhe a respeito do sonho que tivera há seis meses, na noite anterior à sua viagem para Veneza. Apontei para a fileira dos *làttimi* que cintilavam na penumbra das estantes: os únicos objetos ali dentro — eu disse — que no sonho me apareceram diferentes do que eram na realidade. Expliquei de que forma eu os tinha visto, e ela ficou me ouvindo séria, atenta, sem me interromper.

Quando terminei, tocou na manga do meu paletó com uma leve carícia. Então, ajoelhei-me ao lado da cama e a abracei, beijando-a no pescoço, nos olhos, nos lábios. E ela permitia que eu o fizesse, porém sempre me fitando e, com pequenos

movimentos da cabeça, tentando sempre me impedir de beijá-la na boca.
— Não... não... — era só o que ela dizia. — Pára com isso... Por favor... Fica bonzinho... Não, não... Pode chegar alguém... Não...
Foi inútil. Aos poucos, primeiro com uma perna, depois com a outra, subi na cama. Agora, eu estava em cima dela com todo o meu peso. Continuava a beijá-la cegamente no rosto, conseguindo apenas raramente encontrar os seus lábios, sem fazer com que ela fechasse os olhos. Por fim, aconcheguei meu rosto no pescoço dela. E enquanto meu corpo se agitava convulsivamente quase que por conta própria por sobre o seu, imóvel como uma estátua debaixo do cobertor, de repente, num sofrimento súbito e terrível que me tomou por inteiro, tive a nítida sensação de que eu a estava perdendo, de que eu a havia perdido.
Foi ela que falou primeiro.
— Levanta, por favor — eu a ouvi dizer, muito próximo do meu ouvido. — Assim eu não consigo respirar.
Eu estava literalmente aniquilado. Sair daquela cama parecia um ato que estava acima das minhas forças. Mas, não havia outra escolha.
Fiquei de pé. Dei alguns passos pelo quarto, cambaleando. Por fim, me deixei cair novamente na pequena poltrona ao lado de sua cama e escondi o rosto entre as mãos. Meu rosto estava pegando fogo.
— Porque é que você fez isso? — disse Micòl. — É inútil.
— Inútil por quê? — perguntei, levantando o olhar com intensidade. — Pode-se saber por quê?
Ela olhava para mim, com a sombra de um brando sorriso de alívio em sua boca.

— Por que você não vai lá dentro um instante? — disse, indicando a porta do banheiro. — Você está todo vermelho, *impizà*.\* Vai lá lavar o rosto.

— É... obrigado, vou sim. Talvez seja melhor.

Levantei-me de um salto e dirigi-me ao banheiro. E exatamente naquele momento, a porta do quarto foi sacudida por uma batida vigorosa. Parecia que alguém estava tentando entrar, arrombando a porta.

— O que é isso? — cochichei.

— É Jor — Micòl respondeu com calma. — Abre a porta para ele.

---

\*Pegando fogo. (*N. do T.*)

# 3

Vi meu rosto refletido dentro do espelho oval pendurado em cima do lavatório. Examinei-o atentamente como se não fosse o meu rosto. Era como se pertencesse a uma outra pessoa. Apesar de tê-lo mergulhado diversas vezes na água fria, ele ainda estava todo vermelho, *impizà* — como havia dito Micòl — com placas mais escuras entre o nariz e o lábio superior e acima e ao redor das maçãs do rosto. Examinei com uma objetividade minuciosa aquele grande rosto iluminado que estava ali, diante de mim, sentindo-me cada vez mais atraído pelo pulsar das artérias que passavam por debaixo da pele da testa e das têmporas, pela densa rede de pequenas veias escarlates que, arregalando os olhos, pareciam comprimir numa espécie de assédio o disco azul da íris, pelos fios da barba que eram mais espessos no queixo e na linha do maxilar e por uma pequena espinha que quase não se via... Eu não pensava em nada. Através da fina parede divisória, eu ouvia Micòl falar ao telefone. Com quem? Com o pessoal da cozinha, eu supunha, para pedir que lhe trouxessem o jantar no quarto. Melhor. A despedida, que estava próxima, seria bem menos constrangedora. Para os dois.

Entrei no quarto no momento em que ela pousava o fone no gancho e, novamente, fiquei maravilhado ao compreender que ela não tinha nada contra mim.

Estendeu o corpo para encher uma xícara de chá.

— Agora sente-se, por favor, e beba alguma coisa — ela disse.

Obedeci em silêncio. Bebi devagar, em lentos goles, sem levantar o olhar. Deitado no assoalho, atrás de mim, Jor dormia. Seu ronco pesado de mendigo bêbado enchia o quarto inteiro.

Pousei a xícara.

E foi novamente Micòl quem retomou a conversa. Sem fazer nenhuma referência ao que havia acontecido pouco antes, iniciou dizendo como há muito tempo (talvez muito mais do que eu pudesse imaginar), ela já tinha tido a intenção de conversar francamente sobre a situação que pouco a pouco vinha se criando entre nós. Por acaso eu não me lembrava daquela vez — ela prosseguiu — em outubro do ano passado quando, para não ficarmos todos molhados, fomos lá para o depósito e depois nos sentamos dentro do coche? Pois bem, exatamente a partir daquela ocasião, ela começou a perceber o rumo difícil que o nosso relacionamento estava tomando. Ela logo compreendeu que entre nós havia surgido alguma coisa que não era verdadeira, que havia algo de errado e muito perigoso. E ela estava totalmente disposta a admitir que, se a coisa desandou ainda mais e foi por ladeira abaixo, em grande parte a culpa era dela. O que ela deveria ter feito? Era simples. Bastava ter uma conversa franca comigo naquela hora. Em vez disso, o que ela fez? Por covardia, ela tinha feito a pior escolha e tinha fugido. Pois é. Roer a corda é fácil. Porém, quase sempre, o que é que acontece, especialmente em se tratando de "situações delicadas"? Em 99% das vezes, a brasa continua a arder por debaixo das cinzas, e o resultado é que, mais tarde, quando os dois se reencontram, torna-se extremamente difícil e quase impossível conversar tranqüilamente como bons amigos.

Eu também via a coisa do mesmo modo — comentei — e, no fim das contas, eu me sentia muito agradecido pela sua sinceridade.

Havia, porém, uma coisa que eu gostaria que ela me explicasse. Ela sumiu de um dia para o outro sem nem ao menos se despedir de mim e, depois disso, já em Veneza, ela só tinha uma preocupação: a de garantir que eu não deixasse de manter contato com o seu irmão Alberto.

— E por quê? — perguntei. — Se, como você está dizendo, você realmente queria que eu te esquecesse (desculpe o palavreado e, por favor, não ria na minha cara!), você não devia apenas ter me deixado de lado, completamente? Sim, era difícil, tudo bem. Mas não seria impossível que, digamos, por falta de alimentação, a brasa acabasse aos poucos se apagando totalmente por si mesma.

Olhou-me sem dissimular um gesto de surpresa, talvez admirada por eu ter tido forças de partir para o contra-ataque, mesmo que, no fundo, sem grande convicção.

Eu tinha razão — ela concordou logo em seguida, pensativa, balançando a cabeça —, eu tinha toda razão. De qualquer modo, ela me pedia que eu acreditasse nela. Agindo daquele modo, ela não teve a menor intenção de botar lenha na fogueira.

Ela prezava minha amizade, era a pura verdade, de uma forma até um pouco possessiva demais. E, além disso, honestamente, muito mais do que em mim, ela tinha pensado no Alberto, que, se não fosse Giampiero Malnate, teria ficado aqui sem ninguém com quem bater um papo de vez em quando. Coitado do Alberto! — suspirou. Será que eu também não tinha percebido, estando com ele nos meses passados, quanta necessidade ele tinha de ter companhia? Para uma pessoa como ele, que já estava acostumado a passar o inverno em Milão, com os teatros, os cinemas e tudo o mais à disposição dele, a perspectiva de ficar isolado aqui em Ferrara, trancado dentro de casa por meses a fio, e ainda por cima não tendo quase nada para fazer, isso não era uma perspectiva muito alegre, eu tinha que admitir. Coitado do Alberto! — ela repetiu. Em comparação, ela era muito mais forte e tinha muito mais autonomia. Era capaz de suportar, se necessário, a mais cruel solidão. Aliás, ela tinha a impressão de já ter me dito que Veneza, no inverno, em termos de falta do que fazer, talvez fosse pior que Ferrara, e a casa dos seus tios não era menos triste e fora do circuito do que esta aqui.

— Esta casa aqui não é nada triste — disse eu, num repente, emocionando-me.

— Você gosta dela? — perguntou com vivacidade. — Pois então eu vou te confessar uma coisa (mas depois não venha me repreender, não venha me acusar de hipocrisia, ou talvez de ambigüidade). Eu queria muito que você a conhecesse.

— E por quê?

— Isso eu não sei. Não saberia realmente te dizer por quê. Suponho que pela mesma razão que, no Templo, quando eu era criança, eu queria te puxar também para debaixo do *talid* do papai... Ah, se eu tivesse podido! Ainda te vejo lá, debaixo do *talid* do teu pai, no banco à frente do nosso. Você me dava uma pena! É uma coisa absurda, eu sei, mas mesmo assim, quando eu te olhava, eu sentia pena, como se você fosse um órfão, sem pai nem mãe.

Calou-se por alguns instantes, com os olhos fixos no teto. Depois, apoiando os cotovelos no travesseiro, voltou a falar comigo, mas agora num tom sério e solene.

Disse que me fazer sofrer lhe dava um grande desprazer, que isso lhe desagradava muito. Por outro lado, era preciso que eu me convencesse do seguinte: nós não devíamos absolutamente estragar, como estávamos correndo o risco de fazer, as boas lembranças dos tempos de criança que tínhamos em comum. Nós dois fazendo amor! Será que isso me parecia realmente possível?

Perguntei por que isso lhe parecia assim tão impossível.

Por várias razões — respondeu — mas principalmente porque a idéia de fazer amor comigo a constrangia e a incomodava. Era como se ela tivesse imaginado estar fazendo isso com um irmão, com Alberto, por exemplo. Era verdade, quando menina ela teve uma "quedinha" por mim. E quem sabe era exatamente isso que agora a bloqueava tanto assim. Eu... eu estava "do lado dela", será que dava para entender? Eu não estava "diante" dela, e o amor (pelo menos era assim que ela imaginava) era uma questão para pessoas decididas a serem dominadas reciprocamente, um esporte cruel e feroz, bem mais cruel e feroz do que o tênis, para ser praticado sem exclusão de golpes e sem nunca se preocupar com a mansidão do espírito e a honestidade de propósitos para suavizá-lo.

*Maudit soit à jamais le rêveur inutile,*
*qui voulut le premier, dans sa stupidité,*
*s'éprenant d'un problème insoluble et stérile,*
*aux choses de l'amour mêler l'honnêteté!*

Maldito para sempre o sonhador inútil
Que por primeiro quis, em sua insanidade,
Enfrentando um problema insolúvel e fútil,
Às delícias do amor juntar a honestidade!*

Baudelaire, que era um entendido no assunto, já nos havia advertido. E nós? Os dois estupidamente honestos, iguais em tudo e por tudo como duas gotas d'água ("e os iguais não combatem entre si, acredite em mim!"), nunca poderíamos dominar um ao outro, como é que nós poderíamos realmente desejar que "nos dilacerássemos um ao outro"? Não, de jeito nenhum. Do jeito como o bom Deus nos fez, isso não era algo nem desejável e nem mesmo possível.

Mas, ainda que admitindo por mera hipótese que fôssemos diferentes daquilo que éramos, que existisse entre nós uma possibilidade ainda que mínima de um relacionamento do tipo "cruento", como deveríamos nos comportar? "Ficarmos noivos", por acaso, com todo o processo da troca de anéis de noivado, das visitas dos pais de um aos do outro etc. e tal? Que história edificante! Se ele ainda fosse vivo e tomasse conhecimento disso, na certa o próprio Israele Zangwill faria disso um suculento adendo para ser acrescentado ao seu *Os Sonhadores do Gueto*. E que satisfação, que "santa" satisfação para

---

*Do poema "Mulheres malditas" (Delfine e Hipólita), de Charles Baudelaire. *As flores do mal*, tradução de Ivan Junqueira. Rio de Janeiro: Nova Fronteira, 2006. (N. da E.)

todos, quando nós aparecêssemos juntos na Sinagoga Italiana, no próximo *Kipur*, com os rostos um pouco abatidos devido ao jejum, mas bonitos mesmo assim, fazendo uma combinação de grande dignidade! Com certeza não faltaria quem, ao nos ver, abençoasse as leis raciais, declarando que, diante da realidade de uma união assim tão bela, restava apenas uma coisa a dizer: há males que vêm para bem. E quem sabe se, lá no seu gabinete do Viale Cavour, até mesmo o Secretário Federal não ficasse emocionado! Ainda que secretamente, ele não continuava sendo um grande pró-semita, aquela boa pessoa que é o Cônsul Bolognesi? Nossa!

Eu continuava calado, sentindo-me oprimido.

Ela aproveitou para pegar o telefone e dizer ao pessoal da cozinha que já podiam trazer o jantar, mas em meia horinha, não antes disso, já que — voltou a repetir — naquela noite estava "totalmente sem fome". Só no dia seguinte, rememorando tudo, eu me lembraria dos momentos em que eu estava fechado no banheiro e a tinha ouvido falar ao telefone. Então, eu estava equivocado — disse a mim mesmo no dia seguinte. Ela poderia estar falando com qualquer outra pessoa da casa (ou de fora), e *não* com a cozinha.

Agora, eu estava mergulhado em outros pensamentos totalmente distintos. Quando Micòl colocou o telefone no gancho, levantei a cabeça.

— Você falou que nós dois somos iguais — eu disse. — Em que sentido?

Mas é claro que sim — exclamou —, e no sentido de que eu também, como ela, não dispunha daquele gosto instintivo pelas coisas que caracteriza as pessoas normais. Ela intuía isso perfeitamente. Para mim, assim como para ela, o passado tinha mais importância do que o presente, e a recordação era mais importante do que a coisa possuída. Diante da recordação, toda posse só pode parecer decepcionante, banal, insuficiente... Como ela me compreendia! Ela também sentia igualmente o meu anseio de que o presente se tornasse logo passado para poder amá-lo e fantasiá-lo ao meu modo. Este era o nosso vício: o de seguir adiante com a cabeça sempre voltada para trás. Não era assim?

Era assim — não pude deixar de reconhecê-lo dentro de mim —, era exatamente assim. Quando é que eu a havia abraçado? No máximo uma hora antes. E tudo já havia se tornado irreal e fabuloso como sempre: um acontecimento no qual não se deve acreditar ou que se deve temer.

— Quem sabe? — respondi. — Talvez se trate de algo mais simples. Talvez você não sinta atração física por mim. Só isso.

— Não diga besteira — ela retrucou. — O que é que isso tem a ver?

— É claro que tem a ver!

— *You are fishing for compliments* [Você está procurando elogios] e você sabe muito bem disso. Mas eu não vou te dar este prazer, você não merece. Além disso, mesmo que agora eu tentasse enumerar para você tudo o que sempre achei dos teus famosos olhos verdes (e não só dos olhos), qual seria o resultado? Você seria o primeiro a me julgar mal, uma miserável de uma hipócrita. Você pensaria: olha só como ela faz, primeiro morde, depois sopra...

— A não ser que...

— A não ser o quê?

Eu hesitava, mas por fim me decidi.

— A não ser que — retomei — você tenha outro.

Ela fez que não com a cabeça, olhando-me bem nos olhos.

— Não estou envolvida com nenhum outro — respondeu.
— E quem deveria ser?
Eu acreditava nela, mas estava desesperado e queria magoá-la.
— E é a mim que você pergunta? — eu disse, fazendo um muxoxo com a boca. — Tudo é possível. Quem é que me garante que durante esse inverno, em Veneza, você não tenha conhecido alguém?
Ela desatou a rir: um riso alegre, franco, cristalino.
— Que idéia — ela exclamou. — Se só o que eu fiz foi me dedicar o tempo todo ao estudo por conta da minha tese!
— Não vai querer me dizer que nesses cinco anos de universidade você não fez amor com ninguém! Que nada! Devia ter alguém na faculdade interessado em você!
Estava certo de que ela negaria. Mas eu estava enganado.
— Sim, eu tive alguns namorados — admitiu.
Foi como se uma mão tivesse apertado e torcido o meu estômago.
— Muitos? — consegui perguntar.
Deitada de costas, com os olhos fixos no teto, levantou ligeiramente um braço.
— Ah, sei lá... eu não saberia dizer — ela falou. — Deixa eu pensar.
— Foram muitos, então?
Olhou-me de lado com uma expressão maliciosa e decididamente meio vulgar, que eu não conhecia e que me aterrorizou.
— Bem... digamos uns três ou quatro. Ou melhor, cinco, para ser precisa... Mas todos eram apenas flertes bobos, entende?, coisas completamente inofensivas... e também muito chatas.
— Flertes... de que jeito?

— Ah... longos passeios pelo Lido... duas ou três vezes fomos a Torcello... uns beijinhos de vez em quando... muita mãozinha dada e *muito* cinema. Uma *orgia* de cinema.
— E todos eram teus colegas de faculdade?
— Mais ou menos
— Todos católicos, eu imagino.
— Naturalmente. Mas não por uma questão de princípios. Você vai entender: a gente tem que se contentar com o que encontra.
— E com os...?
— Não. Com a *judeuzada*, nunca. Tinha até alguns na faculdade, mas eram todos muito sérios e feios demais!

Virou-se de novo para me olhar.

— De qualquer modo, neste inverno, nada — acrescentou sorrindo. — Eu posso até jurar. Tudo o que eu fiz foi estudar e fumar, tanto que até a *signorina* Blumenfeld insistia para que eu saísse de vez em quando.

Tirou um maço de Lucky Strike fechado que estava debaixo do travesseiro.

— Você quer um? Como você pode ver, comecei logo com um cigarro forte.

Apontei em silêncio para o cachimbo enfiado dentro do bolso do meu paletó.

— Você também! — ela riu, divertindo-se muito. — Aquele Giampi de vocês fez escola, hein!

— E você que se queixava por não ter amigos em Veneza! — retruquei. — Quanta mentira! Você é igualzinha a todas as outras, sabia?

Balançou a cabeça, não sei se para me perdoar ou para ser indulgente consigo mesma.

— Os flertes, até mesmo os sem importância, não são assunto para se dividir com os amigos — ela disse com melancolia. — Por isso, quando eu te falava dos amigos, você tem que reconhecer que eu mentia, mas só até um certo ponto. Porém você tem razão. Eu também sou como todas as outras: mentirosa, traidora, *infiel*... No fundo, não sou muito diferente de Adriana Trentini.

Ela pronunciou a palavra "infiel" escandindo as sílabas como de hábito, mas, além disso, havia uma espécie de orgulho meio amargo em sua voz. Continuando, ela disse ainda que se eu estava equivocado com relação a alguma coisa, tinha sido pelo fato de tê-la sempre superestimado um pouco demais. Dizendo isso, ela não tinha a menor intenção de se justificar, imagina! No entanto ela sempre tinha lido nos meus olhos muita "idealização", o que de alguma forma a tinha forçado a mostrar-se melhor do que era na realidade.

Não havia muito mais a dizer. Dali a pouco, quando Gina chegou com o jantar (já passava das nove), me levantei.

— Me desculpe, mas agora eu já vou indo — eu disse, estendendo-lhe a mão.

— Você sabe o caminho, não é? Ou prefere que Gina te acompanhe?

— Não, não precisa. Eu consigo ir sozinho.

— Pega o elevador, faz favor.

— Está bem.

Na soleira da porta, me virei. Ela já estava levando a colher à boca.

— Tchau — eu disse.

Ela me sorriu.

— Tchau. Te ligo amanhã.

# 4

Mas o pior de tudo começou uns vinte dias depois, quando voltei da viagem que fiz à França na segunda quinzena de abril. Eu tinha viajado para Grenoble por um motivo muito específico. As poucas centenas de liras que tínhamos permissão de enviar mensalmente ao meu irmão Ernesto pelas vias legais, apenas lhe bastavam, como ele mesmo repetia continuamente nas suas cartas, para pagar o quarto que alugava na Place Vaucanson. Era urgente, portanto, abastecê-lo com mais dinheiro. E foi meu pai, numa noite em que voltei para casa mais tarde do que de costume (ele me esperou acordado especialmente para falar sobre isso), quem insistiu para que eu fosse lhe levar o dinheiro pessoalmente. Por que é que eu não aproveitava a oportunidade? Respirar um pouco de ar, diferente "deste daqui", ver um pouco do mundo, distrair-me: era isso que eu devia fazer! Eu tiraria um bom proveito disso, tanto física como moralmente.

E, sendo assim, viajei para a França. Ficamos parados duas horas em Turim, quatro horas em Chambéry, e por fim cheguei em Grenoble. Na pensão onde Ernesto fazia as refeições, logo conheci vários estudantes italianos, todos nas mesmas condições em que meu irmão estava e todos inscritos no Instituto Politécnico: um deles era da família Levi, de Turim, havia um outro da família Segre, de Salluzzo, um outro rapaz de Trieste cujo sobrenome era Sorani, um rapaz da família Cantoni, de Mântua, um outro de Florença, de sobrenome Castelnuovo, e uma moça de Roma da família Pincherle. Não fiz amizade com ninguém. Durante os doze dias em que estive lá, passei a maior parte do tempo na Biblioteca Municipal, folheando manuscritos de Stendhal. Em Grenoble, fazia frio e chovia. As montanhas por trás da cidade deixavam às vezes entrever seus picos escondidos pela neblina e pelas nuvens e, à noite, as experiências com o *black-out* total desencorajavam qualquer saída noturna. Ferrara parecia-me muito longínqua. Era como se eu não tivesse que voltar nunca mais. E Micòl? Desde o início da viagem eu tinha continuamente a voz dela no meu ouvido, naquela vez em que ela havia me dito: "Por que é que você está fazendo isso? É inútil!" Um dia, porém, aconteceu alguma coisa comigo ao ler num dos cadernos de anotações de Stendhal estas palavras soltas: *All lost, nothing lost* [Tudo perdido, nada perdido]. De repente, como se fosse um milagre, eu me senti livre, como se estivesse completamente curado. Escrevi a frase de Stendhal num cartão-postal e o enviei a Micòl sem acrescentar mais nada, nem mesmo a assinatura. Ela que pensasse o que quisesse sobre isso! Tudo perdido, nada perdido. Como isso era verdadeiro! — eu disse para mim mesmo. E então, pude respirar.

Eu estava iludido. No início do mês de maio, quando voltei para a Itália, deparei-me com a primavera em flor, os campos entre Alessandria e Piacenza estavam totalmente salpicados de amarelo, as estradas da zona rural na região da Emilia estavam cheias de moças que andavam de bicicleta com as pernas e os braços nus, e as grandes árvores das muralhas de Ferrara estavam carregadas de folhas. Voltei num domingo, por volta do meio-dia. Assim que cheguei em casa, tomei um banho, almocei com a família e respondi a uma boa quantidade de perguntas com paciência suficiente. Mas a súbita inquietação que tomou conta de mim no exato momento em que, ainda no trem, vi despontar no horizonte as torres e os campanários de Ferrara, não me permitiu protelar mais nada. Às duas e meia eu já estava montado na bicicleta, margeando a Muralha degli Angeli, com os olhos fixos na imutável exuberância da vegetação do Barchetto del Duca, que ficava cada vez mais próximo, à minha esquerda. Tudo tinha voltado a ser como antes, quase como se eu tivesse passado os últimos quinze dias dormindo.

Lá embaixo, na quadra de tênis, Micòl estava jogando com um rapaz de calça comprida. Não foi difícil identificar Malnate. Eles logo me viram e me reconheceram. Pararam de jogar e começaram a fazer grandes gestos com as raquetes para o alto. Não estavam sozinhos, Alberto também estava lá. Surgindo por entre a borda da folhagem que margeava a quadra, eu o vi correr até o meio dela, olhar para mim, e depois levar as mãos à boca. Assoviou duas ou três vezes. O que é que eu estava fazendo trepado lá em cima da muralha? — eles pareciam estar perguntando, cada um a seu modo. E que sujeitinho esquisito que eu era! Por que é que eu não entrava logo no jardim? Eu já estava me encaminhando para a entrada que fica no Corso Ercole I d'Este pedalando ao longo do muro da casa, já tinha alcançado o portão e Alberto continuava a fazer soar a sua buzina. "Ei, vê se não some, hein!", era o que diziam agora os seus assovios sempre muito possantes, mas que nesse meio tempo já haviam se tornado mais amigáveis, e soavam apenas como uma espécie de aviso.

— Olá! — gritei como sempre, aparecendo na pérgula coberta de rosas trepadeiras.

Micòl e Malnate tinham recomeçado a jogar e, sem interromper o jogo, responderam os dois juntos com outro "Olá". Alberto levantou-se e veio ao meu encontro.

— Quer fazer o favor de nos contar onde você se meteu durante estes dias todos? — ele perguntou. — Telefonei várias vezes para a tua casa, mas você nunca estava lá.

— Ele estava na França — Micòl respondeu por mim, da quadra.

— Na França? — exclamou Alberto, com os olhos cheios de uma surpresa que me parecia sincera. — E o que é que você foi fazer lá?

— Fui visitar meu irmão em Grenoble.

— Ah, é isso mesmo, o teu irmão está estudando em Grenoble. E como ele vai indo? Está se esforçando direitinho?

Nesse ínterim, tínhamos nos sentado em duas espreguiçadeiras, colocadas lado a lado em frente à entrada lateral da quadra, em ótima posição para poder acompanhar o jogo. Diferentemente do outono passado, Micòl não estava de short. Vestia uma saia pregueada de lã branca, num estilo meio antiguinho, uma blusa também branca com as mangas arregaçadas, e umas meias compridas claras e estranhas, quase como as usadas pelas enfermeiras da Cruz Vermelha. Toda suada e com o rosto vermelho, empenhava-se em lançar as bolas nos pontos mais remotos da quadra, forçando os lances. Mas Malnate, apesar de estar mais gordo e esbaforido, enfrentava-a com energia.

Uma bola rolou e veio parar a pouca distância de nós. Micòl aproximou-se para apanhá-la, e, por um segundo, nossos olhares se cruzaram.

Seu rosto se contraiu numa careta. Estava nitidamente ressentida e virou-se bruscamente em direção a Malnate.

— Vamos tentar um *set*? — falou em voz alta.

— Vamos experimentar — retrucou o outro. — Quantos *games* de vantagem você me dá?

— Nenhum — rebateu Micòl, franzindo a testa. — Posso te dar no máximo a vantagem do saque. Vai! Saca!

Jogou a bola para o outro lado da rede e posicionou-se para responder à jogada do adversário.

Alberto e eu ficamos olhando o jogo durante alguns minutos. Sentia-me tomado pelo mal-estar e pela tristeza. A intimidade com que Micòl tratava Malnate, fazendo questão de me ignorar, me deu de imediato a medida do longo tempo em que eu havia permanecido afastado. Quanto a Alberto, ele só tinha olhos para Giampi, como sempre. Mas notei que, pela primeira vez, em vez de admirá-lo e elogiá-lo, ele não parava de criticá-lo um só instante.

— Esse daí — ele me segredava cochichando, e isso era a tal ponto surpreendente que, apesar de angustiado, eu não perdia nenhuma sílaba das palavras dele —, esse daí é um homem que, mesmo que tivesse tido aulas de tênis todo santo dia com alguém como o Nüsslein ou como o Martin Plaa, nunca teria conseguido se tornar um tenista sequer aceitável. O que é que faltava a ele para melhorar? Vejamos. As pernas? Certamente que não, senão ele não seria o alpinista razoável que sem dúvida ele era. O fôlego? Também não, e pelo mesmo motivo. Força muscular? Isso ele tinha para dar e vender, bastava sentir o seu aperto de mão. E então? A verdade é que o tênis — ele sentenciou, com uma ênfase extraordinária — além de um esporte é também uma arte e, como toda forma de arte, exige uma certa habilidade específica, e quem for desprovido disso será sempre um "perna-de-pau", a vida inteira.

— Agora chega, está bem?! — exclamou Malnate num determinado momento. — Vocês poderiam ficar quietinhos um pouco, pelo menos, vocês dois aí?

— Continua jogando — Alberto falou, em tom de provocação — e, de preferência, tenta não perder de uma mulher!

Eu não acreditava no que estava ouvindo. Seria possível aquilo? Onde é que tinha ido parar toda aquela benevolência e suavidade de Alberto em relação ao amigo? Olhei para ele com atenção e seu rosto me pareceu subitamente encovado, chupado, como que encarquilhado por uma velhice precoce. Será que ele estava doente?

Quase perguntei a ele, mas me faltou coragem. Perguntei-lhe, em vez disso, se aquele era o primeiro dia em que haviam recomeçado a jogar tênis, e por que motivo não tinham vindo jogar, como no ano passado, Bruno Lattes, Adriana Trentini e o resto da turma, da *zòzga*.\*

— Mas então isso quer dizer que você não está sabendo de nada! — exclamou, numa grande gargalhada, deixando as gengivas bem à mostra.

Há mais ou menos uma semana — começou imediatamente a contar —, depois que o bom tempo se instalou, Micòl e ele decidiram dar vários telefonemas para o pessoal, exatamente com a nobre intenção de retomar o calendário tenístico do ano passado. Telefonaram para Adriana Trentini, para Bruno Lattes, para Sani e também para Collevatti, e para diversos

---

\*Turma, patota, galera. (*N. do T.*)

magníficos exemplares de ambos os sexos da mais nova safra juvenil que, no outono passado, não haviam sido levados em consideração. E todos, "velhos e jovens", tinham aceitado o convite prontamente, o que garantiu ao dia da inauguração, que ocorreu num sábado, no dia primeiro de maio, um sucesso no mínimo triunfal. Eles não só tinham jogado tênis, mas também tinham batido papo, flertado etc., e tinham até dançado lá na *Hütte*, ao som da vitrola Philips "instalada ali para a ocasião".

Sucesso maior ainda — Alberto prosseguiu — havia obtido a segunda "*sessão*" no domingo à tarde, dois de maio. Só que já na segunda-feira de manhã, dia três de maio, começaram a aparecer os problemas. Fazendo-se anunciar através de um enigmático cartão de visitas, chegou de bicicleta por volta das 11 da manhã o advogado Tabet, sim, exatamente aquele fascistóide do Geremia Tabet em carne e osso que, depois de ficar fechado conversando com o papai no escritório, transmitiu-lhe uma ordem categórica do Secretário Federal para que fosse interrompido imediatamente o escândalo daquelas recepções diárias e provocadoras, desprovidas, dentre outras coisas, de qualquer conteúdo esportivo saudável, e que há bastante tempo já vinham sendo realizadas em sua casa. Realmente não era admissível — o Cônsul Bolognesi mandou avisá-lo por intermédio do "amigo em comum", o doutor Tabet — que o jardim da casa dos Finzi-Contini se transformasse aos poucos numa espécie de agremiação concorrente com o Clube de Tênis Eleonora d'Este, uma instituição benemérita do esporte em Ferrara. Sendo assim, para evitar medidas repressivas oficiais do tipo "estada compulsória em Urbisaglia por um período de tempo a ser estipulado", de agora em diante nenhum membro associado ao Eleonora d'Este poderia ser deslocado do seu ambiente natural.

— E o teu pai — perguntei —, o que é que ele respondeu?
— E o que é que você acha que ele poderia ter respondido?! — disse Alberto, rindo. — Só lhe restava comportar-se como Don Abbondio. Inclinar-se e murmurar: "Às suas ordens." Acho que ele deve ter feito mais ou menos isso.

— Para mim, a culpa é de Barbicinti — Micòl gritou lá da quadra, para quem a distância não havia evidentemente impedido de acompanhar a nossa conversa. — Ninguém vai conseguir tirar da minha cabeça que foi ele que foi correndo lá no Viale Cavour para relatar isso. Parece que estou vendo a cena acontecendo. Por outro lado, é preciso compreendê-lo, coitadinho. Uma pessoa ciumenta pode ser capaz de fazer qualquer coisa...

Mesmo que aquelas palavras tenham sido pronunciadas sem nenhuma intenção específica, elas me magoaram. Estive a ponto de me levantar e ir embora.

E talvez eu tivesse realmente ido embora se não fosse pelo fato de que, justamente na hora em que me virei na direção de Alberto quase que para pedir a sua solidariedade e a sua ajuda, eu não tivesse de novo me detido a perceber como o rosto dele estava com um tom acinzentado e a magreza doentia dos seus ombros perdidos no meio de um suéter que havia se tornado grande demais (piscava o olho para mim, como que me dizendo para não ligar, e já estava falando de outra coisa: da quadra de tênis, das obras de melhoria "do terreno" que, apesar de tudo, deveriam começar dentro de uma semana...), e se, naquele mesmo instante, eu não tivesse visto surgir lá embaixo, nas margens da clareira, a dupla de pequenas figuras escuras e tristonhas do professor Ermanno e da *signora* Olga, de volta do passeio vespertino pelo parque, caminhando lentamente em nossa direção.

# 5

Recordo-me do longo período de tempo que se seguiu até os fatais últimos dias de agosto de 1939, isto é, até à véspera da invasão nazista da Polônia e da *drôle de guerre* [estúpida guerra] como uma espécie de lenta e progressiva descida pelo funil sem fundo do redemoinho. Usuários exclusivos da quadra de tênis, que rapidamente tinha sido recoberta por um bom palmo de terra vermelha de Ímola, restávamos apenas nós quatro: eu, Micòl, Alberto e Malnate (não podíamos contar com Bruno Lattes, que provavelmente estava perdido por aí seguindo o rastro de Adriana Trentini). Variando os pares, passávamos tardes inteiras em longas partidas de duplas. Alberto, mesmo cansado e sem fôlego, estava sempre pronto, sabe-se lá por quê, a recomeçar, nunca dando trégua nem a nós e nem a si próprio.

Por que motivo eu me obstinava em retornar todos os dias a um lugar onde eu sabia que só poderia receber humilhações e amarguras? Não saberia dizê-lo exatamente. Talvez eu esperasse um milagre, uma mudança brusca da situação, ou talvez, quem sabe, eu estava justamente em busca de humilhações e amarguras... Jogávamos tênis ou então, estendidos em quatro *chaises longues* colocadas na frente da *Hütte*, discutíamos sobre os assuntos de sempre: arte e política. Mas, quando eu propunha a Micòl (que, no fundo, continuava sendo gentil e às vezes até afetuosa comigo) um passeio pelo parque, era muito raro que ela aceitasse. Quando o fazia, ela nunca vinha de boa vontade, estampando todas as vezes no rosto uma expressão entre o desprazer e a paciência, que me fazia logo ficar arrependido de tê-la arrastado para longe de Alberto e de Malnate.

Mesmo assim, eu não entregava os pontos, não desistia. Dividido entre o impulso de romper com aquele relacionamento e desaparecer para sempre, e o impulso oposto, o de não abdicar de estar sempre presente e de não abandonar o terreno, disposto a pagar qualquer preço, eu acabava, na prática, nunca deixando de comparecer. Às vezes — é verdade — bastava um olhar de Micòl mais frio que o habitual, um gesto de irritação, uma expressão de sarcasmo ou de tédio para que eu acreditasse com toda a sinceridade que eu havia decidido acabar com aquela amizade. Mas quanto tempo eu agüentava ficar longe? Três ou quatro dias no máximo. No quinto dia, lá estava eu de novo, ostentando uma expressão risonha e desenvolta como a de quem retorna de uma viagem muito proveitosa (quando eu reaparecia, eu falava sempre de viagens a Milão, a Florença e a Roma e, por sorte, todos os três tinham sempre um ar de que acreditavam!), porém eu o fazia com o coração aflito, e meus olhos já começavam a buscar nos olhos de Micòl uma resposta impossível. Aquela era a hora dos "dramas conjugais", como ela dizia e, quando eles aconteciam, se havia uma chance, eu tentava até mesmo beijá-la. E ela aceitava a situação e nunca era grosseira ou indelicada.

No entanto, numa noite de junho, lá pela metade do mês, as coisas ficaram diferentes.

Estávamos sentados um ao lado do outro, nos degraus externos da *Hütte*, e embora já fosse por volta das oito e meia da noite, ainda dava para se enxergar bem. Eu via ao longe Perotti, ocupado em retirar e enrolar a rede da quadra de tênis, cujo solo, desde que viera da Romagna o novo saibro, não lhe parecia nunca suficientemente bem-cuidado. Malnate estava dentro da cabana, debaixo do chuveiro (nós o ouvíamos às nossas costas bufando e resfolegando debaixo do jato de água quente). Alberto despedira-se um pouco antes com um melancólico *bye-bye*. Ficáramos só nós dois, isto é, eu e Micòl, e eu logo aproveitei para voltar a atacar com o meu assédio infindável, absurdo e entediante. Eu insistia, como sempre, na tentativa de convencê-la de que ela estava equivocada em considerar despropositada uma relação sentimental entre nós. Como sempre, eu a acusava (com má-fé) de ter mentido para mim quando, há menos de um mês, ela havia me garantido que entre mim e ela não havia mais ninguém. Na minha opinião, devia existir alguém entre nós, ou pelo menos teria havido alguém em Veneza, durante o inverno.

— Estou te repetindo pela milésima vez que você está enganado — Micòl dizia, em voz baixa —, mas sei muito bem que isso é inútil, pois amanhã você volta ao ataque com as mesmas histórias. O que é você quer que eu te diga? Que eu tenho um *caso* secreto, que eu tenho uma vida dupla? Se é isso o que você quer, eu posso até satisfazer o teu desejo.

— Não, Micòl — eu respondia também em voz baixa, porém mais exaltada. — Eu posso ser tudo, menos masoquista.

Se você soubesse como são normais e terrivelmente banais os meus desejos! Pode rir, se quiser. Se há uma coisa que eu deseje, seria esta: ouvir você *jurar* que o que você me diz é verdade e acreditar nisso.

— Por mim, eu posso te jurar agora mesmo. Mas você acreditaria?

— Não.

— Então, pior para você!

— Claro, pior para mim. No entanto, se eu *pudesse* realmente acreditar...

— O que é que você faria? Vamos ver...

— Ah, coisas sempre muito normais e banais, esse é que é o problema! Isso, por exemplo.

Peguei nas mãos dela e comecei a cobri-las de beijos e de lágrimas.

Durante um tempo, ela permitiu que eu o fizesse. Escondi o rosto nos seus joelhos e o cheiro da sua pele macia, suave e levemente salgada, me atordoava. Beijei-a ali mesmo, nas pernas.

— Agora chega — ela disse.

Retirou as mãos de dentro das minhas e levantou-se.

— Tchau, estou com frio — ela prosseguiu. — É melhor entrarmos. A mesa já deve estar posta e eu ainda tenho que tomar banho e me vestir. Anda, levanta! Deixa de criancice!

— Tchau! — ela falou depois, em voz alta, virando-se em direção à *Hütte*. — Eu já vou indo.

— Até logo mais! — Malnate respondeu lá de dentro. — Obrigado.

— Até à próxima! Você vem amanhã?

— Amanhã, não sei. Vamos ver!

Separados pela bicicleta em cujo guidom eu me agarrava aflito, encaminhamo-nos na direção da *magna domus*, alta e escura, destacando-se no ar cheio de mosquitos e morcegos do pôr-do-sol do verão. Permanecíamos calados. Uma carroça cheia de feno puxada por dois bois emparelhados vinha em sentido contrário ao nosso. Sentado em cima dela, estava um dos filhos de Perotti que, ao cruzar conosco, levantou o boné e nos desejou boa-noite. Apesar de acusar Micòl sem acreditar verdadeiramente nisso, eu queria ainda assim gritar-lhe que parasse com aquela comédia, queria insultá-la e dar-lhe talvez uns tapas. Mas, e depois? O que é que eu ganharia com isso?

Mesmo assim, continuei fazendo tudo errado.

— É inútil você continuar negando — eu disse —, eu sei até quem é a *pessoa*.

Assim que acabei de pronunciar estas palavras, já estava arrependido.

Ela olhou para mim com um ar sério, magoada.

— Está vendo só? — ela disse. — E agora, segundo as tuas suposições, eu deveria, quem sabe, te provocar para você me informar o nome e o sobrenome que você tem preso na garganta, se é que você tem mesmo. Chega! Não quero saber de mais nada! Só que, tendo chegado a este ponto, eu ficaria agradecida se, de agora em diante, você viesse menos vezes aqui... É... resumindo: se você passasse a vir aqui em casa com menos freqüência. E vou te dizer com toda a franqueza: se eu não tivesse receio de que a família toda começasse a falar nisso e ficasse perguntando por que e como isso aconteceu etc. e tal, eu até te pediria que você não viesse nunca mais, e ponto final.

— Me desculpe — murmurei.

— Não, eu não posso te desculpar — ela replicou, balançando a cabeça. — Se eu fizer isso, daqui a alguns dias você vai começar tudo de novo.

Ainda acrescentou que já há um bom tempo o meu comportamento não era decente nem para mim e nem para ela. Ela já tinha me dito e repetido mil vezes que era inútil, que eu não devia levar o nosso relacionamento para um plano diferente da amizade e do afeto. Mas, qual! Sempre que eu tinha a oportunidade, eu, ao contrário disso, pulava em cima dela cheio de beijos e outras coisas mais, como se não soubesse que em situações como a nossa não existe nada de mais antipático e contra-indicado do que isso. Ai, meu Deus! Será possível que eu não conseguia me conter? Se no passado tivesse ocorrido entre nós alguma relação física um pouco mais profunda do que um beijo ou outro de vez em quando, aí sim ela poderia entender que eu... que ela fosse para mim, digamos, um relacionamento mais físico, carnal. Mas o nosso relacionamento, do jeito que sempre ocorreu, com a minha mania de abraçá-la e de ficar me esfregando nela, era provavelmente um sinal de apenas uma coisa: da minha secura substancial, da incapacidade da minha constituição de gostar verdadeiramente de alguém. E, além do mais, convenhamos! Qual era o significado daquelas minhas ausências imprevistas, dos retornos inesperados, dos olhares inquisidores e "dramáticos", dos silêncios com a cara emburrada, das grosserias e insinuações absurdas: um repertório de atos impensados e incômodos que eu demonstrava sem cessar e sem o menor pudor? E se eu deixasse reservadas só para ela, e em particular, as "cenas de dramas conjugais", isso ainda dava para agüentar. Mas que o irmão dela e Giampi Malnate tivessem também que assistir a essas cenas, isso não, não, e não!

— Acho que agora você está exagerando — eu disse. — Quando foi que eu fiz cenas na frente de Malnate e de Alberto?

— Sempre! O tempo todo! — ela rebateu.

Todas as vezes em que eu reaparecia depois de uma semana de ausência — ela prosseguiu — dizendo, sei lá, que tinha estado em Roma e na hora desatava a rir, um riso nervoso que nem o de um louco e sem o menor motivo, será que eu conseguia me iludir que Alberto e Malnate não percebiam que eu estava contando uma "bazófia", que eu não tinha ido a Roma coisíssima nenhuma, e que os meus surtos de euforia "tipo *La cena delle beffe* [A Ceia dos Bufões]" eram um ataque a ela? E nas discussões, quando de repente me dava na veneta de sair vociferando ou apostrofando como um possesso, criando caso a toda hora (mais dia, menos dia, Giampi também ia acabar se aborrecendo, e ele não deixaria de ter razão, até ele, coitado!), será que eu achava que os outros não percebiam que era ela o motivo, apesar de inocente, desses meus ataques?

— Já entendi — eu disse, abaixando a cabeça. — Já entendi bem. Você não quer mais me ver mesmo.

— E a culpa não é minha. Foi você que foi se tornando cada vez mais insuportável.

— Mas você falou — gaguejei, depois de uma pausa —, você mesma disse que eu podia vir de vez em quando, ou melhor, que eu devia vir. Não foi?

— Foi.

— Bom... então, você decide. Como é que eu devo me comportar para não cometer mais erros?

— Ah, isso eu não sei — respondeu, encolhendo os ombros. — Eu diria que, para começar, você devia deixar passar pelo menos uns vinte dias. Depois, você pode até voltar a aparecer, se você faz mesmo questão. Mas eu vou te pedir uma coisa: *mesmo depois desse tempo*, não me apareça aqui mais do que duas vezes por semana, por favor.

— Às terças e sextas, está bem assim? Como se fosse uma aula de piano.

— Bobalhão! — ela resmungou, sorrindo mesmo a contragosto. — Você é mesmo um bobalhão.

# 6

Apesar de o esforço, principalmente no início, ter sido enorme, tornou-se para mim uma espécie de questão de honra respeitar escrupulosamente as interdições de Micòl. Basta dizer que, tendo me formado no dia 29 de junho e recebido logo em seguida um afetuoso bilhete de felicitações do professor Ermanno que continha, dentre outras coisas, um convite para jantar, achei oportuno não aceitar, dizendo que era uma pena, mas que eu não poderia ir. Escrevi informando que estava com um pouco de amigdalite e que meu pai havia proibido que eu saísse à noite. A minha recusa, no entanto, foi somente porque me impus tal escolha, pois haviam transcorrido apenas dezesseis dos vinte dias de separação impostos por Micòl.

O esforço era difícil de agüentar. E, por mais que eu esperasse que mais cedo ou mais tarde eu acabasse obtendo alguma recompensa, minha esperança continuava sendo vaga, já que eu estava satisfeito em obedecer a Micòl e, através da obediência, reconciliar-me com ela e retornar a todos os lugares paradisíacos dos quais até agora eu continuava excluído. Se anteriormente eu sempre tinha tido algum motivo para criticá-la, agora já não havia mais nada disso, o único culpado era eu, somente eu. Quantos erros eu tinha cometido! — dizia a mim mesmo. Recordava-me de quando, muitas vezes com violência, eu havia conseguido beijá-la na boca, mas unicamente para dar razão a ela que, mesmo me rejeitando, tinha me agüentado por tanto tempo, envergonhando-me da minha volúpia de sátiro mascarada de sentimentalidade e idealismo. Decorridos os vinte dias, arrisquei-me a aparecer novamente, para em seguida me limitar disciplinadamente às duas visitas semanais. Mas Micòl mesmo assim não desceu do pedestal de pureza e superioridade moral em cima do qual eu a havia colocado, desde que eu tinha partido para o exílio. Ela continuou lá em cima. E eu me considerava um homem de sorte por poder continuar a admirar a sua imagem à distância, tão bela por dentro como por fora. "Como a verdade — e, como ela, triste e bela..." Estes dois primeiros versos de um poema que nunca terminei, apesar de terem sido escritos muito mais tarde, em Roma, logo depois da guerra, referem-se à Micòl de agosto de 1939, como eu a via naquela época.

Expulso do paraíso, aguardei, em silêncio, ser novamente acolhido. Porém eu estava sofrendo, e, em certos dias, o sofrimento era atroz. E, com o intuito de aliviar de algum modo o peso da distância e da solidão que eram muitas vezes intoleráveis, por volta de uma semana depois da minha última e desastrosa conversa com Micòl, tive a idéia de procurar Malnate e de manter contato pelo menos com ele.

Eu sabia onde encontrá-lo. Ele morava num bairro de pequenas casinhas situado logo na saída da Porta San Benedetto, entre o Canil e a curva do Doro, na mesma área onde o professor Meldolesi também havia morado durante algum tempo. Naquela época, antes que a especulação imobiliária desfigurasse o bairro, aquela área não era nem um pouco desagradável, apesar de ser meio cinzenta e muito modesta. Todas as casas tinham dois andares e um pequeno jardim e, em geral, seus proprietários eram juízes, professores, funcionários públicos, gente que trabalhava em firmas comerciais etc. No verão, quando passávamos por aquela área depois das seis da tarde, não era raro avistá-los (às vezes de pijama) por detrás das barras pontiagudas dos portões, ativamente ocupados em regar, podar ou cavar a terra do jardim. O proprietário da casa onde Malnate morava era justamente um juiz do Tribunal de Justiça, um siciliano de uns cinqüenta anos, magérrimo, com uma vasta cabeleira grisalha. Ao perceber a minha presença, olhando com curiosidade para o jardim, sem descer da bicicleta e segurando nas grades do portão com as duas mãos, botou no chão a mangueira com que estava regando os canteiros.

— O senhor deseja alguma coisa? — ele perguntou, aproximando-se.

— O doutor Malnate mora aqui?

— Sim, mora. E o senhor gostaria de falar com ele?

— Ele está em casa?

— Talvez. O senhor marcou um encontro com ele?

— Sou um amigo dele. Estava passando por aqui e pensei em dar uma paradinha para cumprimentá-lo.

Enquanto falávamos, o juiz havia percorrido a dezena de metros que nos separava. Agora, eu podia ver apenas a parte superior do seu rosto ossudo como o de um fanático, seus olhos negros e penetrantes como alfinetes, que afloravam por sobre a borda da chapa de metal que cingia as barras do portão, na altura dos olhos. Ele me examinava com desconfiança. No entanto o exame deve ter resultado a meu favor, porque logo depois o portão se abriu e eu pude entrar.

— O senhor pode entrar por ali — disse por fim o juiz Lalumìa, levantando o braço esquelético — e depois seguir o calçamento que faz uma curva para a parte de trás da casa. A porta pequena que fica no andar térreo é onde mora o doutor. O senhor toca a campainha. Pode ser que o doutor esteja lá. Se ele não estiver em casa, a minha mulher pode abrir a porta para o senhor, porque ela agora deve estar lá embaixo, arrumando a cama dele.

Dito isso, virou-me as costas e voltou a pegar a mangueira sem me dar mais atenção.

Em vez de Malnate, apareceu na soleira da porta que o juiz havia indicado uma mulher madura, loura e exuberante, vestindo um penhoar.

— Boa tarde — eu disse. — Estou procurando pelo doutor Malnate.

— Ele ainda não voltou — respondeu gentilmente a senhora Lalumìa —, mas não deve demorar. Quase todas as tardes, quando sai da fábrica, ele vai jogar tênis na casa dos Finzi-Contini — sabe? — que moram no Corso Ercole I... Daqui a pouco, porém, como eu estava lhe dizendo, ele deve estar chegando. Antes do jantar — ela disse e sorriu, fechando as pálpebras, como num arrebatamento — ele passa sempre lá em casa para ver se chegou alguma correspondência.

Disse que voltaria mais tarde e fiz um movimento para pegar a bicicleta que eu tinha apoiado na parede externa, ao lado da porta. Mas a senhora insistiu para que eu ficasse. Convidou-me para entrar e para me acomodar numa poltrona e, de pé diante de mim, me disse que era de Ferrara, "nascida e criada", e que conhecia muito a minha família, principalmente a minha *mamma*, de quem, "há uns quarenta anos atrás" (e, dizendo isso, tornou a sorrir e a cerrar suavemente os olhos), tinha sido colega de turma no primário do *Regina Elena*, aquele colégio perto da Igreja de San Giuseppe, na Via Carlo Mayr. Como estava indo, a *mamma*? — perguntou. Recomendou que eu não deixasse, por favor, de mandar-lhe lembranças da parte de Edvige, Edvige Santini, de quem a *mamma* certamente iria se lembrar. Falou sobre a guerra que estava talvez prestes a eclodir e, com um suspiro e balançando a cabeça, mencionou as leis raciais, acrescentando que, tendo ficado há poucos dias sem a "empregada", ela tinha de cuidar de tudo sozinha, inclusive da cozinha. Depois disso, me pediu licença e me deixou a sós.

Quando a senhora saiu, olhei em torno de mim. O quarto, espaçoso, mas com o pé-direito baixo, além de ser um quarto de dormir, deveria também funcionar como escritório e como sala de visitas. Já passava das oito. Penetrando pela ampla janela horizontal, os raios de sol do crepúsculo iluminavam a poeira que estava em suspensão no ar. Fiquei observando os móveis: um sofá-cama, meio cama e meio sofá, como confirmavam a triste colcha de algodão de flores vermelhas que escondia o colchão e o grande travesseiro branco, sem fronha e posto num canto; a mesinha preta num estilo vagamente oriental, colocada entre o sofá-cama e a única poltrona, estofada com um material imitando couro, na qual eu estava sentado; os abajures com cúpula de papel-pergaminho colocados aqui e ali; o telefone de cor creme, que sobressaía sobre o preto fúnebre da escrivaninha com muitas gavetas, do tipo escritório de advogado e em mau estado de conservação; pequenos quadros a óleo pendurados nas paredes. E embora eu estivesse dizendo a mim mesmo que Giampi tivesse o atrevimento de torcer o nariz diante dos móveis "modernos" de Alberto (seria possível que o seu moralismo, que o transformava num crítico tão rigoroso com relação aos outros, lhe permitisse tanta indulgência com ele mesmo e com as suas próprias coisas?), de súbito, sentindo meu coração se apertar repentinamente ao pensar em Micòl — e era como se tivesse sido ela mesma que o tivesse apertado com as próprias mãos — renovei o solene propósito de ser gentil com Malnate, de parar de discutir e de bater boca com ele. Quando ela soubesse desta mudança de atitude, Micòl também levaria isso em consideração.

Ao longe soou a sirene de uma das usinas de açúcar de Pontelagoscuro. Logo depois, um passo pesado fez ruído no chão de cascalho do jardim.

Ouvi a voz do juiz muito próxima, do outro lado da parede.

— Ei, doutor — ele disse num tom de voz bastante anasalado —, tem um amigo seu te esperando no seu quarto.

— Um amigo meu? — respondeu Malnate, com frieza. — E quem poderia ser?

— Vá entrando, vá entrando... — encorajou o juiz. — Eu já lhe disse que é um amigo.

Alto, grande, ainda mais alto e maior do que nunca, talvez por efeito do teto baixo, Malnate surgiu na soleira da porta.

— Mas olha só quem está aqui! — exclamou, arregalando os olhos com surpresa e ajeitando os óculos no nariz.

Aproximou-se, apertou vigorosamente minha mão direita e deu-me vários tapinhas nas costas, e aquilo era muito estranho para mim (pois desde que nos conhecemos sempre tive alguma prevenção contra ele), revê-lo assim tão gentil, tão atencioso e disposto a conversar. O que é que estava acontecendo? — eu me perguntava, meio confuso. Ele também tinha tomado a decisão de mudar radicalmente de tom com relação a mim? Quem sabe? Talvez. O fato é que agora, na casa dele, não havia nem sombra do obstinado adversário e oponente com o qual, sob os olhos atentos de Alberto e Micòl, eu tinha me confrontado tantas vezes. Bastou olhar para ele para compreender. Entre nós dois, fora da casa dos Finzi-Contini (e pensar que nos últimos tempos havíamos discutido ao ponto de nos ofendermos um ao outro e de quase nos estapearmos!), todas as razões para polêmica estavam fadadas a desaparecer, a se dissolverem como a neblina quando chega o sol.

Enquanto isso, Malnate continuava falando, muito eloqüente e cordial, de um modo quase inacreditável. Perguntou-me se eu tinha visto o proprietário ao atravessar o jardim e se ele, por acaso, tinha sido gentil. Respondi que o tinha encontrado e descrevi a cena, rindo.

— Ainda bem!

Prosseguiu falando sobre o juiz e a esposa, sem me dar tempo de dizer que eu tinha trocado umas palavras com os dois. Ótimas pessoas — disse ele —, ainda que no geral fossem um pouco chatos na pretensão unânime de ambos em protegê-lo dos ardis e dos perigos deste "mundo cruel". Apesar de claramente antifascista (era um monarquista exaltado), o senhor juiz não queria problemas, ficando, portanto, sempre alerta e evitando (isso era claro) — ele que era identificável pelo faro como muito provável futuro integrante do Tribunal Superior (ele havia se expressado diversas vezes deste modo) — trazer escondido para dentro da sua casa certos tipos que fossem perigosos: um ex-presidiário, alguém que estivesse sendo vigiado ou algum subversivo. Quanto à *signora* Edvige, ela também estava sempre alerta. Passava os dias inteiros de plantão por detrás das frestas das persianas do primeiro andar, ou então aparecendo na porta dele até mesmo de noite, depois que o ouvia entrar em casa. Mas a ansiedade dela era de uma natureza totalmente distinta. Como boa ferrarense (porque a *signora* era de Ferrara, da família Santini), ela afirmava que sabia muito bem como eram as mulheres da cidade, casadas ou solteiras. Na opinião dela, um rapaz sozinho, formado, vindo de outra cidade e dispondo de um pequeno apartamento com entrada independente, poderia se meter em maus lençóis em Ferrara. Em pouco tempo as mulheres teriam reduzido a sua coluna vertebral a um verdadeiro "ossobuco". E o que é que ele fez? Ele, naturalmente, sempre havia tentado se comportar da melhor forma possível para tranqüilizar a sua senhoria. Porém uma coisa era evidente: somente quando tivesse conseguido transformá-lo num melancólico aposentado de calça de pijama, camiseta sem manga e chinelo, eternamente metendo o nariz nas panelas da cozinha, somente então "madame" Lalumìa ficaria tranqüila.

— Bom, na verdade, por que não? — retruquei. — Tenho a impressão de ter ouvido você reclamar muitas vezes dos restaurantes e das *trattorias*.

— É verdade — ele admitiu com tanta condescendência, que eu não parava de me impressionar. — Por outro lado, é inútil. A liberdade é, sem dúvida, uma coisa ótima, mas se alguém, a uma certa altura, não encontra limites (ao dizer isso, piscou o olho para mim), onde é que a gente vai parar?

Estava começando a escurecer. Malnate levantou-se do sofá-cama sobre o qual havia se estendido, acendeu a luz e depois entrou no banheiro. Achava que precisava fazer a barba — ele disse, lá do banheiro. Será que eu esperaria ele se barbear? Depois, nós podíamos sair juntos.

Continuamos a conversar assim desse jeito: ele no banheiro e eu no quarto.

Disse que naquela tarde tinha estado na casa dos Finzi-Contini, e que estava exatamente vindo de lá. Ficaram jogando por mais de duas horas. Primeiro ele e Micòl, depois ele e Alberto, e por fim os três juntos. Perguntou-me se eu gostava de jogar no estilo americano.

— Não muito — respondi.

— Eu te entendo — ele concordou. — Para você, que sabe jogar bem, entendo que o estilo americano não faça muito sentido. Mas é divertido.

— Quem ganhou?
— Na partida à americana?
— É.
— Micòl, naturalmente! — disse ele, dando uma risadinha. — Tem que saber jogar muito para enfrentá-la. Até na quadra ela é um verdadeiro furacão...

Perguntou-me em seguida por que é que eu não tinha aparecido nos últimos dias. O que tinha acontecido, eu tinha viajado?

E eu, lembrando-me do que Micòl tinha me falado, isto é, que ninguém acreditava em mim quando eu relatava que tinha estado fora após os meus períodos de ausência, respondi que tinha ficado um pouco chateado e que nos últimos tempos eu tive muitas vezes a impressão de não ter sido bem recebido, especialmente por Micòl, e que por causa disso eu tinha decidido "sumir um pouco".

— Mas o que é isso! — ele retrucou. — Na minha opinião, Micòl não tem nada contra você. Você tem certeza que não está enganado?

— Tenho certeza absoluta.

— Não sei disso não... — ele disse, num suspiro.

Não falou mais nada e eu também fiquei quieto. Dali a pouco, saiu do banheiro, barbeado e sorridente. Percebeu que eu estava examinando os quadros horríveis pendurados nas paredes.

— E então? — ele perguntou. — O que você achou da minha toca? Você ainda não deu a sua opinião.

Ele estava me provocando, falando num tom meio debochado, com aquele seu jeito habitual, esperando pela minha resposta, mas estava ao mesmo tempo (e eu podia ver isso nos seus olhos) decidido a não se aborrecer com a minha resposta.

— Eu te invejo por isso — respondi. — Pudesse eu ter alguma coisa parecida com essa à minha disposição! Sempre sonhei com isso.

Lançou-me um olhar satisfeito. Tudo bem — ele concordava. Ele também percebia muito bem as limitações do casal Lalumìa em termos de decoração. Porém o gosto deles, típico da pequena burguesia (que constituía o sistema nervoso, a espinha dorsal do país, e isso não acontecia por acaso — observou, fazendo um parêntese), tinha, no entanto, sempre um aspecto de alguma coisa viva, saudável, e isso provavelmente ocorria na razão direta da própria banalidade e vulgaridade deles.

— No fim das contas, os objetos são apenas objetos — exclamou. — Por que nos tornarmos escravos deles?

A este respeito, vamos considerar Alberto — continuou. Puxa vida! De tanto ficar rodeado por coisas interessantes, perfeitas e sem erros, ele também, mais dia menos dia, acabaria se tornando...

Foi andando na direção da porta, sem terminar a frase.

— Como ele vai indo? — perguntei.

Levantei-me e juntei-me a ele na soleira da porta.

— Quem, Alberto? — disse, com espanto.

Assenti com a cabeça.

— É — continuei. — Nos últimos tempos, ele me pareceu um pouco cansado, um pouco abatido. Você não acha? Tenho a impressão de que ele não está muito bem.

Levantou os ombros e depois apagou as luzes. Foi saindo para fora no escuro à minha frente e não disse mais nenhuma palavra até chegar ao portão, a não ser para responder, na metade do caminho, ao "boa noite" da *signora* Lalumìa, que estava debruçada na janela, e para me propor, já no portão, ir jantar com ele no *Giovanni*.

# 7

Eu não estava iludido, não. Malnate sabia muito bem de todos os motivos — sem excluir nenhum deles (e mesmo naquele momento eu podia perceber isso perfeitamente) — que me mantinham distante da casa dos Finzi-Contini. Apesar disso, nas nossas conversas, nunca tocávamos no assunto. Com relação a este tema, éramos de uma discrição e de uma delicadeza excepcionais, e eu, em particular, ficava agradecido que ele fingisse acreditar no que eu havia dito a ele a este respeito naquela primeira noite. Sentia-me agradecido por ele se prestar a jogar o meu jogo e que me acompanhasse naquilo.

Nós nos encontrávamos quase todas as noites. Desde os primeiros dias de julho, o calor, que se tornara subitamente sufocante, esvaziara a cidade. Geralmente era eu que passava no apartamento dele, entre sete e oito da noite. Quando não o encontrava em casa, aguardava-o pacientemente, às vezes entretendo-me batendo papo com a *signora* Edvige. Mas na maioria das vezes eu o encontrava lá, estirado no sofá-cama de camiseta sem manga, com as mãos cruzadas na nuca e os olhos fixos no teto, ou então sentado escrevendo uma carta para a mãe, a quem era ligado por um afeto profundo e um tanto exagerado. Assim que ele me via, corria para o banheiro para fazer a barba, e depois saíamos juntos, ficando sempre subentendido que também jantaríamos juntos.

Íamos quase sempre ao *Giovanni* e nos sentávamos numa mesa do lado de fora, em frente às torres do Castelo, que se elevavam acima das nossas cabeças como paredes de rocha dolomítica, e, como aquelas, iluminadas em seus pináculos pela última luz do dia. Ou então, jantávamos no *Voltini*, uma *trattoria* do lado de fora da cidade antiga, saindo pela Porta Reno, e de cujas mesas, arrumadas debaixo de uma série de arcadas leves direcionadas para o lado sul e debruçadas sobre a zona rural, era possível estender a vista até as imensas planuras do aeroporto. Nas noites mais quentes, no entanto, em vez de nos dirigirmos na direção da cidade, nós nos distanciávamos, pegando a bela estrada de Pontelagoscuro, atravessávamos a ponte de ferro sobre o rio Pó e, pedalando emparelhados por cima da represa, com o rio à nossa direita e os campos da região do Vêneto à nossa esquerda, depois de mais quinze minutos, a meio caminho entre Pontelagoscuro e Polesella, chegávamos ao casarão isolado da *Dogana Vecchia*, local famoso por suas enguias fritas. Comíamos sempre muito lentamente. Ficávamos na mesa até tarde bebendo vinho Lambrusco, *vinello di Bosco* e fumando cachimbo. Porém, quando acontecia de já termos jantado na cidade, chegava uma hora em que botávamos os guardanapos na mesa, cada um pagava a sua própria despesa, e depois, empurrando as bicicletas, passeávamos pelo Corso Giovecca para cima e para baixo, do Castelo até a Prospettiva, ou então seguindo pelo Viale Cavour, do Castelo até a estação. Era então ele que, geralmente, por volta da meia-noite, se oferecia para me acompanhar até em casa. Dava uma olhada no relógio, declarava que estava na hora de ir dormir (apesar de a sirene da fábrica soar somente às oito horas para eles, os "técnicos" — acrescentava muitas vezes num tom solene —, ele tinha que pular fora da cama às quinze para as sete, "no mínimo"...) e, por mais que eu insistisse, às vezes, para que fosse eu a acompanhá-lo, não havia jeito de fazê-lo aceitar. A última imagem que permanecia dele era invariavelmente a mesma. Parado no meio da rua, montado na bicicleta, ele ficava esperando que eu entrasse e fechasse completamente o portão.

Depois de comer, umas duas ou três noites acabamos perto dos torreões da Porta Reno, onde, naquele verão, no espaço aberto entre o Gasômetro e a Piazza Travaglio, havia se instalado um parque de diversões bem mixuruca, com meia dúzia de barracas de tiro ao alvo agrupadas em torno da cobertura de lona parda e remendada de um pequeno circo de cavalinhos. O lugar me atraía. Sentia-me encantado e comovido por aquela melancólica sociedade formada por prostitutas pobres, moleques, soldados e pederastas infelizes e miseráveis da periferia que habitualmente o freqüentavam. Em voz baixa, eu citava trechos de Apollinaire e Ungaretti. E, apesar de Malnate, fazendo um pouco uma cara de quem foi arrastado contra a vontade, me acusar de "crepuscularismo decadente", ele, no fundo, também gostava, depois de jantar no *Voltini*, de subir até lá em cima, na esplanada poeirenta, e dar uma paradinha para comer uma fatia de melancia à luz do lampião a gás do vendedor de frutas, ou passar uns vinte minutos brincando de tiro ao alvo. Giampi era um ótimo atirador. Alto, forte e elegante com a sua camisa creme estilo safári muito bem passada e com a qual eu o havia visto desde o início do verão, muito calmo ao mirar através dos grandes óculos com armação de tartaruga, ele tinha com certeza despertado a fantasia da moça toscana muito desbocada e toda maquiada — uma espécie de rainha do lugar — em cuja barraca, assim que despontávamos das escadas de pedra que da Piazza Travaglio conduziam até à parte de cima da fortificação, éramos obrigatoriamente convidados a parar. Enquanto Malnate atirava, a moça não lhe poupava sarcásticos elogios de conotação obscena, que ele encarava com muito espírito esportivo e com a tranqüila desenvoltura típica de quem passou muitas horas do início da juventude nos prostíbulos.

Numa noite de agosto particularmente abafada, fomos parar num teatro de arena ao ar livre, onde eu me lembro que estava passando um filme alemão com Cristina Söderbaum. Quando chegamos, a sessão já tinha começado e, sem seguir o conselho de Malnate, que me dizia para ficar quieto, de parar "de ficar debochando", que não valia a pena, antes mesmo de nos sentarmos eu já tinha começado a cochichar comentários irônicos. Malnate tinha razões de sobra. De fato, um sujeito sentado na fileira antes da nossa se levantou de repente contra o fundo leitoso da tela e me intimou a calar a boca, com um jeito ameaçador. Rebati com uma ofensa, e o outro gritou: "Cai fora, judeu nojento!" e ao mesmo tempo se atirou em cima de mim, agarrando-me pelo pescoço. E a minha sorte foi que Malnate, sem dizer uma palavra, deu logo um empurrão no meu agressor, fazendo-o voltar para a sua cadeira, e me arrastou para fora.

— Você é um verdadeiro cretino — ele gritou para mim, depois que já tínhamos pegado apressadamente as bicicletas guardadas no estacionamento. — E agora, vamos embora, pedala, e reza para o teu Deus para que aquele imbecil tenha dito aquilo sem saber que era verdade.

Assim, uma após outra, passávamos as nossas noitadas, onde sempre pairava no ar uma espécie de camaradagem recíproca porque agora, diferentemente de quando Alberto estava conosco, conseguíamos conversar sem discutir e, por esse motivo, não levávamos nunca em consideração a eventualidade de que Alberto, se convidado com um simples telefonema, pudesse sair de casa para vir passear conosco.

Começamos a deixar de lado os assuntos políticos. Tínhamos os dois absoluta certeza de que a França e a Inglaterra, cujas missões diplomáticas já haviam há algum tempo chegado a Moscou, acabariam por fazer um acordo com a União Soviética (o acordo que por nós era considerado como inevitável teria salvaguardado tanto a independência da Polônia quanto a paz, provocando como conseqüência, além do fim do Pacto de Aço, pelo menos a queda de Mussolini). Agora falávamos quase sempre sobre arte e literatura. Malnate, embora mantendo um tom moderado e sem nunca se exceder na polêmica (além do mais, ele afirmava que entendia pouco de arte, e que não tinha grande conhecimento sobre o assunto), negava rigidamente e de um modo geral tudo aquilo que eu mais amava: tanto Eliot quanto Montale, tanto García Lorca quanto Essenin. Ele me ouvia declamar emocionado *Non chiederci la parola che squadri da ogni lato* [Não nos peça a palavra que possa tudo delimitar], ou trechos do *Lamento per Ignazio* [Lamento por Inácio], e em todas as vezes eu tinha esperança de tê-lo entusiasmado, de tê-lo convertido ao meu gosto. Balançando a cabeça, ele declarava que não, que para ele o *"ciò che* non *siamo, ciò che* non *vogliamo"* [aquilo que *não* somos, aquilo que *não* queremos] de Montale o deixava insensível, indiferente, a verdadeira poesia não pode se fundamentar na negação (que eu deixasse em paz Leopardi, pelo amor de Deus!

Leopardi era uma outra história, e além disso ele tinha escrito a *Ginestra*, que eu não me esquecesse disso...), mas, pelo contrário, na afirmação, no *sim*, que o Poeta em última análise *não pode* insurgir-se contra a Natureza hostil e a Morte. Nem mesmo os quadros de Morandi o convenciam, ele dizia. Um trabalho fino e delicado, sem dúvida, mas que na opinião dele era "subjetivo" e "alienado". O medo da realidade, o medo de errar: era isso o que exprimiam, na realidade, as naturezas mortas de Morandi, os seus famosos quadros com garrafas e com florezinhas. E o medo, também na arte, sempre foi um péssimo conselheiro.... A esta altura, não sem execrá-lo secretamente, eu não encontrava mais argumentos para contrapor aos dele. Só de pensar que no dia seguinte à tarde, ele, o felizardo, certamente se encontraria com Alberto e Micòl, e talvez falasse de mim com eles, bastava para me fazer renunciar a qualquer veleidade de revolta e encolher-me dentro da minha carapaça.

Apesar de tudo, fiquei impaciente.

— Bom, mas você também, no fim das contas — eu protestei uma noite —, você também pratica em relação à literatura contemporânea, a única viva, a mesma negação radical que, por outro lado, você não suporta quando a *nossa* literatura a exercita diante da vida. Você acha isso justo? Os teus poetas ideais continuam sendo Victor Hugo e Carducci. Você tem que admitir isso.

— E por que não? — ele respondeu. — Na minha opinião, as poesias republicanas de Carducci, as anteriores à sua conversão política, ou melhor, à sua decrepitude neoclássica e monarquista, merecem todas ser redescobertas. Você as releu, recentemente? Experimente só e você vai ver.

Respondi que não as tinha relido e que não tinha a menor vontade de fazer isso. Para mim, elas continuavam sendo um "palavrório" vazio, cheio de uma retórica patriótica. Eram incompreensíveis e até mesmo divertidas, talvez exatamente por isso: sendo incompreensíveis, elas eram na verdade "surreais".

Numa outra noite, no entanto, não porque quisesse me exibir, mas talvez impelido por uma vaga necessidade de me abrir, de botar para fora o que há tempos eu sentia ferver dentro de mim, cedi à tentação de recitar-lhe um poema meu. Eu o tinha escrito no trem, voltando de Bolonha, depois da apresentação da minha monografia de formatura, e, embora durante algumas semanas eu tivesse continuado a acreditar que ele refletisse fielmente a minha profunda desolação daqueles dias e o horror que eu sentia naquela época em relação a mim mesmo, à medida que eu o declamava para Malnate, eu agora percebia muito claramente, mais constrangido do que angustiado, a falsidade e o floreado literário do poema. Caminhávamos pela Giovecca, na parte de baixo, lá pelos lados da Prospettiva, e, além dela, a escuridão do campo parecia ainda mais compacta, como uma espécie de muralha negra. Eu declamava lentamente, esforçando-me em valorizar o ritmo, colocando muita dramaticidade na voz, na tentativa de fazer passar por coisa boa a minha pobre mercadoria avariada, porém cada vez mais convencido, à medida que me aproximava do desfecho, do inevitável insucesso da minha apresentação. Porém eu estava enganado. Assim que terminei, Malnate me fitou com extrema seriedade, para depois, deixando-me boquiaberto, declarar que o poema lhe havia agradado muito — muitíssimo — a ele. Pediu-me que o recitasse uma segunda vez (o que fiz imediatamente). Depois disso, chegou a afirmar que, na sua modesta opinião, a minha "lírica", sozinha, valia mais do que todas as "tentativas infelizes de Montale e Ungaretti juntos". Sentia-se no poema uma dor verdadeira, um "compromisso moral" absolutamente novo e autêntico. Será que Malnate estava sendo sincero? Pelo menos, naquela ocasião, eu diria sem dúvida que sim. O fato é que, a partir daquela noite, ele começou a repetir os meus versos em voz alta sucessivamente, sustentando como naquelas poucas linhas era possível entrever uma "saída" para a poesia italiana contemporânea, estagnada na triste aridez da verborragia e do hermetismo. Quanto a mim, não me envergonho de confessar que o fato de estar ali ouvindo-o falar desagradava-me muito menos agora. Diante dos seus elogios hiperbólicos, eu me limitava a arriscar de vez em quando um débil protesto, com o coração repleto de uma gratidão e de uma esperança bem mais comoventes do que desprezíveis, quando penso novamente no fato.

Em todo caso, no que se refere ao gosto de Malnate em matéria de poesia, sinto-me na obrigação de acrescentar que nem Carducci nem Victor Hugo eram verdadeiramente os seus autores preferidos. Ele os respeitava como antifascista e como marxista. Mas como bom milanês que era, sua grande paixão era o Porta, um poeta que, antes daquela época, eu sempre tinha colocado depois do Belli. Mas não, eu estava equivocado — Malnate opinava. Como é que eu poderia comparar a monotonia fúnebre e "contra-reformista" do Belli com a humanidade variada e calorosa do Porta?

Ele era capaz de recitar de cor centenas de versos.

*Bravo el mè Baldissar! Bravo el mè nan!*
*L'eva poeù vora de vegnì a trovamm:*
*t'el seet mattascion porch che maneman*
*l'è on mes che no te vegnet a ciollamm?*
*Ah Cristo! Cristo! com'hin frecc sti man!*

> Bravo meu Baldassar! Bravo meu pequenino!
> Tinha medo de vir encontrar-me:
> sabe, seu maluquinho, que brincando, brincando,
> há um mês que não vens me visitar?
> Ah, Cristo! Cristo! como estou contente!*

Empolgava-se ao declamar com a sua voz grave e meio rouca, em perfeito dialeto milanês, todas as noites em que, enquanto passeávamos, nos aproximávamos da Via Sacca, da Via Colomba, ou voltávamos percorrendo lentamente a Via delle Volte, espreitando pelas portas entreabertas para o interior iluminado das casas de prostituição. Malnate sabia a *Ninetta del Verzee* [A Ninetta da Quitanda] inteirinha, e foi justamente ele quem a revelou para mim.

Ameaçando-me com o dedo em riste e piscando o olho com uma expressão safada e evocativa (aludindo a algum antigo episódio de sua adolescência em Milão, eu supus), dizia sussurrando freqüentemente:

> Nò Ghittin: no sont capazz
> de traditt: nò, stà pur franca.
> Mettem minga insemma a mazz
> coj gingitt e cont'i s'cianca...
>
> Não, meu bem: não sou capaz
> de te trair: não, podes estar certa.
> Não junte alhos com bugalhos,
> pois podes te enganar.**

---

*Tradução de Sandra Lazzarini, Editora Rio Gráfica, 1987. (N. do T.)
**Tradução de Sandra Lazzarini, Editora RioGráfica, 1987. (N. do T.)

etc. Ou então, num tom triste, melancólico e amargurado, vinha-me com esta:

*Paracar, che scappee de Lombardia...*

Soldados que fugiram da Lombardia...

sublinhando cada verso do soneto com piscadas de olho, pois em vez de dedicadas aos franceses de Napoleão, ele as dedicava naturalmente aos fascistas. Também dizia com o mesmo entusiasmo e eloqüência os poemas de Ragazzoni e de Delio Tessa, deste último em especial (e uma vez eu fiz uma observação sobre isso), embora não me parecesse que ele pudesse ser considerado como um poeta "clássico", pois transbordava daquela sensibilidade crepuscular, pomposa e decadente. Mas a realidade é que qualquer coisa que tivesse alguma relação com Milão e com o seu dialeto era sempre tratada por ele sempre com enorme indulgência. Ele aceitava tudo o que era de Milão e sorria benevolamente a tudo. Em Milão, até mesmo o decadentismo literário, e até mesmo o fascismo, tinham algo de positivo.
Ele declamava:

> *Pensa ed opra, varda e scolta,*
> *tant se viv e tant se impara;*
> *mi, quand nassi on'altra volta,*
> *nassi on gatt de portinara!*

> Pensa e faz, olha e escuta,
> tanto se vive e tanto se aprende;
> Eu, quando nascer uma outra vez,
> vou nascer gato de armazém!

> *Per esempi, in Rugabella,*
> *nassi el gatt del sur Pinin...*
> *...scartoseij de coradella,*
> *polpa e fidegh, barettin*
>
> *del patron per dormigh sora...*
>
> Por exemplo, em Rugabella,
> nasceu o gato do Sr. Pinin...
> ...pacotinho de mortadela,
> salame e morcela, e o gorro
>
> do patrão para dormir em cima...*

e ria sozinho, cheio de ternura e de saudade.

É claro que eu não entendia tudo do dialeto milanês e, quando não entendia, eu perguntava.

— Me desculpe, Giampi — perguntei-lhe uma noite —, onde é *Rugabella*? Eu já estive em Milão, mas não posso dizer que conheço. Você acredita? É a cidade onde eu menos sei me orientar, menos ainda do que em Veneza.

— Mas como?! — ele veio para cima de mim, com um ímpeto estranho. — É uma cidade tão clara, tão racional! Não entendo como é que você tem a coragem de compará-la com aquela espécie de latrina molhada e sufocante que é Veneza!

Mas depois, logo se acalmando, explicou-me que *Rugabella* era uma rua antiga não muito distante do Duomo, na qual ele nasceu, onde os pais dele ainda moravam e para a qual, dali a alguns meses, talvez antes do fim do ano (a não ser que a Direção Geral, sediada em Milão, engavetasse o seu pedido de

---

*Tradução de Sandra Lazzarini, Editora Rio Gráfica, 1987. (*N. do T.*)

transferência), ele esperava poder voltar a morar. Porque, vamos esclarecer uma coisa, ele especificou: Ferrara é uma ótima cidade, cheia de vida e interessante sob muitos aspectos, inclusive politicamente. Ele achava extremamente importante, para não dizer fundamental, a experiência de dois anos que passara aqui Ferrara. Porém o lar é sempre o doce lar, e a *mamma* é sempre a *mamma* e o céu da Lombardia "é muito lindo quando o dia está bonito", e não havia nenhum outro céu no mundo, pelo menos para ele, que pudesse se comparar.

8

Como eu já disse, tendo transcorrido o vigésimo dia do meu exílio, recomecei a freqüentar a casa dos Finzi-Contini todas as terças e sextas. Mas já que eu não sabia de que modo passar os domingos (se eu quisesse retomar o relacionamento com os antigos colegas do ginásio, Nino Bottecchiari e Otello Fiori, por exemplo, ou então com os colegas mais recentes da Universidade que eu havia conhecido nos últimos anos em Bolonha, isso não teria sido possível, pois todos tinham viajado nas férias), a partir de uma certa data, comecei a ir também aos domingos. E Micòl passou a não se incomodar com isso, e nunca reclamou comigo por não respeitar o nosso acordo ao pé da letra.

Agora éramos muito cautelosos um com o outro, até demais. Cientes da precariedade do equilíbrio que havíamos alcançado, estávamos atentos para não rompê-lo, mantendo-nos numa zona neutra da qual estavam excluídas tanto a frieza excessiva quanto a intimidade exagerada. Quando Alberto queria jogar — e isso acontecia cada vez mais raramente —, eu me prontificava de boa vontade a ser o quarto jogador. Mas, na maioria das vezes, eu nem mesmo chegava a trocar de roupa. Preferia ser o juiz dos longos e acirrados jogos individuais que aconteciam entre Micòl e Malnate, ou então fazer companhia a Alberto, sentado debaixo do guarda-sol que ficava ao lado da quadra.

A saúde dele me preocupava e me angustiava. Eu não conseguia pensar em outra coisa. Examinava seu rosto, que, com o emagrecimento, parecia mais comprido, e me detinha a observar a passagem do ar pelo seu pescoço, que, ao contrário do rosto, estava agora inchado e mais grosso, e meu coração se apertava ao ver isso. Sentia-me oprimido por um sentimento oculto de remorso. Havia momentos em que eu teria dado qualquer coisa para vê-lo recuperar-se.

— Por que é que você não vai viajar um pouco? — perguntei a ele.

Voltou-se na minha direção para perscrutar meu rosto.

— Você está me achando abatido?

— Não, eu não diria abatido... Acho que você emagreceu um pouco, só isso. O calor está te incomodando?

— Bastante.

Levantou os braços para acompanhar uma inspiração profunda.

— De uns tempos para cá, meu querido amigo, tenho tido dificuldades para respirar... Viajar... Mas para *onde*?

— Acho que o ar da montanha te faria bem. O que é que o teu tio acha? Ele te examinou?

— Claro que sim. Tio Giulio me garantiu que não tenho nada, e deve ser verdade, não é mesmo? Senão, ele teria me receitado algum tratamento... Aliás, na opinião dele eu posso muito bem jogar tênis o quanto quiser. O que mais pode-se dizer? Com certeza é o calor que me deixa abatido deste jeito. Na verdade, eu não estou comendo quase nada, e sei que isso não é bom.

— E então, já que estamos falando do calor, por que você não passa uns 15 dias nas montanhas?

— Nas montanhas, em pleno agosto? Pelo amor de Deus! E além do mais... (neste momento, ele sorriu), *Jüden sind* por toda parte *unerwünscht* [Os judeus são considerados indesejáveis por toda parte]. Você se esqueceu?

— Isso é boato. Em San Martino di Castrozza, por exemplo, não tem problema. Lá ainda se pode ir, aliás do mesmo modo que ao Lido de Veneza, à região dos Alberoni di Staranzano... Foi publicado no *Corriere della Sera* da semana passada.

— Que tristeza! Passar o feriado de *Ferragosto* [15 de agosto] num hotel, acotovelando-se com bandos alegres de esportistas, um monte de gente de sobrenome Levi e Cohanìm, isso não me atrai, me desculpe. Prefiro esperar até setembro.

Na noite seguinte, aproveitando o novo clima de intimidade que havia surgido entre mim e Malnate, depois de ter me arriscado a submeter os meus versos ao seu julgamento, decidi-me a falar com ele sobre a saúde de Alberto. Na minha opinião — disse ele — não havia dúvida de que Alberto tinha alguma coisa. Será que eu não havia reparado como ele respirava com dificuldade? E lhe parecia no mínimo estranho que ninguém da família, nem o tio e nem o pai, tivesse tomado até agora nenhuma providência para tentar curá-lo. O tio que era médico e que morava em Veneza não acreditava em remédios e, por ele, tudo bem. Mas e os outros todos, incluindo a irmã?

Estavam todos calmos, sorridentes e tranqüilos. Ninguém movia um dedo.

Malnate ficou me ouvindo em silêncio.

— Eu não quero que você fique alarmado demais — ele disse por fim, com um leve tom de constrangimento na voz.

— Você acha mesmo que ele está assim tão enfraquecido?

— Mas, pelo amor de Deus! — eu me precipitei. — No espaço de dois meses ele deve ter emagrecido uns dez quilos!

— Ei, calma aí! Olha que dez quilos é muita coisa!

— Se não for dez, deve ter sido uns sete ou oito, pelo menos.

Calou-se e ficou pensativo. Admitiu depois que também ele, de uns tempos para cá, tinha percebido que Alberto não estava bem. Por outro lado — acrescentou —, será que nós dois tínhamos certeza de que não estávamos nos preocupando sem motivo? Se os seus parentes mais próximos não se mexiam, se nem mesmo a fisionomia do professor Ermanno deixava transparecer a menor inquietação, então deixa estar... Vejamos o professor Ermanno, por exemplo. Se Alberto estivesse gravemente doente, será que poderíamos supor que tivesse passado pela cabeça dele mandar vir de Ímola aqueles dois caminhões de saibro para a quadra de tênis? E, por falar na quadra de tênis, eu estava sabendo que dali a poucos dias começariam as obras para alargar as famosas áreas de recuo?

E assim, com o pretexto de Alberto e da sua suposta doença, tínhamos sem perceber introduzido nas nossas conversas noturnas também o tema, até então tabu, dos Finzi-Contini. Nós dois tínhamos consciência de que estávamos caminhando sobre um campo minado e, justamente por isso, procedíamos sempre com muita cautela, muito atentos em não passarmos dos limites. Porém deve-se ressaltar que, toda vez que se falava deles como uma família, como uma "instituição" (não sei quem foi o primeiro a utilizar esta palavra, mas me lembro que tínhamos gostado dela e que nos havia feito rir), Malnate não poupava críticas, até mesmo as mais severas. Que gente difícil! — dizia ele. Que nó curioso e absurdo de contradições insolúveis eles representavam "socialmente"! Certas vezes, pensando nos milhares de hectares de terras que possuíam e nos milhares de lavradores que trabalhavam nelas, escravos disciplinados submetidos ao regime corporativista, ele chegava algumas vezes quase a preferir os truculentos latifundiários "normais", aqueles que nos anos 1920, 1921 e 1922, decidiram organizar e subvencionar grupos paramilitares fascistas de tropas de choque e torturadores de camisas negras, que não haviam hesitado um só momento em gastar dinheiro com liberalidade. Esses, "pelo menos", eram fascistas. Quando chegasse a hora, certamente não surgiriam dúvidas de como deveriam ser tratados. Mas e os Finzi-Contini?

E balançava a cabeça, com um jeito de quem, se quisesse, poderia até compreender, mas que não está com vontade. E chega! A uma certa altura dos acontecimentos, as sutilezas, as complicações e as distinções infinitesimais, por mais interessantes e divertidas que sejam, elas também têm que acabar.

Uma noite, já bem tarde, depois do feriado de Ferragosto, tínhamos ficado bebendo vinho numa taverna na Via Gorgadello, ao lado do Duomo, a poucos passos de distância daquele que até há um ano e meio tinha sido o ambulatório médico do doutor Fadigati, um conhecido otorrinolaringologista. Entre um copo e outro, contei a Malnate a história do doutor, de quem eu tinha ficado muito amigo nos últimos cinco meses que antecederam ao seu suicídio "por amor", o último amigo que tinha sobrado na cidade (quando eu disse "por amor", Malnate não tinha conseguido evitar soltar um risinho sarcástico, do tipo genuinamente debochado). Começando com a história de Fadigati, entrar no assunto da homossexualidade em geral foi um pulo. Sobre este assunto, Malnate tinha idéias muito simples, típicas de um verdadeiro *goi*, eu pensava com os meus botões. Para ele, os pederastas eram apenas uns "infelizes", uns pobres coitados "perturbados" que deveriam ser considerados como casos médicos ou dentro do âmbito da profilaxia social. Eu, pelo contrário, argumentava que o amor justifica e torna tudo sagrado, até a pederastia. E, mais ainda: que o amor, quando é puro, isto é, quando é totalmente desinteressado, é sempre anormal, anti-social etc. Exatamente como a arte — acrescentei —, que quando é pura, e por isso mesmo inútil, desagrada a todos os sacerdotes de todas as religiões, inclusive a socialista. Deixando de lado as nossas boas intenções de sermos moderados, naquela ocasião discutimos acaloradamente, quase no estilo dos primeiros tempos, até o momento em que, percebendo que estávamos os dois um pouco embriagados, irrompemos simultaneamente numa grande gargalhada. Depois, já do lado de fora da taverna, atravessamos o Listone semideserto, subimos por San Romano e, por fim, seguimos caminhando sem destino pela Via delle Volte.

Sem ter calçada e com a pavimentação de pedras toda esburacada, a rua parecia ainda mais escura do que de costume. Enquanto prosseguíamos quase que tateando, orientando-nos com o único auxílio da luz que saía dos portõezinhos entreabertos dos bordéis, Malnate começou, como de hábito, a recitar algumas estrofes do Porta, mas desta vez não eram da *Ninetta*, lembro-me bem, mas do *Marchionn di gamb avert*. Declamava à meia voz, no tom melancólico e dolorido que sempre assumia quando escolhia o *Lament* [Lamento]:

> *Finalmente l'alba tance voeult spionada*
> *l'è comparsa anca lee di filidur...*
>
> Finalmente a alba desponta; se quiser vê-la,
> Ela também surgiu com seus fios de ouro...\*

Mas, neste ponto, subitamente, interrompeu a declamação.

— O que é que você acha — ele me perguntou, apontando com o queixo para a porta de um bordel — de entrarmos para dar uma olhada?

A proposta não tinha nada de excepcional. Entretanto, vindo da parte dele, um homem com quem eu nunca tinha feito outra coisa a não ser conversar sobre assuntos sérios, me surpreendeu e me deixou encabulado.

— Esse não é dos melhores — respondi. — Deve ser um daqueles que custa menos de dez liras... De qualquer jeito, vamos dar uma olhada.

Era tarde, quase uma da manhã, e a nossa recepção não foi das mais calorosas. Começou com uma velha, uma espécie de roceira sentada numa cadeira de palha atrás do batente do pequeno portão, a criar caso porque não queria que entrássemos com as bicicletas. Continuou com a cafetina, uma mulher baixinha de idade indefinida, seca, pálida, de óculos, vestida de

---

\*Tradução de Sandra Lazzarini, Editora Rio Gráfica, 1987. (*N. do T.*)

preto que nem uma freira, também reclamando das bicicletas e da hora. Depois, uma empregada, que estava já limpando os quartos, com uma vassoura, um pano de chão e a alça da lata de lixo debaixo do braço, lançou-nos um olhar cheio de desprezo quando atravessamos a saleta de entrada. E até mesmo as mulheres, todas reunidas numa sala conversando tranqüilamente com um pequeno grupo de fregueses, não fizeram uma expressão simpática ao nos verem. Nenhuma delas veio falar com a gente. E passaram-se pelo menos uns dez minutos, durante os quais eu e Malnate, sentados um diante do outro numa sala separada onde a cafetina havia nos instalado, não trocamos nenhuma palavra (através das paredes ouvíamos as risadas das mulheres e as vozes sonolentas e os acessos de tosse dos clientes-amigos delas), até que uma lourinha com aparência mais fina, com os cabelos presos na nuca e vestida de um jeito discreto como uma estudante de boa família, decidiu-se a aparecer na soleira da porta.

Ela não parecia estar aborrecida.

— Boa noite — ela nos cumprimentou.

Ficou nos examinando calmamente com os olhos azuis cheios de ironia. Depois, dirigindo-se a mim, falou:

— E você aí, do olho azul, você está pensando em alguma coisa?

— Como é que você se chama? — consegui balbuciar.

— Gisella.

— E você é de onde?

— De Bolonha! — ela exclamou, arregalando os olhos como que prometendo sabe-se lá o quê.

Só que não era verdade. Tranqüilo, dominando a situação, Malnate logo percebeu.

— Que Bolonha, coisa nenhuma! — ele interveio. — Na minha opinião, você é da Lombardia, e nem mesmo é de Milão. Você deve ser da região do lago de Como.

— Como é que você adivinhou? — ela perguntou, impressionada.

Neste momento, surgiu por detrás dela a cara de fuinha da cafetina.

— Hum — ela resmungou —, parece que vocês aqui também estão só de conversa fiada.

— Não, não, nada disso — a moça assegurou, sorrindo e apontando para mim. — Aquele ali do olho azul está com boas intenções. Vamos lá então?

Virei-me na direção de Malnate. Ele também me olhava com uma expressão afetuosa, me animando.

— E você? — eu perguntei.

Ele fez um gesto vago com a mão e deu uma risadinha.

— Não precisa se preocupar comigo — ele acrescentou. — Pode subir, que eu fico te esperando.

Tudo aconteceu muito rapidamente. Quando descemos, Malnate estava conversando com a cafetina. Tinha pegado o cachimbo. Estava falando e fumando, tomando informações sobre a "remuneração" destinada às prostitutas, sobre o "mecanismo" da rotatividade quinzenal delas, sobre o "exame médico" etc. e tal, e a mulher lhe respondia com igual atenção e seriedade.

— Bom — disse por fim Malnate, notando que eu já estava ali de volta e ficando de pé.

Dirigimo-nos para a saleta de entrada, e fomos pegar as bicicletas que estavam encostadas uma na outra na parede que ficava ao lado da porta da rua, enquanto a cafetina, que

agora tinha se tornado muito gentil, adiantava-se na nossa frente para abrir.
— Até outro dia — disse Malnate, despedindo-se.
Botou uma moeda na palma da mão estendida da porteira e saiu antes de mim.
Gisella tinha ficado dentro da casa.
— Tchau, amor — disse, numa voz melosa. — Volta outro dia!
Ela bocejou.
— Tchau — respondi, saindo depois.
— Boa noite, cavalheiros — a cafetina falou respeitosamente em voz baixa atrás de nós, e eu a ouvi botando o cadeado na porta.
Empurrando as bicicletas, subimos novamente passo a passo a Via Scienze até a esquina com a Via Mazzini, e depois dobramos à direita na Via Saraceno. Agora era principalmente Malnate que falava. Em Milão, uns anos antes — ele contou —, ele tinha sido um freqüentador bastante assíduo do famoso bordel de San Pietro all'Orto, mas foi somente nesta noite que ele teve a idéia de tomar informações exatas sobre as leis que regulavam o "sistema operacional". Jesus Cristo, que vida miserável que as putas têm! E como era nojento o Estado, o "Estado Ético", ao organizar um mercado de carne humana que nem esse!
Naquele momento, ele percebeu o meu silêncio.
— O que é que você tem? — ele perguntou. — Não está se sentindo bem?
— Não, não é nada disso.
Ouvi-o soltar um suspiro.
— *Omne animal post coitum triste* — ele disse, num tom melancólico. — Mas não fique pensando nisso — Malnate pros-

seguiu após uma pausa, mudando o tom de voz. — Nada como uma boa noite de sono e você vai ver que amanhã de manhã vai ficar tudo ótimo novamente.

— Eu sei, eu sei.

Dobramos à esquerda pela Via Borgo di Sotto e Malnate fez um sinal indicando as casinholas situadas à direita, do lado da Via Fondo Banchetto.

— A professora Trotti deve morar por aqui — ele disse.

Não respondi. Ele tossiu.

— Bem... — ele acrescentou — como vão indo as coisas com Micòl?

De repente, fui tomado por uma necessidade de desabafar, de me abrir com ele.

— Vão indo mal. Ela me deu um fora terrível.

— É, isso percebemos — ele riu com simpatia. — Já faz um tempo. Mas como estão as coisas agora? Ela ainda fica te maltratando?

— Não. Como você já deve ter percebido, conseguimos arrumar um certo *modus vivendi* entre nós, nos últimos tempos.

— É verdade, eu já notei que vocês não ficam se provocando como antes. Que bom que vocês estão voltando a ser amigos! Aquilo era um absurdo!

Minha boca deformou-se numa careta, enquanto as lágrimas me embaçavam os olhos.

Malnate logo percebeu o que estava acontecendo comigo.

— Pára com isso — ele disse para me animar, meio constrangido. — Você não pode se entregar assim.

Engoli em seco.

— Não acredito nem um pouco que possamos voltar a ser amigos — murmurei. — É inútil.

— Bobagem — ele rebateu. — Se você soubesse o quanto ela gosta de você! Quando você não está presente e ela fala de você, coitado de quem ousar te criticar! Ela pula em cima de quem falou e fica uma fera. Alberto também te quer bem e tem grande estima por você. Te digo até que, há alguns dias atrás (talvez eu tenha sido meio indiscreto, me perdoa...), eu recitei o teu poema para eles. Nossa! Você não pode nem imaginar como eles gostaram! Os dois, presta bem atenção, ambos gostaram...

— Só que eu não sei bem o que fazer com a amizade deles e com o afeto que eles têm por mim — eu disse.

Nesse meio tempo, havíamos desembocado na pracinha diante da igreja de Santa Maria in Vado. Não havia viv'alma nem ali e nem na Via Scandiana até o Montagnone. Em silêncio, fomos até o pequeno chafariz num canto do adro. Malnate inclinou-se para beber água e, depois dele, eu também bebi e lavei o rosto.

— Sabe de uma coisa? — Malnate continuou, recomeçando a andar. — Na minha opinião, você está equivocado. Numa época como esta em que estamos vivendo, nada pode ser mais importante entre as pessoas do que o afeto e a estima recíproca, do que a amizade, enfim. Por outro lado, eu não diria que... Pode ser muito bem que, com o tempo... Olha, por exemplo: por que é que você não vem jogar tênis mais vezes, como você fazia há alguns meses atrás? Nada garante que a tática da ausência seja a melhor coisa a fazer! Eu tenho a impressão, meu caro, que você conhece muito pouco as mulheres.

— Mas se foi justamente ela que me colocou a imposição de espaçar as visitas! — falei impetuosamente. — Você acha que teria cabimento eu não fazer o que ela pediu? Afinal de contas, ela está em casa!

Malnate ficou calado e pensativo por alguns instantes.

— É, me parece impossível que você não acatasse o que ela te pediu — ele disse, por fim. — Talvez eu até entendesse se entre vocês tivesse acontecido alguma coisa... grave, irreparável. Mas, na realidade, o que foi mesmo que aconteceu?

Ficou me examinando, com o olhar cheio de dúvidas.

— Me desculpe pela pergunta que foi pouco... diplomática — retomou, sorrindo. — Você chegou alguma vez a beijá-la, pelo menos?

— Ah, sim, muitas vezes — suspirei, desesperado. — Infelizmente, para mim.

Em seguida, contei a ele com minúcias de detalhes a história do nosso relacionamento, desde o início e sem omitir o episódio ocorrido em maio no quarto dela, um episódio que eu considerava determinante no sentido negativo, e irremediável. Quis descrever também, dentre outras coisas, o modo como eu a tinha beijado ou, pelo menos, como tinha acontecido em várias outras ocasiões, e não apenas aquela vez no quarto, como eu havia tentado beijá-la, assim como as diversas reações dela, às vezes mais contrariada, às vezes menos.

Ele deixou que eu desabafasse, e eu estava tão absorto, tão mergulhado nessas amargas lembranças, que prestei muito pouca atenção ao seu silêncio, que, nesse ínterim, tinha se tornado enigmático.

Estávamos parados diante da minha casa já há quase meia hora. De repente, percebi nele um sobressalto.

— Caramba — ele resmungou, verificando a hora. — São duas e quinze. Está na hora de ir embora, senão como é que eu vou acordar amanhã de manhã?

Montou no selim da bicicleta.

— Tchau, hein... — disse, despedindo-se de mim. — E a vida continua!

Notei que seu rosto tinha ficado com um expressão estranha, como que perturbado. Será que as minhas confidências o tinham aborrecido, incomodado?

Fiquei olhando-o afastar-se velozmente. Era a primeira vez que ele me deixava ali daquele jeito, sem esperar que eu fechasse o portão depois de entrar.

9

Mesmo já sendo bem tarde da noite, meu pai ainda não tinha apagado a luz.
Desde que começou a aparecer em todos os jornais a campanha racista, a partir do verão de 1937, ele sofria de uma forma grave de insônia que ficava ainda mais intensa no verão, com o calor. Passava noites inteiras sem pregar o olho, lendo, vagando pela casa, ouvindo na copa os programas transmitidos em italiano pelas rádios estrangeiras e pouco conversando com a *mamma* no quarto dela. Se eu chegasse depois de uma hora, era muito difícil conseguir percorrer o corredor ao longo do qual ficavam, um após o outro, os vários quartos de dormir (o primeiro era o do meu pai, depois vinha o da *mamma*, depois os quartos de Ernesto e de Fanny e por último, lá no fundo, o meu) sem que ele percebesse. Eu tomava bastante cuidado, andando na ponta dos pés, e até tirava os sapatos. O ouvido apurado do meu pai percebia os mínimos barulhos e ruídos.
— É você?

Como era de se esperar, naquela noite eu também não havia escapado ao seu controle. Geralmente, quando ele me perguntava "É você?", eu acelerava imediatamente o passo e seguia em frente sem responder e fingindo não ter escutado. Mas naquela noite, não foi assim. Mesmo podendo imaginar e já me sentindo incomodado pelas perguntas que eu teria que responder e que há anos eram sempre as mesmas ("Por que tão tarde assim?"; "Você sabe que horas são?"; "Por onde você andou?"; etc.), preferi parar. Meti o rosto pela fresta da porta entreaberta.

— O que você está fazendo parado aí? — meu pai falou, da cama, sondando-me por cima dos óculos. — Entra! Entra só um instantinho.

Ele não estava exatamente deitado, mas recostado, de camisolão, apoiando as costas e a nuca na cabeceira de madeira clara entalhada e coberto apenas por um lençol, somente até à altura do estômago. Chamou a minha atenção que tudo dele e em torno dele fosse branco: o cabelo grisalho, o rosto pálido e encovado, o camisolão branco, o travesseiro apoiado atrás dos rins, o lençol, o livro aberto pousado sobre a barriga, e de como aquela brancura (uma brancura de hospital, pensei) estivesse de acordo com a serenidade surpreendente e extraordinária e com uma inédita expressão de bondade e cheia de sabedoria que lhe iluminava os olhos claros.

— Nossa, como é tarde! — ele comentou, sorrindo, enquanto dava uma olhada no Rolex de pulso à prova d'água do qual não se separava nem mesmo na cama. — Você sabe que horas são? São 02h27.

Talvez aquela tenha sido a primeira vez que a frase não me causou irritação, desde que completei dezoito anos e ganhei a chave de casa.

— Eu fui dar uma volta — disse, calmamente.
— Com aquele seu amigo de Milão?
— É.
— E o que é que ele faz? Ainda está estudando?
— Que nada! Ele já tem 26 anos. Está empregado... Trabalha como químico na Zona Industrial, numa fábrica de borracha sintética da Montecatini.
— Pois veja só! E eu que pensava que ele ainda estivesse na faculdade! Por que é que você nunca o convidou para jantar?
— É que... eu achava que não devia dar mais trabalho à *mamma*, além do que ela já tem.
— Não, imagina só! Isso não dá trabalho nenhum. Botar mais um prato de sopa não faz a menor diferença. Convide-o para vir aqui! E... onde é que vocês jantaram? No *Giovanni*?
Fiz que sim com a cabeça.
— Me conta o que é que vocês comeram de bom.
Eu me submeti de bom grado e me surpreendi pela minha condescendência, descrevendo para ele os vários pratos que tínhamos comido: os que eu tinha escolhido e os de Malnate. Enquanto falava, eu havia me sentado.
— Muito bem — aprovou, por fim, meu pai, satisfeito.
— E depois — continuou depois de uma pausa — *"duv'èla mai ch'a si 'ndà a far dann, tutt du?"* [o que é que vocês foram fazer depois?]. Aposto (e neste momento, ele levantou a mão, no intuito de impedir um eventual desmentido meu) que vocês foram atrás de mulheres.
Entre nós nunca havia existido nenhuma intimidade a este respeito. Um pudor altivo, uma necessidade intensa e irracional de liberdade e de independência tinham sempre me levado a afastar, mesmo antes de surgirem, todas as suas tímidas tentativas de abordar este assunto. Mas, naquela noite, não.

Eu olhava para ele, tão branco, tão frágil, tão velho, e era como se alguma coisa dentro de mim, uma espécie de nó, de antigo recalque secreto, fosse aos poucos se dissolvendo.
— Claro — eu disse. — Adivinhou.
— Vocês foram a um bordel, eu imagino.
— Fomos.
— Ótimo — ele falou, em tom de aprovação. — Na idade de vocês, especialmente na sua, o bordel é a solução mais sadia sob qualquer ponto de vista, inclusive o da saúde. Mas, me diz uma coisa: como é que você se arranja com o dinheiro? O dinheiro que a *mamma* te dá todo sábado é suficiente? Se te faltar dinheiro, pode pedir a mim. Dentro do possível, eu posso tentar te ajudar.
— Obrigado.
— Em qual deles vocês foram? No da Maria Ludargnani? No meu tempo, ela já estava na ativa.
— Não. Fomos a um lugar na Via delle Volte.
— O único conselho que eu vou te dar — ele acrescentou, assumindo de uma hora para outra a linguagem da profissão médica que tinha exercido somente na juventude, e que depois, com a morte do *nonno*, passou a dedicar exclusivamente à administração das terras em Masi Torello e das duas firmas na Via Vignatagliata das quais era o dono — é não descuidar *nunca* das medidas profiláticas necessárias. É uma chatice, eu sei, seria bom não ter que se preocupar com essas coisas. Porém, basta uma coisinha de nada para pegar uma bruta blenorragia, a chamada gonorréia, ou até mesmo alguma coisa pior do que isso. E principalmente se de manhã, ao acordar, acontecer de você notar algo de estranho, venha *imediatamente* me mostrar isso lá no banheiro. Se for o caso, eu te digo o que você tem que fazer.

— Já entendi. Pode ficar tranqüilo.
Senti que ele estava procurando o jeito mais apropriado de me perguntar sobre um outro assunto. Agora que eu já tinha me formado — imaginei que ele fosse me perguntar isso — será que eu por acaso já tinha alguma idéia em relação ao futuro, algum projeto? Mas, em vez disso, começou a discorrer sobre política. Antes de eu voltar para casa — ele disse — entre uma e duas da manhã, ele tinha conseguido sintonizar várias estações de rádio estrangeiras: Monteceneri, Paris, Londres e Beromünster. Pois então, baseado exatamente nestas últimas notícias, ele estava convencido que a situação internacional estava piorando rapidamente. Pois é, infelizmente: a coisa estava ficando "preta", um verdadeiro *afàr negro*. Em Moscou, as missões diplomáticas anglo-francesas pareciam estar já prestes a partir (sem ter conseguido absolutamente nada, é claro!). Será que elas iriam realmente embora de Moscou assim? Era algo a se temer. Depois disso, só restaria a todo o mundo confiar a alma a Deus.

— O que é que você acha?! — exclamou. — Stalin não é exatamente o tipo que tem muitos escrúpulos. Se for conveniente, tenho a certeza de que ele não pensaria duas vezes antes de aliar-se a Hitler!

— Uma aliança entre a Alemanha e a União Soviética? — eu disse, dando um sorriso sem convicção. — Não, não acredito nisso. Não me parece que isso seja possível.

— Vamos ver — ele replicou sorrindo, por sua vez. — Que Deus te ouça!

Neste momento ouviu-se um lamento vindo do quarto ao lado. Minha mãe tinha acordado.

— Ghigo, o que é que você disse? — ela perguntou. — Hitler morreu?

— Quem dera! — meu pai disse, soltando um suspiro. — Vai dormir, vai dormir, meu amor, não se preocupe!
— Que horas são?
— Quase três da manhã.
— Manda esse teu filho ir dormir!

A *mamma* pronunciou mais algumas palavras incompreensíveis e depois se calou.

Meu pai ficou olhando fixo dentro dos meus olhos durante um bom tempo. Depois, falando em voz baixa, quase sussurrando, disse:

— Me desculpe se tomo a liberdade de te falar sobre essas coisas — ele disse —, mas você vai compreender... tanto eu quanto a sua mãe percebemos muito bem que, desde o ano passado, você se apaixonou por... por Micòl Finzi-Contini. Não é verdade?

— É... é verdade.

— E como é que vai indo o relacionamento de vocês agora? As coisas continuam complicadas?

— Não poderia estar pior do que está — falei, num murmúrio, percebendo naquele instante com extrema clareza que eu estava dizendo a pura verdade, e que de fato o nosso relacionamento não podia estar pior, e que eu nunca conseguiria, não obstante a opinião contrária de Malnate, sair do fundo do buraco no qual me encontrava há meses.

Meu pai soltou um suspiro.

— Eu sei, essas coisas deixam a gente muito triste... Mas, no fim das contas, é bem melhor assim.

Eu estava de cabeça baixa, e não disse nada.

— Estou certo que sim — ele continuou, levantando um pouco a voz. — O que é que você deveria ter feito? Ficar noivo?

Naquela noite, em seu quarto, Micòl também tinha feito a mesma pergunta. Ela tinha dito: "O que é que você pretendia? Que ficássemos *noivos*, por acaso?" Fiquei mudo. Não encontrei nenhuma resposta para dar. Do mesmo jeito que agora, diante do meu pai — pensei.

— E por que não? — eu disse, apesar de tudo, e olhei para ele.

Ele balançou a cabeça.

— Você acha que eu não te entendo? — ele disse. — Eu também gosto dessa moça. Sempre gostei dela, desde quando era uma menina... quando ela vinha na sinagoga para receber a *brahá* do pai dela. Muito graciosa, aliás, até bonita (até demais, talvez!), inteligente, bem-humorada... Mas *noivar*! — ele falou, escandindo as sílabas e arregalando os olhos. — Noivar, meu querido filho, quer dizer que depois você vai se casar. E, nos dias de hoje, e ainda por cima sem nem mesmo ter ainda um trabalho seguro garantido, me diga se... Você tem que pensar que para sustentar a sua família você não poderia contar nem com a minha ajuda (que, por sinal, eu nem estaria em condições de lhe prestar, quero dizer, no padrão necessário), e muito menos com a dela... com a ajuda da família dela. A moça iria receber com certeza um magnífico dote — ele acrescentou —, e como! Porém, eu não creio que você...

— Vamos deixar o dote para lá — eu disse. — Se a gente se amasse, que importância teria o dote?

— Você tem razão — meu pai concordou. — Você tem toda a razão. Eu também, quando fiquei noivo da sua mãe, em 1911, eu não me preocupava com essas coisas. Mas eram outros tempos. A gente podia olhar para a frente, para o futuro, com uma certa serenidade. E, apesar de o futuro não ter se mostrado tão fácil e tão alegre como nós dois imaginávamos

(nos casamos em 1915, como você sabe, já depois do início da guerra, e logo depois me alistei como voluntário), a sociedade naquela época era de um jeito diferente, era uma sociedade que oferecia garantias... Além disso, eu tinha me formado em Medicina, enquanto você...
— Enquanto eu o quê?
— É isso mesmo o que eu estou tentando te dizer. Em vez de Medicina, você preferiu estudar Letras e você sabe muito bem que quando chegou a hora de decidir, eu não criei nenhum empecilho para você. Aquela era a tua paixão, e nós dois, eu e você, fizemos o que devíamos ter feito. Você escolheu o caminho que achava que deveria escolher, eu te respeitei e não criei nenhum obstáculo com relação à tua decisão. Mas, e agora? Mesmo se, como professor, você tivesse alguma aspiração com relação a uma carreira acadêmica...
Fiz que não com um movimento de cabeça.
— Pior ainda — ele recomeçou —, pior ainda! É também verdade que nada, mesmo agora, pode te impedir de continuar a estudar por conta própria... de continuar e se aprimorar para tentar, um dia, se for possível, a carreira bem mais difícil e incerta de escritor, ou de crítico militante, do tipo Edoardo Scarfoglio, Vincenzo Morello, Ugo Ojetti... ou então, por que não?, de romancista... — neste momento ele sorriu — de poeta... Mas é por isso mesmo: como é que você poderia, na sua idade, com apenas 23 anos e com toda a vida ainda por construir diante você... como é que você poderia pensar em se casar e constituir família?

Ele falava do meu futuro literário — eu dizia a mim mesmo — como de um sonho lindo e sedutor, mas que não era transformável em alguma coisa concreta e real. Falava como se eu e ele já estivéssemos mortos e situados num ponto fora do espaço e do tempo, discorrendo juntos sobre a vida e sobre tudo aquilo que ao longo das nossas vidas poderia ter acontecido, mas que não aconteceu. Hitler e Stalin iriam se aliar? — eu também me perguntava isso. Por que não? Era muito provável que Hitler e Stalin se tornassem aliados.

— Mas, afora isso — meu pai prosseguiu — e um monte de outras considerações, você me permite que eu te diga com franqueza... que eu te dê um conselho de amigo?

— Pode dizer.

— Eu sei muito bem que quando um rapaz, especialmente na tua idade, fica com a cabeça virada por causa de uma moça, ele não pára para ficar calculando muito as coisas... Sei também que você tem uma personalidade especial... e não pense que, há dois anos, quando aquele pobre coitado do Doutor Fadigati...

Desde que o doutor Fadigati tinha morrido, ninguém lá em casa tinha voltado a falar sobre ele. O que é que tinha a ver o doutor Fadigati agora?

Olhei bem no rosto dele.

— Deixa eu te explicar! — ele disse. — O teu temperamento... (tenho a impressão que você pegou da *nonna* Fanny) é muito sensível (é isso!) e, sendo assim, você nunca fica satisfeito... você está sempre buscando...

Não terminou de falar. Fazia gestos com a mão que se referiam a mundos idealizados, povoados por nada mais do que quimeras e fantasias.

— De qualquer maneira, me perdoe — retomou —, mas, mesmo como uma família, os Finzi-Contini não são apropriados... não são gente como a gente... Se você se casar com uma moça desse tipo, eu tenho certeza que, mais cedo ou mais tarde, você teria problemas... Mas é claro, é claro! — ele insistiu, receando talvez algum gesto ou uma palavra de protesto de minha parte — você sempre soube muito bem qual foi a minha opinião a respeito. É uma gente diferente... eles nem parecem *judeus*... Tudo bem, eu sei. Micòl te atraía muito, talvez justamente por isso... porque ela era superior... *socialmente*. Mas acredite no que eu estou te dizendo: é melhor que as coisas tenham terminado assim. Tem um ditado que diz: "Lé com lé, cré com cré e cada qual com os da sua ralé." E Micòl, apesar do que possa aparentar, não é nem um pouco da "nossa ralé". Nem um pouco!

Fiquei novamente cabisbaixo, e olhava fixamente para as minhas mãos abertas pousadas sobre os meus joelhos.

— Isso vai passar — ele continuou —, e bem mais cedo do que você imagina. É claro que eu sinto muito por isso. Eu posso imaginar muito bem o que é que você está sentindo neste momento. E sinto até uma pontinha de inveja, sabia? Na vida, se queremos realmente entender as coisas, compreender realmente como são as coisas deste mundo, temos que "morrer" pelo menos uma vez na vida. E então, já que a lei é esta, é melhor "morrer" quando ainda se é jovem, quando ainda se tem muito tempo diante de nós para que possamos nos levantar e ressuscitar... Entender as coisas quando já se é velho é pior, muito pior. O que é que se pode fazer? Não se tem mais tempo para recomeçar do zero e a nossa geração já cometeu tantos equívocos! De todo modo, se Deus assim o quiser, você ainda é tão jovem... Dentro de poucos meses, você vai ver, vai parecer que nem é mesmo verdade que você tenha passado por tudo isso. Quem sabe, você vai até ficar contente com isso... Você vai se sentir mais experiente, sei lá... mais maduro...

— Tomara — murmurei.

— Fico feliz por ter conseguido desabafar, de ter tirado essa aflição do peito... E agora, um último conselho. Posso?

Consenti com a cabeça.

— Não vá mais lá à casa deles. Volte a estudar, ocupe-se com alguma coisa, quem sabe você pode começar a dar aulas particulares... Ouço dizer por aí que existe muita procura!... E não vá mais lá. Além do mais, assim você se comporta mais como um homem.

Ele tinha razão. Além do mais, este seria mais um comportamento de homem.

— Vou tentar — eu disse, levantando o olhar. — Vou fazer de tudo para conseguir.

— Assim é que se fala!

Olhou para o relógio.

— E agora, vá dormir — acrescentou —, pois você precisa. Eu também vou tentar tirar pelo menos um cochilo.

Levantei-me, inclinei-me para beijá-lo, mas o beijo que trocamos se transformou num abraço demorado, silencioso e cheio de ternura.

# 10

E foi assim que renunciei a Micòl.

Na noite seguinte, respeitando a promessa que eu havia feito ao meu pai, abstive-me de visitar Malnate e, no dia subseqüente, que era uma sexta-feira, não apareci na casa dos Finzi-Contini. E assim passou-se uma semana inteira, a primeira sem que eu visse ninguém, nem Malnate nem os outros. Por sorte, durante todo esse tempo, ninguém me procurou e esta circunstância com certeza me ajudou. Caso contrário, é provável que eu não tivesse resistido, que eu tivesse deixado me envolver novamente.

Uns dez dias depois do nosso último encontro, por volta do dia 25, Malnate me telefonou. Isso nunca havia acontecido antes, e como não fui eu que atendi o telefone, senti-me tentado a mandar dizer que não estava. Mas logo me arrependi. Já me sentia bastante forte, ainda não o suficiente para revê-lo, mas pelo menos para falar com ele.

— Como é que você vai indo? — ele iniciou a conversa.
— Você sumiu completamente.

— Estive fora.

— Para onde você foi? Para Florença? Para Roma? — ele perguntou, com uma ponta de ironia.

— Desta vez fui para mais longe — respondi, já me sentindo incomodado pela frase patética que eu havia dito.

— *Bom*. Não vou fazer nenhum interrogatório. E então: vamos nos encontrar?

Eu disse que naquela noite eu não poderia, mas que amanhã eu passaria quase que com certeza pela casa dele, na hora de sempre. Mas se ele percebesse que eu estava demorando — acrescentei — ele não precisava ficar me esperando. Neste caso, nos encontraríamos diretamente no *Giovanni*. Não era lá no *Giovanni* que ele ia jantar?

— Provavelmente — ele confirmou, num tom seco. E, em seguida, falou:

— Você ouviu as notícias?

— Ouvi.

— Que confusão! Não deixe de vir, hein, que assim a gente conversa sobre esses assuntos!..

— Então, até amanhã — falei amavelmente.

— Até amanhã.

E desligou.

Na noite seguinte, logo depois do jantar, peguei a bicicleta e, depois de percorrer toda a Giovecca, acabei parando a não mais de uns cem metros do restaurante. Queria me certificar se Malnate já estava lá, nada mais do que isso. E, de fato, assim que constatei que ele já estava lá (sentado, como de hábito, numa mesa ao ar livre, vestindo a infalível camisa estilo safári), em vez de ir ao encontro dele, voltei atrás, subindo depois para me posicionar numa das três pontes levadiças do Castelo, justamente a que fica bem em frente ao *Giovanni*. Imaginava que desse modo eu poderia observá-lo melhor, sem correr o risco de que ele percebesse que eu estava ali. E assim foi. Com o peito apoiado de encontro a uma face de pedra do parapeito, fiquei observando-o durante um longo tempo enquanto comia. Fiquei espiando-o lá embaixo, ele e mais os outros freqüentadores, todos enfileirados de costas para a parede. Fiquei observando o rápido vaivém dos garçons de paletó branco por entre as mesas e tive a impressão, lá de onde eu estava, pendurado lá em cima e no escuro, por sobre a água vítrea do fosso, de estar quase como num teatro, um espectador clandestino de uma representação agradável e sem sentido. Malnate já estava na sobremesa. Beliscava, meio de má vontade, um grande cacho de uvas, um bago de cada vez e, de vez em quando, com certeza na expectativa de me ver chegar, virava com vivacidade a cabeça para a direita e para a esquerda. Ao fazer aqueles movimentos, as lentes de seus óculos "fundo de garrafa" (como Micòl as chamava) reluziam palpitantes, nervosas... Quando acabou de comer as uvas, fez um sinal para o garçom e conversou um pouco com ele por alguns momentos. Achei que ele tivesse pedido a conta e eu já estava me preparando para ir embora, quando vi que o garçom retornava com uma xícara de café. Bebeu de um só gole. Depois, retirou um objeto bem pequeno de um dos bolsos da camisa safári: uma pequena agenda na qual começou a escrever com um lápis. Que diabos estaria ele escrevendo? — pensei comigo mesmo e sorri. Será que ele também escrevia poemas? Neste momento saí, deixando-o entretido escrevendo, totalmente curvado sobre aquele caderninho do qual, a intervalos bem espaçados, levantava a cabeça para olhar novamente de um lado para o outro, ou então para olhar para cima, para o céu estrelado, como quem procura inspiração e idéias.

Nas noites seguintes, insisti em vagabundear sem rumo pelas ruas da cidade, observando tudo, atraído imparcialmente por tudo o que via: pelas manchetes dos jornais que cobriam as bancas do centro com letras enormes sublinhadas com tinta vermelha, pelas fotos dos filmes e dos espetáculos teatrais expostas na entrada dos cinemas, pelas conversas dos bêbados parados no meio das vielas da cidade antiga, pelas placas dos carros encostados na praça do Duomo, pelos diversos tipos de pessoas que saíam dos bordéis ou que despontavam em pequenos grupos, saídos da vegetação escura do Montagnone para tomar sorvete, cerveja ou refrigerante no balcão de zinco de um quiosque montado recentemente no mirante de San Tomaso, no final da Via Scandiana... Uma noite, por volta das onze, eu me encontrava perto da Piazza Travaglio, espiando na meia-luz do interior do famoso Caffè Shangai, freqüentado quase que exclusivamente por prostitutas de rua e por operários do não muito distante Borgo San Luca quando, na fortificação que ficava acima, assisti a uma barulhenta competição de tiro ao alvo que dois rapazes estavam disputando, acompanhados pelo olhar sério da moça toscana que era admiradora de Malnate.

Fiquei ali, num canto, sem dizer nada, sem nem mesmo saltar da bicicleta, tanto que a moça, num determinado momento, interpelou-me diretamente.

— Ei, rapaz, você aí embaixo! — ela disse. — Por que você não vem até aqui para dar uns tirinhos também? Venha, tenha coragem, não tenha medo! Mostre a esses desmiolados do que você é capaz.

— Não, obrigado — respondi.

— Não, obrigado — ela me remedou. — Meu Deus do céu, que juventude é essa! Onde é que se enfiou o seu amigo? Aquele sim que é um homem de verdade! Me diga: onde é que você o colocou?

Eu continuei calado e ela desatou a rir.

— Coitadinho! — ela falou, debochando de mim. — Volta logo para casa, anda, senão teu pai vai te dar uma surra com o cinto. Está na hora de ir para a caminha 'nanar'!

Na noite seguinte, por volta da meia-noite, sem nem eu mesmo saber por que ou o que é que eu estava procurando, fui para o outro lado da cidade, pedalando pela estradinha de terra batida que se estendia plana e sinuosa margeando o perímetro da Muralha degli Angeli. Havia uma linda lua cheia, tão clara e luminosa no céu perfeitamente sereno e calmo que tornava desnecessário o uso do farol. Eu ia pedalando bem devagar. Deitados na grama, surgiam à minha frente vários casais de namorados. Alguns se movimentavam seminus, um sobre o outro. Outros, já separados, permaneciam próximos, de mãos dadas. Outros ainda, abraçados, porém imóveis, pareciam dormir. Contei, à medida que ia passando, mais de trinta casais. E embora eu passasse bem perto deles, a ponto de roçá-los por vezes com a roda da bicicleta, nenhum deles deu o menor sinal de perceber a minha presença silenciosa. Eu me sentia, e eu era na verdade, uma espécie de estranho fantasma errante, ao mesmo tempo cheio de vida e de morte, de paixão e piedade.

Ao chegar na altura do Barchetto del Duca, desci da bicicleta apoiando-a no tronco de uma árvore e, por alguns minutos, olhando para toda a imensidão imóvel e prateada do parque, fiquei ali, apreciando. Não estava pensando em nada de especial. Estava apenas admirando, ouvindo o ruído agudo e penetrante dos grilos e dos sapos, ficando surpreso pelo leve sorriso encabulado que me repuxava os lábios. "Pois é, aqui estou eu", falei lentamente. Eu não sabia o que fazer e nem o que eu tinha ido fazer lá. Invadia-me uma vaga sensação da inutilidade de qualquer comemoração.

Comecei a caminhar por sobre a borda do declive gramado, com os olhos fixos na *magna domus*. Estava tudo apagado na casa dos Finzi-Contini, e embora eu não pudesse ver as janelas do quarto de Micòl que davam para o lado sul, eu, não obstante, tinha a certeza que também nelas não havia nenhuma luminosidade. Quando por fim consegui dominar do alto o ponto exato do muro "consagrado", como dizia Micòl, "*au vert paradis des amours enfantines*", fui tomado por uma idéia repentina. E se eu entrasse no parque às escondidas, escalando o muro? Quando menino, numa longínqua tarde de junho, eu não tinha ousado fazê-lo, com medo. Mas, e agora?

Num instante, eu já estava lá embaixo, na base do muro, reencontrando logo na sombra abafada o mesmo cheiro de esterco e de urtigas. Mas o muro estava diferente. Talvez porque justamente já tivesse envelhecido dez anos (eu também havia envelhecido dez anos nesse meio tempo e também eu era mais alto e mais forte agora), ele não me pareceu nem tão intransponível e nem tão alto como a recordação que eu tinha dele. Após uma primeira tentativa fracassada, acendi um fósforo. Os calços para os pés estavam lá, havia até mesmo muitos, inclusive o enorme prego enferrujado, ainda projetando-se da parede. Consegui alcançá-lo na segunda tentativa e, agarrado a ele, depois foi até bem fácil chegar ao topo.

Quando me sentei lá em cima com as pernas dependuradas para o lado de dentro, logo pude ver uma escada portátil apoiada ao muro logo abaixo dos meus sapatos. Mais do que surpreso, aquele detalhe me divertiu. — Veja só — murmurei, sorrindo —, até a escada está aqui. Porém, antes de utilizá-la, virei-me para trás na direção da Muralha degli Angeli. Lá estava a árvore e, aos pés dela, a bicicleta. Era difícil de imaginar que alguém fosse se interessar por aquele pedaço de ferro velho.

Toquei com os pés na terra. Depois, abandonei o caminho que corria paralelo ao muro da casa e cortei pelo atalho do gramado cheio de árvores frutíferas com a intenção de alcançar a alameda de acesso à casa num ponto aproximadamente eqüidistante entre a habitação dos empregados onde morava a família Perotti e a ponte de traves de madeira que atravessava o canal Panfilio. Caminhei sobre a grama sem fazer barulho, tomado de vez em quando, para falar a verdade, por uma ponta de escrúpulos, mas, a cada vez que surgia esta sensação, eu dava de ombros, cortando pela raiz o aparecimento da preocupação e da ansiedade. Como era lindo o Barchetto del Duca à noite! — eu pensava. Com que suavidade a lua o iluminava! Eu não estava buscando nem procurando nada por entre aquelas sombras leitosas, naquele mar de prata. Mesmo que eu tivesse sido surpreendido passeando naquele local, isso não me preocupava em demasia. Pelo contrário. No fim das contas, eu já havia adquirido até mesmo um certo direito àquilo.

Desemboquei na alameda, atravessei a ponte sobre o canal Panfilio e depois, virando à esquerda, alcancei a ampla clareira da quadra de tênis. O professor Ermanno tinha mantido a sua promessa. O terreno em torno da quadra já estava sendo aumentado. O alambrado que a circundava tinha sido retirado e estava colocado num confuso amontoado brilhante próximo à quadra, do lado oposto onde, de hábito, se sentavam os espectadores. Numa faixa de pelo menos três metros, paralela às linhas laterais e por uns cinco metros atrás das linhas de fundo, parecia que o solo do gramado estava sendo revirado... Alberto estava doente e restava-lhe pouco tempo de vida. Era preciso esconder-lhe de alguma forma, até mesmo *daquela* forma, a gravidade da sua doença. "É isso mesmo", concordei, e segui adiante.

Avancei a céu aberto, pensando em dar uma volta bem grande em torno do descampado, e nem me espantei, num dado momento, quando vi avançar, num pequeno trote e vindo do lado da *Hütte*, a silhueta familiar de Jor. Parado, aguardei que ele se aproximasse, sem me mover, e ele também parou, assim que chegou a uns dez metros de distância de mim.

— Jor! — chamei, à meia voz.

Ele me reconheceu. Depois de abanar o rabo num breve e pacífico sinal de reconhecimento, retornou lentamente de onde tinha vindo.

De vez em quando, ele se voltava como que para ter certeza de que eu o estava seguindo. O que não fiz. Em vez disso, fui me aproximando cada vez mais da *Hütte* sem me distanciar do limite da área a céu aberto. Estava caminhando a uns vinte metros de distância da fileira em curva das grandes árvores escuras daquela área do parque, com o rosto sempre virado para a esquerda. A lua agora estava às minhas costas. A clareira, a quadra de tênis, o vulto escuro da *magna domus* e depois, lá no fundo, elevando-se acima das copas frondosas das macieiras, das figueiras, das ameixeiras e das pereiras, o paredão da Muralha degli Angeli. Tudo estava claro e nítido, como que em relevo, numa luz ainda mais clara do que a luz do dia.

Avançando naquela direção, percebi que estava a poucos passos da *Hütte*. Não na frente dela, na face que dava para a quadra de tênis, mas atrás, por entre os troncos dos abetos ainda jovens e dos lariços que ficavam encostados nela. Parei ali. Olhava fixamente para o negro e acidentado contorno em contraluz da *Hütte*. Repentinamente inseguro, não sabia mais para onde ir, em que direção seguir.

— O que é que eu faço agora? — dizia para mim mesmo à meia-voz. — E agora, o que é que eu faço?

Não tirava os olhos da *Hütte*. E agora pensava — sem que nem mesmo diante deste pensamento o meu coração acelerasse suas pulsações: indiferente a acolhê-lo como uma água parada deixa-se perpassar pela luz — agora eu pensava que sim, se no fim das contas era aqui que Giampi Malnate vinha todas as noites depois de me deixar na soleira do portão de casa para se encontrar com Micòl (E por que não? Não seria por causa disso, talvez, que antes de sair comigo para jantar, ele se barbeava sempre com tanto apuro?), pois bem, neste caso, o vestiário da quadra de tênis seria para eles um refúgio perfeito, sem dúvida o mais adequado.

Mas sim — eu continuava calmamente a raciocinar numa espécie de rápido burburinho interior. Mas é claro! Ele saía comigo só para deixar o tempo passar, e então, depois de (digamos assim) ter me posto na cama, vinha pedalando correndo ao encontro dela, que já o estava esperando no jardim... Mas é claro que sim! Como fazia sentido agora o gesto dele aquela vez no bordel da Via delle Volte! Era isso mesmo! Fazendo amor todas as noites ou quase todas as noites, chegava um momento em que se começa a ter saudades da *mamma*, do céu da Lombardia etc. e tal. E a escada apoiada ao muro?

Só poderia ter sido Micòl que a tinha colocado ali, exatamente *naquele* ponto.

Eu estava lúcido, sereno e tranqüilo. Tudo fazia sentido. Como num quebra-cabeça, cada peça se encaixava perfeitamente.

Claro... Micòl... com Giampi Malnate. Com o amigo íntimo do irmão doente. Às escondidas do irmão e de todos os demais habitantes da casa — os pais, os parentes, os empregados e sempre à noite. Geralmente na *Hütte*, mas às vezes talvez também lá em cima, no quarto dela, no quarto dos *làttimi*. Será que era mesmo às escondidas? Ou quem sabe os outros, como sempre, fingiam não saber de nada, deixando acontecer, ou melhor, no fundo, no fundo, até possibilitando que as coisas acontecessem, pois na realidade nada mais humano e legítimo que uma jovem de 23 anos, se ela não quer ou não pode se casar, possa desfrutar da mesma forma de tudo aquilo que a natureza determina? Naquela casa, até mesmo com relação à doença do Alberto, eles demonstravam não notá-la. O jeito deles era assim.

Apurei o ouvido. Silêncio absoluto.

E Jor? Para onde é que ele tinha ido?

Dei alguns passos na ponta dos pés, indo em direção à *Hütte*.

— Jor! — chamei em voz alta.

E, como resposta, veio de muito longe através do ar noturno um som plangente, melancólico, quase humano. Logo o reconheci: era o som da velha e querida voz do relógio da praça que estava batendo as horas e os quartos de hora. O que é que ela dizia? Dizia que mais uma vez eu tinha ficado na rua até muito tarde e que eu estava sendo bobo e malvado, continuando a torturar meu pai daquele jeito, que também aquela noite, preocupado por eu ainda não ter voltado, provavelmente não conseguia pegar no sono e que, enfim, era hora de ter paz de espírito. De verdade. De uma vez por todas.

— Que belo romance! — eu sorri com ironia, balançando a cabeça como quem está diante de um menino incorrigível.

E, dando as costas para a *Hütte*, distanciei-me por entre a vegetação que ficava do lado oposto.

# Epílogo

Minha história com Micòl Finzi-Contini termina aqui. E então, sendo assim, é bom que este relato também tenha um fim, pois tudo o que eu poderia acrescentar daqui para a frente já não diria mais respeito a ela, mas, neste caso, somente a mim mesmo.

No início, eu já havia contado qual tinha sido o seu destino e o dos integrantes de sua família. Alberto morreu em 1942, antes dos outros, devido a um linfogranuloma maligno, após uma longa agonia que, apesar das marcas profundas deixadas pelas leis raciais no convívio entre os habitantes de Ferrara, despertou, à distância, o interesse de toda a cidade. Ele não conseguia respirar. Para aliviá-lo, era preciso oxigênio em quantidades cada vez maiores. E já que na cidade, por causa da guerra, os cilindros de oxigênio eram difíceis de encontrar, nos últimos tempos a família havia organizado uma verdadeira coleta em toda a região, enviando pessoas para comprá-los a qualquer preço em Bolonha, em Ravena, em Rimini, em Parma, em Piacenza...

Os outros foram presos pelo governo fascista em setembro de 1943. Em novembro, após uma curta permanência no presídio da Via Piangipane, foram enviados para o campo de concentração de Fóssoli, perto de Carpi, e de lá, em seguida, para a Alemanha. No entanto, no que me diz respeito, devo dizer que durante os quatro anos que se passaram entre o verão de 1939 e o outono de 1943, eu não tinha visto mais nenhum deles. Nem mesmo Micòl. No enterro de Alberto, por trás do vidro do velho Dilambda, adaptado para funcionar com metano, que seguia lentamente o cortejo, e que depois retornou imediatamente, assim que o carro que transportava o corpo ultrapassou a entrada do cemitério que fica no final da Via Montebello, tive por um segundo a impressão de ver o louro acinzentado dos cabelos dela. Nada mais do que isso. Mesmo numa cidade tão pequena como Ferrara consegue-se perfeitamente, quando se quer, desaparecer por anos a fio da vista uns dos outros, e viver como se convive como os mortos.

Quanto a Malnate, que havia sido transferido para Milão desde novembro de 1939 (em setembro, ele tinha procurado inutilmente entrar em contato comigo pelo telefone e chegou até a me escrever uma carta...), nem mesmo tornei a revê-lo depois do mês de agosto daquele ano. Coitado do Giampi... Ele acreditava no honesto futuro comunista da Lombardia que então lhe sorria, para além das trevas da guerra iminente, um futuro distante — ele admitia — porém seguro e infalível. Mas o que é que o coração realmente sabe? Quando penso nele, que partiu para o front russo com o C.S.I.R.\* em 1941 e que não voltou mais, tenho sempre viva na memória a maneira como Micòl reagia todas as vezes que, entre duas partidas de tênis, ele recomeçava sempre a nos "catequizar". Ele falava com a voz calma, grave e rouca. Mas Micòl, diferentemente de mim,

---
\*Corpo Expedicionário Italiano na Rússia. (*N. do T.*)

não o levava muito a sério. Não deixava nunca de rir, de provocar e de zombar dele.

— Mas, afinal das contas, de que lado você está? Do lado dos fascistas? — recordo-me que ele um dia perguntou a ela, sacudindo sua cabeça grande e suada. Ele não conseguia entender.

Houve então alguma coisa entre eles dois? Nada? Talvez, quem sabe?...

O certo é que, quase pressentindo o fim que estava próximo, o seu e o de toda a sua família, Micòl repetia continuamente também a Malnate que daquele futuro *dele*, democrático e social, ela não queria nem saber, que o futuro em si a aborrecia, preferindo de longe *"le vierge, le vivace et le bel aujourd'hui"* [o belo, vívido e virgem dia de hoje] e, mais ainda, o passado, "o querido, delicado e *plácido* passado".

E posto que estas — eu sei — não passavam de palavras, as habituais palavras de costume, enganosas e desesperadas, que somente um verdadeiro beijo poderia tê-la impedido de pronunciar, foram exatamente estas e não outras que selaram o pouco que o coração soube recordar.

Este livro foi composto na tipologia Revival 565 BT,
em corpo 11/15, e impresso em papel off-white
80g/m² no Sistema Cameron da Divisão Gráfica
da Distribuidora Record.

Seja um Leitor Preferencial Record
e receba informações sobre nossos lançamentos.
Escreva para
**RP Record**
**Caixa Postal 23.052**
**Rio de Janeiro, RJ – CEP 20922-970**
dando seu nome e endereço
e tenha acesso a nossas ofertas especiais.

Válido somente no Brasil.

Ou visite a nossa *home page*:
http://www.record.com.br